Philippe Brieallard

Le Baiser du prodige

ISBN numérique : 9791040529408

EAN papier : 9791040529415

Librinova

Courriel : contact@librinova.com
Internet : www.librinova.com

« Je n’ai rien à déclarer excepté mon génie »

Oscar Wilde

Sur le front dégarni du comptable, les deux orifices cerclés de noir brûlé sont presque centrés. De la large flaque de sang qui colore le sol à l'endroit où sa tête repose, un petit ru carmin s'écoule paisiblement jusqu'à la grille d'évacuation. Caché derrière des poubelles, un vieil homme observe la scène en se frottant le menton. Un sentiment de fierté l'envahit, c'est du véritable travail d'orfèvre se dit-il. La main de l'adolescent qui vient de donner la mort à Sébastien Pernet n'a pas tremblé.

Son trajet routinier, l'employé modèle dont le corps sans vie gît désormais sur l'asphalte comme un pantin désarticulé, il était à deux doigts de l'envoyer valser. Mais à cette heure de grande affluence l'avenue grouille de monde, et la populace il n'aime pas ça. Il a donc emprunté comme toujours la petite voie déserte. Très mauvais choix puisqu'il ne distingue dorénavant plus qui se penche sur lui afin de déposer un baiser sur sa joue. Mort sur le coup, il ne voit pas non plus le ciel d'un bleu limpide qu'il semble pourtant scruter de ses yeux fixes avec une attention toute particulière.

Alors que la bouche de métro crache son flot quotidien d'anonymes, un jeune cycliste sort de la ruelle et se fond dans la foule. En arrivant sur le pont, il jette à l'eau le Glock qu'il vient de démonter. Ses gestes sont maîtrisés, il respecte le plan à la lettre sans faillir. Voilà, c'est fait pense-t-il en pédalant.

Dans les cours d'écoles, une ombre se propage insidieusement. Tel un voile maléfique et silencieux, elle prive de soleil les solitaires. Bannis du monde des ballons et des cordes à sauter, âmes errantes recluses à l'abri des préaux, ils se terrent. Ils ne prennent jamais part aux jeux qui déclenchent les rires des biens portants. Les mains dans les poches, la tête basse, ils fixent leurs chaussures de peur de croiser la terrible paire d'yeux. Celle qui leur reprochera d'oser soutenir le regard, celle qui leur imposera la sentence quotidienne. Seuls, ils souffrent en silence. Leur hantise, c'est le tortionnaire en culotte courte qui se met en quête d'une proie facile. La proie qui ne répondra pas, qui n'osera jamais, celle qui se recroquevillera comme un bouquet de fleurs fanées. Lorsqu'il aura jeté son dévolu sur sa victime, celle-ci se retrouvera prise au piège d'une poix gluante aux relents de haine. Une seule insulte proférée par le caïd de la classe provoquant une salve de rires, suffit parfois à déclencher les hostilités pour des années. Le bourreau, adulé par des monstres en devenir le portant aux nues, prend leurs réactions pour un blanc-seing. La ruée peut alors débuter. Fier de lui, constatant que le mal atteint sa cible, il n'a de cesse d'enfoncer le clou. Alors, une douce existence qui ne demandait qu'à vivre ses jeunes années dans l'innocence, s'effondre sans bruit. Un ventre un peu gras, une taille inférieure à la moyenne, des lunettes à double foyer, des vêtements trop éloignés des codes de la mode, ou bien suprême offense, une intelligence nettement supérieure à celle de son persécuteur, tout devient prétexte à la mise au ban et au harcèlement. Il y a ceux et celles qui prennent sur eux, s'efforçant d'enfouir leur peine sous un rire tronqué afin de ne pas subir davantage. Puis il y a les autres, qui choisissent de se moquer d'eux-mêmes, espérant que l'autodérision déclenchera l'indulgence des gros bras afin de gagner leurs faveurs. Mais lorsque le silence n'est plus un refuge, lorsque l'intolérable frappe le mauvais jour, le danger survient. Les plus fragiles, à bout de tout, basculent pour la moquerie de trop. Faute de trouver la main secourable ou l'oreille attentive, ils s'offrent l'odieuse délivrance. La différence chez les adolescents engendre souvent la cruauté. Les petits durs des cours d'écoles, au nez morveux et aux souliers crottés, s'érigent en chefs de files dans l'unique but d'attirer l'attention de jolies jeunes filles, insensibles à la douleur des plus faibles. Cette souffrance, c'est celle qu'endure quotidiennement le jeune Hugo, quatorze ans et demi. Il pourrait passer inaperçu grâce à un profil banal d'élève sans problème, seulement voilà, il ne coche malheureusement pour lui pas les bonnes cases. Malmené par ses camarades, un en particulier, en raison d'une courbe de croissance légèrement inférieure à la moyenne et d'un cheveu sur la langue, il porte en lui deux terribles tares. Il excelle dans presque toutes les matières, et il possède un talent inné pour la musique. Afin de se libérer de ce poids insupportable à ses frêles épaules, Hugo se réfugie dans sa passion. Doué de l'oreille absolue et d'une mémoire eidétique, c'est assis sur son banc que ce virtuose du piano soigne les coups que la vie lui assène. Lorsqu'en fin de journée il regagne sa chambre, son cœur se regonfle de s'être trop serré. Il peut alors y laisser couler tout à loisir à l'abri des murs, les larmes retenues trop longtemps. Libérant ses émotions et relâchant ses tensions, il joue à en perdre haleine. La musique le délivre et lui permet enfin de vivre la vie à laquelle il aspire. Depuis maintenant quatre ans que dure cet acharnement, il sent petit à petit monter en lui une haine qu'il s'efforce pourtant de canaliser. Une petite voix maléfique lui souffle qu'il pourrait tuer ce Tanguy, que cela ne doit pas être si compliqué. Mais il en a malheureusement une peur bleue. Lorsque au loin il aperçoit le regard cruel qui se pose sur lui, signe de la tempête à venir, il ne pense plus qu'à cela. Ces envies qu'il réfrène le tourmentent. Il y voit une étonnante et réelle ambivalence. Un interdit et une solution à ses maux. Mais pour l'instant il se doit d'oublier ses sombres pensées, car demain s'annonce comme un grand jour. Non seulement il n'y a pas classe, mais il va surtout recevoir la visite de Vincent Garflot, qu'il attend depuis maintenant un an.

La nuit, contrairement à certaines, s'est déroulée sans cauchemars. Ne se réveillant jamais tard, il a pour habitude de descendre marcher un peu. Ce moment qu'il s'accorde lui permet d'évacuer le trop-plein et de se préparer pour une nouvelle journée qui s'annonce délicate. N'en déplaise à son cerveau qui souhaiterait trouver la paix, les doutes et les angoisses l'assaillent toujours très tôt. Mais ce matin il est en joie. Déambulant dans les rues, il en oublie de regarder sa montre. Hugo monte les escaliers quatre à quatre en maugréant contre les six minutes de retard, résultat de son esprit vagabond et d'une brève discussion avec le professeur de guitare du premier étage. Presque à bout de souffle, il tourne la clé dans la serrure et se rue dans l'appartement.

— Maman, Vincent est arrivé ?

Le visage d'Olivia Bertin se décrispe. Habituée à la ponctualité de son fils, elle commençait à s'inquiéter.

— Non chéri il vient d'appeler, il aura une quinzaine de minutes de retard. Tu es trempé va t'essuyer, je n'ai pas envie que tu prennes froid comme la dernière fois. Tout s'est bien passé pendant ta promenade ?

Même s'il aura quinze dans quelques mois, sa mère ne peut s'empêcher de le surprotéger, ce qui exaspère le jeune garçon.

— Mais oui tout va bien, arrête ! Monsieur Cottin m'a mis le grappin dessus, je n'arrivais plus à m'en défaire.

— Va te laver les mains, je te prépare ton chocolat chaud.

— Merci maman.

Hugo se regarde dans le miroir. Ses cheveux blonds bouclés, ses taches de rousseur, donnent à son visage un air espiègle. Le lavabo se tapisse des gouttelettes qui dévalent de son front. Il frotte longuement ses mains sous l'eau chaude, le temps pour lui de retrouver son calme.

Attablé dans la cuisine, il trépigne. Il engloutit le chocolat fumant, brûlant sa langue au passage, lorsque la sonnette retentit.

– J'y vais !

Fier, il ne veut pas montrer son impatience. Il se dirige vers la porte d'un pas tranquille alors qu'il n'a qu'une envie, courir. Puis, tout en retenue, il l'ouvre en grand.

– Salut ! Dit-il d'un air faussement détaché.

La barbe que Vincent entretient méticuleusement afin d'occulter les traces laissées par une acné aussi puissante que disgracieuse, ne trompe personne. Son blouson de cuir troué au coude, sa besace et sa trottinette, lui donnent un petit air d'ado attardé. Passionné par son métier et reconnu comme l'un des plus grands, concentré à l'extrême, son visage n'affiche jamais le moindre sourire. L'agelaste de l'accordage comme le surnomment certains de ses clients, ne se déride que très rarement. Depuis plus de cinq ans maintenant, fascinés l'un par l'autre, ils se vouent une secrète admiration teintée d'un profond respect.

– Bonjour Hugo, comment vas-tu ?

– Très bien merci, toi aussi ?

– Oui parfaitement je te remercie. Tu as grandi toi, il faut dire qu'un an ! Il était temps que l'on se revoit non ?

Vincent sait que ce compliment un peu hypocrite concernant sa taille, fera plaisir au jeune prodige.

– Ah bon ? Tu trouves ?

– Oui vraiment. Allez on y va, lui dit-il en lui adressant un clin d'œil complice.

Olivia qui sort de sa cuisine pour le saluer, lui tend un

croissant.

– Bonjour Vincent. Voulez-vous un café avant de commencer votre séance ? Tenez, mangez ça, il est tout chaud.

– Bonjour Madame Bertin. Merci c'est adorable. Je viendrai après car il me semble que je suis très attendu, lui répond-il en lui lançant un regard de connivence.

– J'en ai effectivement l'impression. Je vous laisse tranquille avec ce jeune homme impatient, lui dit-elle en souriant. Ce moment vous appartient à tous les deux.

Lorsqu'il en aura fini avec lui, le rutilant piano acoustique blanc Kawai K 200 d'Hugo, lui offrira à nouveau les plus belles tonalités pour ses notes. Les quatre-vingt-huit touches et les trois pédales sur lesquelles le talent du jeune virtuose s'exprime des heures et des heures durant, nécessitent la perfection des meilleurs.

Aujourd'hui le pianiste ne travaille pas, il observe ! Vincent, le docteur des pianos comme il l'appelait étant petit, jouit d'une grande complicité auprès d'Hugo. Doué et méticuleux, son professionnalisme s'accorde à l'unisson avec les exigences du jeune homme. Quatre ans d'un dur apprentissage ont été nécessaires à l'accordeur afin de pouvoir exercer et vivre de sa passion. Dans l'optique de son rendez-vous annuel, Hugo a méticuleusement surveillé la température ainsi que le taux d'hygrométrie de sa chambre afin que tout soit parfait. Il tient à ce qu'il n'y ait pas la moindre variation dans les cordes, raison pour laquelle ils se voient toujours le même mois de l'année. Dans la chambre, les premières notes résonnent. Puis il y a ce langage, celui qui chavire le cœur du pianiste lorsque ses yeux se ferment en écoutant la voix du maître. Vincent explique pas à pas son travail à son client qui tient à comprendre le moindre geste qu'il effectue sur son piano.

– Raconte-moi encore Vincent s'il te plaît, lui

demande-t-il dans un souffle à peine audible.

Le docteur magicien devient alors conteur, il lui commente chaque intervention, nomme chaque outil. Il lui raconte la partition, la note de référence La 440 qui définira l'architecture harmonique. Hugo regarde le diapason en forme de U, qui entre ses mains se transforme en un véritable objet voué au culte de son art. Il retient chacun de ses mots. Il a beau savoir qu'il va maintenant aborder les quintes, les quartes, les tierces, les intervalles qui produiront les battements, les douze notes par octave, tout cela ne lui apprend rien, il le sait. Il veut simplement profiter de son talent de narrateur avant de caresser son piano comme s'il s'agissait de la toute première fois. Puis lorsque Vincent en a terminé, à son tour il réclame sa récompense habituelle. Cette requête, il la formule toujours à pas feutrés, comme si redevenant une personne comme une autre, il n'osait pas. Soudain, les rôles s'inversent, le pianiste va maintenant se mettre au service de l'accordeur.

— Peux-tu jouer pour moi s'il te plaît ? Lui demande-t-il en refermant sa sacoche.

Se tournant vers lui, Hugo feint l'étonnement afin de ne pas lui voler la vedette.

— Que veux-tu ? Lui dit-il le sourire aux lèvres.

— La rhapsodie Hongroise No 2.

— Alors écoute, elle est pour toi Vincent.

Le jeune garçon aux taches de rousseur chausse ses petites lunettes rondes cerclées d'écailles. Il dispose deux coussins sur son banc de piano puis s'installe confortablement. Dans la chambre, le calme règne. Comme si tout à coup le silence s'imposait afin de laisser place au jeu du génie. Ses doigts longs effleurent les touches avec élégance. Une atmosphère sereine emplit la pièce. Dès les premières notes, la gorge de Vincent se noue. Le talent du prodige alimente sa quête du beau, et déjà la première larme roule sur sa joue. L'homme au catogan et au blouson de cuir, subjugué, conserve ses yeux clos afin de voyager paisiblement dans un pays de rêve au rythme des harmoniques. La concentration déforme presque le visage du pianiste. La maîtrise technique d'Hugo transcrit à la perfection le chef-d'œuvre de Liszt. Le tempo est parfait. La mélodie Tsigane semble souffler un vent venu des lointaines Carpates.

Sur la pointe des pieds, Madame Bertin rejoint l'accordeur afin de profiter elle aussi de ce mini-récital qu'un ange leur offre. Elle a beau l'entendre jouer tous les jours, l'émotion l'étreint une fois de plus. Transportée quand d'autres seraient survoltées, elle regarde fièrement son fils. La métamorphose s'opère peu à peu, son instrument le transforme. Les notes jouées annoncent déjà le maître. La partition achevée, il semble revenir d'un lointain voyage. La sueur cesse de couler sur son front. Les applaudissements congédient le silence, et Hugo leur offre un sourire radieux. Quittant ses habits de maestro, il revêt à nouveau le costume de l'innocence. Loin de cette cour d'école maudite, les traits de l'enfance s'accrochent encore à son visage, le bonheur rosit ses joues. Vincent et lui ne se reverront maintenant que dans un an, mais ils savent que le moment sera intense. Les deux passionnés se jaugeant d'un regard, prennent la pleine mesure du cadeau qu'ils viennent de s'offrir.

Alors que l'accordeur part exercer ses talents chez d'autres, l'esprit d'Hugo se charge de fleurs. Les nénuphars blancs et colorés auxquels il songe le transportent. La passion de Claude Monet pour ses Nymphéas, il l'a faite sienne. À l'idée du bonheur qu'il va s'accorder dans la salle ovale de l'Orangerie lorsqu'il les aura à nouveau pour lui seul, il jubile. Étrangement, lorsqu'il contemple le rouge des fresques, des images sans aucun rapport avec elles s'imposent à lui. Il peine parfois à contrôler ses mains lorsqu'elles se mettent à trembler. Ses joues s'empourprent de la colère qui monte en lui. Les visions du visage en sang de Tanguy Beraud reviennent alors en boucle. Partagé entre la contemplation d'un chef-d'œuvre et l'obsession de terrasser celui qu'il exècre, il retient les cris de bonheur et les hurlements de haine qui sèment le trouble en lui. De la grande salle du musée, il sort toujours en dernier. Le gardien qui le connaît bien vient le chercher, lui signifiant que l'heure tourne et qu'il va devoir refermer les portes de la pinacothèque. Mais Hugo jouit d'un privilège qu'il lui accorde en complice. Lorsque les touristes quittent le lieu, que le silence revient, il peut rester seul durant dix minutes dans le saint des saints et se livrer à la méditation. Alors en cet instant, les ornements divins du musée de l'Orangerie lui appartiennent. Cette découverte qui très vite s'est muée en une passion dévorante, il la doit à son père, Pierre Bertin, qui décide deux ans auparavant d'éveiller son fils à cette peinture que lui-même affectionne.

– Mon cher Hugo, tu découvriras demain matin un

monde que tu ne soupçonnes pas. Il me semble impossible que ton talent et ta sensibilité restent de marbre devant ce que tu auras sous les yeux, lui confie-t-il en reposant son verre de vin sur la table.

L'enfant qui ne vit que pour le piano, sent poindre en lui la curiosité.

– Dis-moi, dis-moi, papa !

– Un peu de patience mon bonhomme. Demain…

Le lendemain, Hugo se réveille aux aurores. Très curieux du mystère que son père a laissé planer lors du dîner la veille au soir, il est debout, douché, habillé, prêt à partir dès six heures trente. Mais dans l'appartement, c'est le calme plat. Dopé par l'envie, il frappe à la porte de la chambre dans laquelle ses parents dorment encore.

– Papa ? Murmure-t-il.

Rien. Seul le silence fait écho à son impatience.

– Papaaaaaa ? Insiste-t-il.

La voix faible mais le ton déterminé ainsi que le petit martelage incessant de son doigt, tirent Pierre Bertin de son rêve.

– Hugo ? Qu'est-ce que tu veux ?

Le dialogue à peine enclenché, le petit pianiste entame les pourparlers.

– Ben, hier soir tu ne m'as pas dit que nous devions aller quelque part ? Tu as changé d'avis ?

– Bien sûr que non, mais tu as vu l'heure ?

Hugo ne comprend pas. La réponse de son père l'inquiète.

– Il est sept heures quinze. Le temps d'y aller c'est bien non ?

– Oui enfin n'exagérons pas, le musée ouvre à neuf heures. Va prendre ta douche nous avons encore largement le temps.

– C'est fait.

– Qu'est-ce qui est fait ?

– Je suis douché et habillé.

– Ah... Effectivement tu n'as pas perdu de temps. Bon, j'arrive.

Deux longues heures plus tard, ils se dirigent enfin vers le musée de l'Orangerie. En approchant il la voit qui s'esquisse à travers les grilles. La vieille bâtisse du jardin des Tuileries, imposante par sa masse et le mystère encore voilé qu'elle représente à ses yeux, se dresse devant eux. En descendant l'escalier qui les conduit à la grande salle, Hugo, impatient, broie la main de son père. Pierre, lui aussi, possède ce talent de conteur. La manière dont il lui a parlé du peintre, de son travail dantesque dont il n'a distillé que quelques indices au compte-goutte afin que la surprise soit préservée, a enflammé l'esprit d'Hugo. La dernière marche, enfin... Curieux comme une tortue à qui l'on tend une feuille de salade, le cou du petit bonhomme s'étire afin de contempler les verts et les bleus, premières couleurs qui s'offrent à son regard en entrant dans la salle. Alors, comme on le ferait d'une grande goulée emplissant les poumons d'un air sain au milieu de paysages majestueux, il embrasse d'un coup les grandes fresques.

Lorsque au lendemain de l'armistice de dix-neuf cent dix-huit, Claude Monet offre en symbole de paix ses Nymphéas à la France, l'œuvre majeure de sa vie a débuté depuis déjà trente ans. Les explications de son père fascinent le jeune Hugo, qui perçoit dans ce travail acharné toute la passion du maître de l'impressionnisme. Le travail d'une vie décliné à l'envi.

Le petit prodige reçoit alors une gifle magistrale, il marche lentement dans la salle du musée, subjugué par les couleurs de ces nénuphars. Il les imagine flottants dans le jardin d'eau de Giverny, qu'il rêve déjà de découvrir. Les zinzolins et les rouges corallins l'enchantent particulièrement. Pierre lui parle d'une peinture venue d'ailleurs, mais ses oreilles ne perçoivent plus qu'une faible mélopée. Happé par les murs de la salle ovoïde il ne l'entend pratiquement plus. Afin que son œil saisisse l'ampleur des grands panneaux incurvés, il se dirige à l'autre bout de la salle, mais il y a du monde, du bruit, trop de rires incultes résonnent sans raison pense-t-il. Son père le rejoint. Amusé par l'air ébahi de son fils, il se penche vers lui.

— Alors, qu'en penses-tu ?

Sans même tourner la tête, l'enfant pose son index sur ses lèvres.

— Chuuuut papa, lui répond-il. Serait-il possible de venir ici sans personne ?

Pierre regarde un gardien qui somnole sur sa chaise.

— Je connais Armand, le chef de la sécurité. Je lui poserai la question, mais ne rêvons pas trop.

— Justement papa, il faut rêver ici. Pourrais-tu m'offrir un livre sur Monsieur Claude Monet ? J'aimerais tout savoir, tout connaître.

Pierre a compris. Le piano va désormais devoir affronter un rival.

— Bien sûr, lui répond-il le regard fier.

Lorsque quelque chose touche l'hypersensibilité d'Hugo, d'autant plus si c'est en lien avec l'art, un torrent d'émotions se déverse en lui. Mais concernant les Nymphéas de Monet, il s'agit d'une déflagration. Incapable de vivre les choses à moitié, son esprit captivé s'emballe.

De retour chez lui, le jeune garçon s'installe au piano, il a besoin de jouer. Le clair de lune de Claude Debussy s'impose à lui comme une évidence. Il aime l'élégance des silences qu'il y perçoit. Tandis que ses mains courent sur le clavier, le jeune virtuose pleure en repensant à ce sous-sol du jardin des Tuileries, forteresse inexpugnable de la beauté. Il aimerait déjà y retourner. Il ferme les yeux, il imagine son instrument au centre de la salle aux huit panneaux, ils sont là pour lui, alors il joue pour eux. Il ne cessera pas de toute la nuit. Au petit matin, les yeux gonflés de bonheur et de sommeil, il frappe à la porte de la chambre de ses parents. Les mots ne sont pas venus hier. Mais Pierre connaît son fils. Il sait que la digestion peut être lente.

– Entre Hugo, lui dit-il comme s'il l'attendait.

– Bonjour maman, bonjour papa.

– Bonjour chéri, tu as joué toute la nuit n'est-ce pas ?

– Oui j'en avais besoin. Papa ? Je peux retourner à l'Orangerie ?

– Oui tu prendras mon abonnement, lui répond Pierre.

– Merci beaucoup.

Deux jours durant, il lit et ne joue presque plus. Plongé dans le livre retraçant la vie et l'œuvre du peintre à la barbe blanche, il tourne frénétiquement les pages, revient en arrière. Sur son lit, à plat ventre, les jambes repliées vers le haut, les coudes calés et les poings en appui sous le menton, il fouille les textes, décortique les légendes qui accompagnent les photos, rien ne lui échappe. Les mots défilent. Plusieurs fois relus, ils frappent et s'impriment dans son esprit.

Transcendé par ce qu'il voit, il vibre pour cet art différent du sien qui le relie au maître. Seul au monde dans sa chambre, il se parle.

– Il ne verse pas dans l'allégorie Monet, il impose sa peinture franche et sauvage. Je vais faire ça aussi avec mon piano.

Lui aussi possède un don. En fouillant dans la vie du peintre, il se livre à sa propre introspection. Ses yeux, il en est certain, ne se lasseront jamais du propriétaire de Giverny.

Comme lui, Claude Monet travaille sans relâche. Il

se retrouve dans l'acharnement du maître, dans cette poursuite de la perfection. L'un avec ses séries, l'autre avec ses gammes, il compare, s'emporte. Les pages se cornent et se froissent tant il les manipule. Il doit retourner à l'Orangerie, se nourrir de ce travail d'une vie. Il ne le sait pas encore, mais les murs du musée qui abritent les Nymphéas ne lui offriront pas qu'une passion grandissante pour le génie des couleurs. Le mot qu'il entend parfois dans la cour de l'école lorsque certains l'emploient, ce mot dénué de sens absent de son vocabulaire et de ses jours, deviendra bientôt réalité. Hugo va faire une rencontre, et de celle-ci, l'impensable va se produire. Hugo va se faire un ami…

Monsieur Raymond, le vieux garçon qui vit en anachorète au cinquième étage du trente-six de la rue du Mont Thabor, est la mémoire vivante de l'immeuble. Lorsqu'un doute subsiste lors d'une réunion de copropriété, il se substitue volontiers aux ignorants du syndic qu'il déteste, afin d'apporter triomphant la réponse à la question sur laquelle ils butent. Les nouveaux propriétaires du troisième, un jeune couple fraîchement débarqué des montagnes suisses, ont pu remonter grâce à lui l'historique de leur petit nid sur trois générations. Ils n'en demandaient pas tant, il ne leur fallait que le nom du précédent occupant. Mais l'employé de la plateforme d'une société qui proposait ses services dans le domaine de l'internet, s'est montré particulièrement doué dans son incapacité à les aider. Lorsqu'il l'a su, horripilé par un tel manque de professionnalisme, il en a fait une affaire personnelle. En prenant le relais, il leur a évité des semaines de tracas inutiles. Deux heures plus tard, ils connaissaient le pedigree de leur défunt prédécesseur dans les moindres détails.

– Non mais c'est vrai ! On en aurait des envies de meurtres avec des zouaves de cette espèce, leur avait-il confié sur le ton de la plaisanterie.

Tout rentra finalement dans l'ordre. L'incompétent évita l'immolation sur l'autel de son inaptitude, et Monsieur Raymond fut remercié pour son aide à grand renfort de Porto blanc.

Avec ses cheveux épars, son sourcil broussailleux et un

nez aquilin très présent, on peut difficilement le qualifier de playboy. Cependant loin d'être un vieillard cacochyme, il se porte à ravir et inspire la sympathie à quiconque le côtoie. Madame Gomez la gardienne de l'immeuble, ne s'y trompe pas. Son côté fragile la titille. Si la crainte du péché ne la tenait à l'écart, elle le dévorerait volontiers. Confortablement installé dans une vie plus que tranquille, il aime par-dessus tout son modeste petit deux pièces dans lequel l'ordre règne en maître incontesté. Y sentent l'eau de Cologne d'antan, ainsi que ces odeurs que l'on ne trouve que dans les appartements des personnes en âge de ne plus pouvoir sortir de chez elles. Sur les meubles, vierges de toute poussière, aucune ostentation ne nuit à la sobriété du lieu. Il apprécie que tout soit impeccable, que rien ne dépasse, l'élégance selon lui se doit d'être tirée au cordeau. Monsieur Raymond a tout du maniaque. Dans la cuisine, rien ne traîne. La poêle dans laquelle il a cuisiné la veille, les couverts et l'assiette lavés à la main, n'égouttent pas. Tout est rapidement essuyé à l'aide d'un torchon propre et repassé, puis rangé en bonne et due place afin de ne pas encombrer. Les éponges sont toujours neuves, il déteste lorsqu'elles noircissent et se rabougrissent. Il n'apprécie pas non plus que les essuie-mains soient suspendus à un crochet adhésif. Celui d'hier soir ne servira d'ailleurs qu'une fois, il sera lavé à la main lui aussi. Son porte-savon vert céladon, vestige rescapé d'une époque révolue, trône en roi sur un évier d'un blanc immaculé, récuré deux fois par jour. Pas de télévision dans le salon, Monsieur Raymond est un fidèle de France Inter. Inconditionnel du masque et la plume qu'il écoute religieusement dans son fauteuil club parfaitement ciré, il allume toujours sa pipe quand résonnent les premières notes de piano. Et puis évidemment, il y a le jeu des mille euros. Certes il n'y retrouve pas le charme des mille francs de Lucien Jeunesse qu'il a écouté durant des années, mais son côté nostalgique lui interdit de rompre avec une si vieille habitude. Sur la table, le napperon rond en dentelle parfaitement amidonné tricoté par sa feue mère, occupe le centre au millimètre près. Dans le vase en cristal quelques marguerites flottent sans joie. Du bout de son lit, son objet préféré dépasse légèrement, pas trop. Il l'a déniché à Senlis dans une vieille échoppe. Une sublime chancelière en tweed, refuge de pieds devenus frileux. Et puis il y a cette collection de disques vinyles, son trésor. Il y tient comme à la prunelle de ses yeux. Si un cambrioleur entrait ici, il y pense souvent, il pourrait tout prendre. Mais à l'idée de perdre à jamais ses galettes noires, non c'est impensable. Il les bichonne à grand renfort de brosses et de chiffons doux. Certains lui évoquent une période de sa vie, un concert. Il les écoute en boucle sur un vieil électrophone. Fou de piano, sa préférence se porte sur les nocturnes de Chopin. Puis il y a les livres retraçant la vie et la carrière de Claude Monet, son peintre favori. Ils sont partout. Longtemps, la bataille a fait rage entre le maître de l'impressionnisme et les scènes de la vie vénitienne de Canaletto. La technique de la chambre noire le fascine toujours autant, mais le peintre de Giverny... Il se rend d'ailleurs trois fois par semaine au musée de l'Orangerie afin de contempler les Nymphéas. Il a beau les connaître dans les moindres détails, il se plaît à musarder dans les salles. Dans sa bibliothèque, des dizaines de livres sont rangées dans l'ordre alphabétique de leurs auteurs. Il a longuement hésité. Devait-il privilégier les lettres ou bien la hauteur des livres afin d'en respecter le parfait alignement ? Si son choix s'était porté classiquement sur l'ordre des voyelles et des consonnes, ce qui restait tout de même à ses yeux une valeur sûre, il n'aurait vu que les montagnes russes que dessinaient les irrégularités de tailles des ouvrages.

En revanche, s'il voulait une ligne presque parfaite, quel bonheur pour les yeux !

Mais comment supporter alors cette succession désordonnée de A, R, B, L, A, S, J ?

Terrible dilemme qui a occupé son temps deux jours durant. Après moult essais et retouches, en digne militaire il a tranché. L'ordre et rien d'autre ! L'alphabet aligné tel des bataillons d'infanterie impeccablement disposés en vue d'un défilé, l'a emporté. Mais ces montagnes russes, il a mis du temps à s'y habituer. Et puis il y a cette troisième passion inavouable. Celle pour laquelle il vibre depuis toujours et le conduit un peu partout, même si à son âge il doit maintenant lever le pied. Peut-être est-ce d'ailleurs celle-ci qu'il préfère. Sur le guéridon en bois vernis de sa vieille tante, il a disposé les cinq téléphones. Toujours prompt à décrocher lorsque l'un d'eux se met à sonner, il ne lui faut que quelques instants pour boucler sa valise. Seule ombre au tableau, il n'aime pas les couleurs criardes des appareils. Une différente pour chaque téléphone, c'est d'un mauvais goût ! Mais ils le lui ont imposé. Son filet à provisions en main, il descend faire quelques courses. Le mardi pour les principales, puis au jour le jour pour l'essentiel. Sifflotant dans l'escalier, il croise la belle lusitanienne, gardienne des lieux.

— Bonjour Monsieur Raymond.

— Bonjour Madame Gomez. Cette blouse parfaitement repassée ! Les fleurs n'en ressortent que mieux. Quelle divinité, parée de la sorte !

Même s'il n'aime pas trop s'attarder, ses compliments sont toujours sincères.

— Merci, lui répond-elle en inclinant la tête de façon si brusque qu'elle frôle la luxation du rachis cervical et en devient écarlate. Vous n'êtes pas très couvert, le froid pique ce matin.

— Oh vous savez, je ne serai pas long et j'ai l'habitude, mais merci tout de même.

Alors qu'il presse le pas afin d'échapper à une discussion qui risque de s'éterniser, Madame

Gomez se débrouille pour exécuter un pas de côté, faisant de son corps un rempart infranchissable.

— Une fois de plus vous êtes très élégant dans ce costume. Et cette cravate ! Madre de dios, dit-elle en joignant les mains, les yeux tournés vers le ciel.

Mais voilà que ces maudites chaleurs la reprennent. Dès qu'elle croise le Don Quichotte de l'immeuble, ses joues s'empourprent. Malgré une température corporelle frôlant celles des étés caniculaires de son doux pays, elle lui sourit béatement.

— Vous êtes une éternelle flatteuse ! Pas de courrier pour moi ?

— Non rien ce matin.

Il la connaît depuis longtemps. Lorsque les rougeurs arrivent, un temps mort dans la conversation s'installe. Pressentant le moment du salut, Monsieur Raymond en profite.

— Allez je file, bonne journée Madame Gomez.

— Vous aussi Monsieur Raymond.

Contemplant son paladin alors qu'il descend les dernières marches, elle attend. Puis, dès qu'elle entend la porte d'entrée se refermer, elle se signe en implorant l'amour. Ventre à terre elle court jusqu'à la grande glace du hall afin de vérifier sa tenue. La blouse est impeccable, pas un faux pli. Il l'a d'ailleurs souligné. Certes les bas plissent un peu sur les mollets, mais il n'a pas dû s'en apercevoir. Le rouge à lèvres déborde légèrement, la bouche quelque peu négligée lui donne un petit côté sensuel. Tout du moins, elle se plaît à y penser. Mais l'absence de compliment concernant le parfum capiteux acheté cet été dans un petit supermarché non loin de Porto sur les rives du Douro, la laisse perplexe. Aucune allusion ! Elle s'en vaporisera abondamment la prochaine fois. Il finira bien par lui en faire la remarque, Manuel le fait bien lui. Connu de très longue date par les commerçants du quartier, on le moque gentiment mais le respect est intact. Passant pour l'éternel vieux garçon, les questions sur une éventuelle fiancée reviennent toujours un peu lourdement. Monsieur Raymond ne se démonte pas pour autant, il a l'habitude. Sa réponse, toujours négative, ne manque jamais de courtoisie ni d'élégance. Il accélère, déjà onze heures et jamais il ne déjeune plus tard que midi. Aujourd'hui il retourne au musée de l'Orangerie comme tous les mercredis en début d'après-midi. Avant cela, afin de s'imprégner une fois de plus de l'univers du peintre, il se replongera pour la énième fois dans l'histoire des Nymphéas. Il a beau en connaître l'histoire par cœur, il relit toujours un ou deux chapitres au préalable.

Dans sa chambre, Hugo assouplit ses doigts délicats et fragiles comme le ferait une danseuse de ses jambes en entamant un pas de danse afin de se préparer. Puis, lorsque leur agilité le permet, inlassablement il recommence à travailler ses gammes. Ce qui deviendrait pour certains une sinécure, reste pour lui un plaisir. Sur les murs, aucun indice ne révèle sa jeunesse. Pas de posters de footballeurs ou de groupes à la mode. Alors que les premières notes se mettent à résonner dans l'appartement, sa mère l'interpelle.

— Le déjeuner est prêt dans dix minutes Hugo, je compte sur ta présence à table. Ne me dis pas non s'il te plaît !

— Je suis désolé maman je ne veux pas m'arrêter. Je mangerai un morceau rapidement après ou bien je dînerai pour deux ce soir je te le promets. Mais là il faut que je continue. Et arrête de t'inquiéter, je ne meurs pas de faim !

Lorsque son fils travaille sans relâche, elle sait qu'elle n'a pas voix au chapitre. La mère d'Hugo en pleurerait ! Elle ne s'attend certes pas à des bacchanales, mais ne pas avoir son fils à table alors qu'il est dans l'âge ou il en a le plus besoin la démoralise. Alain, son professeur de conservatoire, lui a demandé de répéter la Polonaise Héroïque de Chopin. D'une exigence poussée à l'extrême, Hugo veut s'asseoir à son piano et l'étonner par sa parfaite maîtrise. Il sent qu'il touche au but, il ne bougera pas de son tabouret. Seuls les plus grands virtuoses en sont capables, et il sait qu'il en viendra à bout. Cette journée, le jeune homme l'attend avec impatience. La Polonaise domptée, place au rendez-vous de fin d'après-midi avec Armand.

Lorsqu'il entre dans le jardin des Tuileries, la joie s'empare de lui. Le chef de la sécurité, ami d'enfance de Pierre, l'attend les bras croisés, campé sur ses jambes écartées tel un videur de discothèque.

– Bonjour Monsieur.

Armand, le responsable, l'impressionne. Il n'aime pas son teint cireux qui lui rappelle les mannequins du musée Grévin.

– Bonjour Hugo, comment vas-tu ? Il paraît que tu progresses encore au piano.

Il suit le chef des gardiens dans son bureau.

– Assieds-toi, je t'explique le topo. Nous fermons à dix-huit heures, je te propose vingt minutes de Nymphéas en privé ! Le temps que nous fassions notre tour, ils sont à toi sans personne, enfin presque. D'habitude je te laisse une dizaine de minutes mais je sais à quel point tu les aimes alors... Vous serez deux à bénéficier de ce privilège. Je connais quelqu'un qui vient ici trois fois par semaine, il sera avec toi. N'aie pas d'inquiétude, la personne en question Monsieur Raymond, ne te dérangera pas, tâche d'en faire de même. Je ne peux te proposer que le mercredi, les autres jours sont plus compliqués. Qu'en penses-tu ?

Malgré la présence annoncée de ce Monsieur Raymond à laquelle il ne s'attendait pas, le jeune garçon exulte.

– Merci beaucoup ! J'ai la possibilité de les voir si souvent grâce à vous, je ne vais toute de même pas me plaindre.

– Maintenant tu auras plus de temps. Alors ? Cela te fait plaisir ?

– C'est merveilleux ! Vous voulez l'abonnement de papa ?

Armand sourit et tend sa main vers lui.

– Pas besoin de ça, vous êtes mes invités tous les deux. Je

vois passer tellement de gens qui marchent le nez sur leur téléphone alors qu'un chef-d'œuvre honore ces murs, que tout le bonheur est pour moi. Recevoir deux personnes avec la passion chevillée au corps dans un tel lieu ne peut que m'enchanter. Reste ici tranquillement, je viens te chercher dans dix minutes.

Au même moment, Monsieur Raymond passe la porte du musée.

— Ah vous voilà ! Je vous annonce que vous ne serez plus seul cher ami.

Les yeux du vieux militaire se plissent. Les chamboulements, il n'aime pas ça.

— Allons bon.

— Vous aurez maintenant un jeune invité de quatorze ans et demi avec vous.

Surpris, Monsieur Raymond se retourne dans la direction qu'il lui indique du bout de son doigt.

— Il est jeune dites donc.

— Oui, et virtuose du piano de surcroît !

Armand qui connaît sa passion, voit la curiosité s'aiguiser dans son regard.

— Vous touchez la corde sensible. Le piano c'est toute ma vie, enfin presque.

— Je sais, je sais, répond le gardien en hochant la tête.

— L'un de mes hobbys préférés.

— Chuuut ! Lui répond Armand en regardant autour de lui, barrant ses lèvres de son index.

Dix minutes plus tard, alors que la grande salle se vide de ses passionnés et de quelques individus en soif de culture à partager sur les réseaux sociaux, les deux VIP se saluent discrètement de la tête sans dire un mot. Leur territoire n'étant plus une propriété exclusive, ils se jaugent afin de vérifier avec qui ils partagent le privilège qui leur est accordé. Chacun de son côté observe les huit panneaux.

Monet et Clemenceau… Sans la rencontre des deux grands hommes, rien de tout ceci n'illuminerait leurs yeux. Monsieur Raymond comme toujours, demeure bouche bée comme s'il découvrait l'endroit pour la première fois. Hugo décortique religieusement, son cortex temporal exulte. La gigantesque fresque de pratiquement cent mètres, leur livre à chaque visite de nouveaux secrets. Les couleurs et les formes ne semblent jamais tout à fait identiques à la précédente observation. Ici un reflet insoupçonné, l'eau semble plus ondoyante de ce côté-ci. Un sublime camaïeu qui échappait jusqu'alors à leurs yeux se révèle soudain. L'exceptionnel surgit partout, là où l'on s'y attend le moins il vient frapper en plein cœur. Et puis il y a cette disposition qui les entraîne dans un voyage du lever au coucher du soleil. Monsieur Raymond rêve de dîner ici. Un repas arrosé d'un grand vin en leur compagnie. Il s'imagine seul évidemment, au bout d'une grande table parfaitement centrée dans l'ellipse. Les mets se succéderaient en musique. Du piano bien sûr, le rythme serait parfaitement cadencé. Un majordome en livrée, muet de préférence afin d'éviter tout commentaire prolixe ou banal aphorisme, lui servirait une canette farcie aux morilles accompagnée d'un romanée-conti dix-neuf cent cinquante-neuf. Les vins de Bourgogne, qu'ils soient rouges ou blancs, affolent ses papilles. En dehors de Chopin, aucun bruit ne viendrait troubler son accord Nymphéas, mets, vins. Il passerait la nuit entière à les contempler. La cire des bougies achèverait sa course au pied des chandeliers en argent au petit matin, bien avant qu'il n'en ait cure.

Hugo lui, imagine une symphonie qu'il composerait pour les Nymphéas, sorte de madrigal en hommage à la peinture, elle ne pourrait se jouer qu'ici et une seule fois. Une composition unique afin de mettre en musique le chef-d'œuvre d'une vie. Un grand piano blanc afin de ne pas rivaliser avec les couleurs voulues par le peintre. Les Nymphéas bougeraient ostensiblement au rythme doux de ses notes. Une dance chaloupée, insolente et très légèrement irrévérencieuse. Rien ne viendrait troubler la communion du beau. Sans que personne n'ait à les prévenir que l'heure tourne, ils respectent le temps imparti. Les yeux rassasiés, la tête pleine et légèrement étourdis par leurs rêves, ils remontent à la surface à grand regret. En sortant, ils se saluent d'un élégant mouvement du menton. Leur esprit est resté en bas, ils n'échangent pas la moindre parole. Chacun rentre finalement chez lui ivre de joie dans l'attente de la prochaine fois. Dans son fauteuil Monsieur Raymond ferme les yeux. Les sonates pour clavier de Mozart offrent la plus belle conclusion artistique à ce mercredi en compagnie de Monet. Sur le moment il n'a pas vraiment prêté attention à la remarque d'Armand. Maintenant qu'il y repense, il en reste pantois. Tout de même, quatorze ans et demi, chapeau ! Se dit-il en repensant au jeune homme qui partagera dorénavant le même espace que lui. Son verre à la main il savoure l'instant. Moment malheureusement écourté puisque le téléphone bleu retentit. Il doit partir au plus vite, sa troisième passion ne souffre pas l'attente.

Un ciel vierge de nuages dans lequel souffle un vent tiède et léger, est une promesse de paix qui devrait enchanter Hugo. Seulement voilà, il faut retourner en classe. Aujourd'hui il y a sport et ce n'est pas son fort. Perdu dans le labyrinthe de ses pensées, il estime ses chances plutôt faibles de passer entre les mailles du filet. Comment s'y prendra-t-il afin de ne pas devenir une fois encore, la cible de ceux qui tapis dans l'ombre guettent le moment propice pour lui sauter dessus ? Avant d'affronter les parquets du gymnase, il se concentre. Penché sur sa feuille, il écoute l'énoncé du contrôle de mathématiques. Vingt-cinq minutes plus tard, il a déjà terminé. Sans surprise, Madame Dubois le sait, il remportera encore la palme de la meilleure note. Mais à sa droite, un regard noir pèse sur lui.

– Dégage ta main Bertin laisse-moi copier, lui murmure Tanguy Beraud sur un ton qu'il suppose discret.

Une vraie tête de voyou malgré son jeune âge. Son nez fracturé lors de sa petite enfance est resté légèrement de travers. Cet air de boxeur sortant de la salle après un âpre et long combat, les jeunes filles de sa classe en raffolent. Les cheveux toujours en désordre, une petite cicatrice au coin du sourcil, il a tout du sale gosse qui chavire les cœurs. Ses parents, gérants d'un café dans lequel trônent un flipper et un vieux juke-box, donnent sans le vouloir la touche finale à sa réputation. Tanguy plaît et il le sait. Alors, afin d'asseoir définitivement ce statut de charmante petite terreur, il exerce sa méchanceté sur les plus faibles.

Et celui qui tient la corde en ce domaine n'est autre que le jeune pianiste. Le regard vide et lointain, Hugo s'exécute en posant sa main à plat sur la table. Madame Dubois a tout vu mais elle ne dit rien, elle sait que toute intervention de sa part lui en ferait subir une fois de plus les conséquences.

– Pianette ?

Il utilise la contraction de piano et lunette depuis l'école primaire.

– Tu l'as réussie cette interro j'espère ? Il vaut mieux pour toi que ma note soit bonne. Le jeune garçon porte son stylo à la bouche, et se met à en mâchonner nerveusement le bout.

– Je te laisse faire à ta guise Tanguy, après je ne suis pas responsable de ce que tu recopies.

Hugo s'en veut. Cette réponse inutile, il la regrette déjà.

– Ah ouais ? Et ma main qui va arriver à grande vitesse dans tes lunettes t'es responsable ?

Tanguy, censé recevoir une excellente note pour le travail qu'il ne fournit pas, ne possède pas le don d'intelligence. Pompant tout ce qu'il peut, il note de façon hâtive et désordonnée. Résultat, il atteindra à peine la moyenne. Il faudra désigner un coupable, et comme toujours il se vengera sur Hugo. De peur qu'il ne mette sa menace à exécution, il ne relève pas, il ne répond d'ailleurs jamais. D'autant plus que l'heure suivante s'écoulera dans le gymnase. Autant ne pas exciter le tyran. Frêle et peu téméraire, il se verrait tout de même bien abattre de toutes ses forces sur le crâne de Tanguy, une hache parfaitement aiguisée pendant que deux sbires, alliés pour l'occasion, le maintiendraient solidement afin qu'il ne bouge. Faute somme toute vénielle compte tenu du personnage, lui en tiendrait-on rigueur ? Revenant de ses pensées, il réfléchit un instant à sa condition. Blessé quotidiennement dans son orgueil et sa chair, il sent le mal monter en lui. Une sorte de bête qu'il doit canaliser, avec qui il doit vivre. Il s'efforce de la dominer, de la vaincre même. Faute de quoi elle sortira, il devra alors marcher à ses côtés. L'angoisse monte d'un cran pour Hugo. Après une récréation durant laquelle tous suent de bonheur et rient de bon cœur, lui est resté prostré dans un coin afin de ne pas attirer l'attention. Le bruit de la cloche met brutalement fin à la solitude réconfortante dans laquelle il se réfugiait, synonyme pour lui d'affronter l'épreuve redoutée. Ses cannes de serin dépassent timidement de son short, les rires ne vont pas tarder à surgir.

— Beraud ! ! ! ! ! Mettez-vous dans la colonne de droite ! Hurle le professeur.

Tanguy colle maintenant Hugo qui n'ose pas avancer.

— On est dans la même file. Content Pianette ? Passe devant. Sympa tes gambettes, t'as fait d'la muscu dis donc ?

Concentré sur ce qui l'attend, il ne répond pas. Le saut en hauteur, discipline dans laquelle il n'excelle pas, tant s'en faut, se transforme toujours en calvaire pour lui.

— Allez, file de gauche on démarre à mon signal et file de droite on enchaîne. OK ? Go !

Hugo devient livide, son tee-shirt colle à sa peau moite. Les élèves se succèdent avec plus ou moins de réussite. Le Fosbury réclame de l'aisance, et malheureusement le jeune prodige en manque. La souplesse et une bonne détente lui faisant également défaut, il se couvre en général de ridicule aux yeux de tous.

— Bientôt à toi mon beau nabot Pianette, je te regarde, enchante-moi.

Hugo tremble. Trois personnes encore et il s'élancera à son tour. Les yeux fixés sur ceux qui partent devant lui et le fil tendu là-bas, véritable montagne à franchir, il se focalise également sur ce qui se passe derrière lui. Plus le temps de réfléchir. Après la jeune fille qui vient de prendre son élan, ce sera son tour. Il s'élance à grandes foulées, il veut leur montrer à ces décérébrés qu'il peut y arriver. Le geste n'est pas d'une grande élégance mais cette fois-ci il a réussi à se mettre sur le dos, ce qui pour lui tient de la prouesse. En retombant sur le gros matelas bleu, il sait qu'il a touché l'élastique. Cette fois-ci il ne manquait vraiment pas grand-chose. Malheureusement pour lui, il ne l'a effleuré que par en dessous et non par au-dessus, ce qui provoque l'hilarité générale. Il ramasse ses lunettes tombées à terre, puis se décale au dernier moment afin de laisser passer Tanguy, qui lui réalise le saut parfait. Debout sur le tapis tel King-Kong, il frappe son torse de ses poings sous les yeux langoureux des jeunes filles de la classe. Son moment de gloire passé, il retourne dans la file et presse à nouveau Hugo. Inquiet, il sait que tout va se jouer dans le vestiaire. Ils échangeront tous sur leurs exploits et il passera inaperçu, ou bien les regards convergeront lentement vers lui. Et là, l'enfer s'ouvrira sous ses pieds. Pour l'instant les rires retentissent, certains plus forts que d'autres. De partout, les bras se plient afin de comparer les épaisseurs de biceps. On échange sur les sauts et on se tape dans le dos. Soudain, le calme revient peu à peu. Le vestiaire se voile d'un silence qui n'annonce rien de bon. Le vacarme allait plutôt bien à Hugo, il le rendait anonyme pendant que fébrile, il se débattait avec ses chaussettes et remontait son pantalon à la hâte afin de sortir au plus vite. Mais maintenant tout change. Le regard de Tanguy se tourne lentement vers sa proie.

— Alors Pianette ! Pas mal ton saut. Mais il faut passer au-dessus de l'élastique tu sais ?

Tout en lui parlant, il se lève de son banc et s'approche de lui. Lorsqu'il arrive à sa hauteur, il s'immobilise et pose son pied sur celui d'Hugo, lui interdisant tout mouvement. Sitôt la phrase terminée, la joue d'Hugo s'enflamme, elle vient de claquer comme un coup de fouet. Pour la deuxième fois de la journée ses lunettes volent.

– Voilà pour ton insolence pendant le contrôle de maths. Quand tu t'adresseras à Tanguy Beraud, tu réfléchiras au ton que tu emploies pt'it minable.

La marque des doigts du cancre tortionnaire imprimée sur son visage, blanche sur fond rouge sang, il en a l'habitude. Il ne dit rien, mais une colère qui pourrait devenir dévastatrice gronde en lui. Un jour il se vengera, il le sait. L'intelligence étant de son côté, il attend son heure.

Mais Tanguy, décidé à ne pas se contenter d'une gifle, ne lâche pas Hugo.

– Puisque tu n'es pas parvenu à passer au-dessus de l'élastique, je me vois obligé de te donner un gage Pianette. OK les gars ? Un gage pour Pianette ?

Il sait qu'il a son public. En les excitant, sa haine prend une ampleur qu'il ne contrôle plus.

– Pianette un gage ! Pianette un gage ! Hurlent-ils tous en chœur la bave aux lèvres tels des moutons ridicules qui s'en remettent à la volonté sadique de leur chef prépubère. Motivé par les cris qui le poussent, il se passe la main sur le menton et lève les yeux.

– Attendez les gars je réfléchis ! Voyons voir... J'ai trouvé ! Pianette rime avec quoi les mecs ?

Plusieurs regards bovins fixent Beraud, cherchant désespérément où il veut en venir.

– Ben enfin ! Quéquette les gars ! Pianette, quéquette ! OK ?

Certains ont compris, d'autres non. Mais peu importe. Ce qu'ils veulent c'est du spectacle. Et puisqu'il s'agit d'Hugo, ils savent qu'ils vont aimer.

– Ouaiiiiiiis ! ! ! ! ! ! ! Hurlent-ils.

– Putain de bonne idée, non ? Du coup, je suis vraiment désolé mon Pianette mais il va falloir baisser ton slip devant tout le monde et nous montrer ta quéquette. Lucas, va chercher les filles dans leur vestiaire s'il te plaît.

Quatre demoiselles font le déplacement en gloussant afin d'assister au supplice. Hugo en tremble. S'il n'accède pas à sa requête il va se ruer sur lui, et alors que peut-il se passer ? Ses affaires seront-elles jetées hors de sa portée ? S'il fait ce qu'on lui demande, le déshonneur et les moqueries sont assurés à jamais ! Mais il n'a pas le choix. De ses petites mains hésitantes et tremblantes il s'exécute. Le slip sur lequel des pianos de toutes les couleurs semblent voler descend à mi-cuisses. Son bourreau déchaîne sa haine dans un rire forcé.

– Non mais je'l'crois pas ! C'est quoi ce truc de merde ? Pianiste jusqu'aux fesses !

Une assistance mi-médusée mi-gênée assiste à l'impensable, les esprits cogitent. Comment se conduiraient-ils eux face à l'insistance de Tanguy ? En proie à la peur ? Les yeux glacés de Beraud assistent à une victoire courue d'avance. De sa bouche ignivome, la haine jaillit. Cette rancœur, lui-même n'en connaît pas la raison, si ce n'est cette toute-puissance qui le pousse à détruire autrui.

– Waouuuuh, la vache ! La taille de Pianette nous la connaissions, mais on sait maintenant qu'il a aussi une quéquette ridiculement petite, lance-t-il face à la meute hilare.

La nouvelle cruauté du monstre frappe Hugo en plein cœur, c'est une déflagration. Le cénacle groupé autour de lui n'attendait que ça. Hugo pleure avec une grande classe, le regard fixe et sans effusion, ses lèvres ne tremblent même pas. Il attend, digne dans son malheur. En lui, un écheveau de pensées se tisse, révélant les envies de meurtre qui l'habitent. Debout dans une attitude grotesque, il se demande maintenant à quelle sauce ils vont le manger.

Rompu aux vexations et aux propos caustiques, il se prépare à une nouvelle salve. Mais c'en est terminé. Le bourreau décide de passer à autre chose.

— Bon allez c'est trop horrible, cache ça Pianette !

Le monstre vient de vivre sa minute de gloire, mais il sent que l'attention de l'assemblée baisse d'un cran. Hugo peut remonter son pantalon dans une totale indifférence. Cette journée à l'identique des autres le détruit, mais ne le surprend plus. La seule chose qui diffère aujourd'hui, c'est cette haine qu'il sent monter encore un peu plus en lui. La torture quotidienne qu'il vit aux côtés de ce monstre s'engramme dans son esprit, elle cogne contre son cœur et sa tête. Il n'ose pas répliquer car il imagine alors la correction qu'il recevrait.

Mais si une formule magique existait, Beraud mourrait dans d'atroces souffrances. Il se console en pensant à Chopin, Mozart, Liszt, Schubert et Rachmaninov. Eux l'accompagneront toute sa vie. Il donnera des récitals dans les salles du monde entier, on l'acclamera, on l'adulera partout où il passera. C'est sans équivoque, il le sait. Et Beraud ? Sournois comme à son habitude, Il végétera sans doute dans un bureau crasseux, observant du coin de l'œil le collègue auprès duquel il s'apprête à nuire, lui le nuisible. Il aura belle allure celui qui se prend pour un héros quand son chef lui gueulera dessus. Sa saloperie de bonne femme et ses sales mômes lui cracheront au visage. Il se fera virer pour incompétence, il perdra tout et finira sous les ponts.

— Je vais le crever ce fils de pute ! Murmure-t-il tout bas, seul dans le vestiaire.

Hugo tente de se calmer, assis dans un coin de la cour les bras croisés sur ses genoux, il rumine. Ces montées de colère et cette humeur de plus en plus changeante l'emportent sur la tempérance qu'il s'imposait jusqu'à présent. Un jour, les choses s'inverseront. Lui, la victime innocente d'une haine aveugle, déversera la sienne intelligemment, au bon moment. Ses ongles s'enfoncent dans la paume de ses mains tandis qu'il le regarde là-bas au fond de la cour. Tanguy tire les cheveux d'une pauvre gamine de deux ans sa cadette. Les suiveurs rient à s'en briser les côtes. Pourquoi ne se lève-t-il pas ? Ne mérite-t-elle pas que l'on prenne sa défense ? Elle dont les cris résonnent et les larmes coulent ?

L'après-midi tire à sa fin, il a eu son lot. Afin de taire cette peur qui lui tord le ventre, il court aux toilettes. Sur le mur, il dessine un bonhomme sans tête.

Monsieur Raymond a quitté Paris de bonne heure ce matin. Les kilomètres ont été avalés en compagnie de Brahms. Ses habitudes sont singulières, alors qu'il est censé rendre sa voiture de location à l'agence de Clermont-Ferrand, il la brûle dans un endroit discret. Les flammes mélangées à la fumée noire qui tourbillonnent dans le vent et montent au ciel, lui évoquent la tourmente de la nuit étoilée de Van Gogh. Malgré le vol de son véhicule que des jeunes désœuvrés en mal de rodéos automobiles endosseront sans le savoir, son retour dans la capitale est déjà planifié par l'intendance du cercle. Une personne qu'il ne connaît pas le déposera à Montluçon. Une voiture l'attendra ensuite quelques centaines de kilomètres plus loin, puis à son tour le laissera à la gare de Romorantin-Lanthenay d'où il prendra le train pour Paris. Avec ses cheveux blonds et une large frange, un polo Lacoste, un jean et un blazer, des mocassins anglais à pampilles, Monsieur Raymond est méconnaissable ce matin. Personnellement, il trouve tout cela ridiculement vulgaire et affreusement moderne, mais s'il veut exercer sa passion il faut bien se plier à quelques règles élémentaires. Et le travestissement s'avère parfois nécessaire. Clermont-Ferrand il connaît un peu. Il y passait parfois des vacances chez une tante que sa mère voyait lorsqu'il était enfant. Elle pensait que prendre le vert et s'amuser avec des gosses de son âge, en l'occurrence des petits-cousins très éloignés, serait bénéfique pour lui. Mais les cousins il les détestait. Pour tromper l'ennui et assouvir des penchants meurtriers qui déjà le torturaient, il observait. Il aimait craquer une allumette et l'approcher des colonnes de fourmis besogneuses. Plus la flamme chauffait, plus les légions de travailleuses perdaient de leur rigueur militaire pour fuir l'imminence du brasier. Lorsqu'il les immolait enfin par groupe, son visage s'éclairait, son corps frémissait tout entier. Les oiseaux, les chats, sans relâche il poursuivait la mort à donner. Aujourd'hui encore, les souvenirs se mélangent. Il a beau tenter d'oublier, il n'aime toujours pas cette grande cité grise, même s'il lui reconnaît volontiers les lauriers de la victoire de Vercingétorix au siège de Gergovie face à Jules. Mais la statue de Bartholdi sur la place, quelle horreur ! Au desk de l'hôtel, affublé tel un dandy britannique égaré en terre auvergnate, il dénote un peu avec les touristes et leurs sacs à dos. Une réceptionniste endimanchée et outrageusement fardée, lui adresse un sourire de circonstance. Son prénom au revers d'une veste impeccablement repassée, bon point pour elle, avance vers Monsieur Raymond sous l'impulsion de son opulente poitrine, à deux doigts d'expulser un bouton de son corsage blanc parfaitement lissé au fer.

– Bienvenue à l'hôtel des voyageurs. Monsieur Pierre Contat c'est bien ça ?

– Absolument chère Madame. Madeleine, quel joli prénom.

Monsieur Raymond est observateur. Même s'il s'en moque, il est habitué à relever les détails, même les plus insignifiants.

– Merci beaucoup c'est très aimable à vous.

– Je vous en prie Mademoiselle. Pardonnez-moi je suis mort de fatigue, ma chambre est-elle prête ?

Alors qu'elle consulte son ordinateur, Madeleine se surprend à aimer enfin son prénom.

– Je regarde. Nous avons le plaisir de vous accueillir

pour ? Pour ?

– Pour une nuit.

– Oui ! Désolé mais ce système ne m'est pas familier, je ne suis ici que depuis lundi.

– Ce n'est rien, il y a un début à tout.

– Ah voilà, chambre six. L'une des plus belles, vous avez de la chance, vue sur la statue de Bartholdi, vous allez adorer.

Cette horreur ! Pense-t-il en regrettant le compliment qu'il vient de lui adresser. Madeleine en plus, c'est d'un moche !

– Quel veinard effectivement. Merci infiniment, lui répond-il en grinçant des dents.

Dans sa chambre il redevient Monsieur Raymond. Avec des gestes presque maniérés, il ouvre délicatement sa petite valise. Il sort sa trousse de toilette qu'il pose sur la tablette en verre ébréchée d'une salle de bains plutôt spartiate. Il tapote son visage de ses mains enduites d'eau de Cologne. Il aime cette fraîcheur et cette odeur qui lui évoque son enfance. Son père l'utilisait parait-il. Le couvre-lit poussiéreux en velours côtelé orange ne l'inspire guère, non pas pour le modèle auquel il trouve un charme ancien délicieux, mais en raison d'une hygiène qui lui semble plus que douteuse. Et puis son lit fait au doigt mouillé ne lui convient pas. Puisqu'il a un peu de temps devant lui, il va leur montrer aux ploucs de Clermont ce qu'on appelle un lit au carré. Dans l'imposante vieille armoire, il dépose ses quelques effets. En refermant la porte miroir il inspecte sa tenue. Ridicule mais parfait, pense-t-il.

En fin d'après-midi, il sort déguster une Suze cassis en attendant l'heure. Il observe les passants qui livrent bataille à des parapluies récalcitrants que le vent tente de leur arracher. Avec la force d'une rivière déchaînée sortant de son lit, la pluie balaye la place. Jeunes universitaires alertes ou représentants de commerce ballonnés par leur déjeuner, tous courent se mettre à l'abri. Si seulement il pouvait écouter le concerto pour piano No 2 de Rachmaninov, quel bonheur ce serait. Puis, comme par miracle, le ciel se déleste des nuages qui le dévoraient un instant plus tôt, redevenant d'un bleu céruléen digne des plus beaux jours de la Riviera. Il trouve tout cela très joli, alors il commande une deuxième Suze cassis. D'une fenêtre ouverte au-dessus de la terrasse, lui parviennent quelques notes de piano. Laborieuses, elles proviennent sans doute du clavier d'un débutant. Il repense au jeune homme aperçu à l'Orangerie, il l'intrigue. Comme le lui a confié Armand, Hugo partage sa fascination pour les Nymphéas de Claude Monet. Lorsqu'il le reverra il tentera de lui parler. Mais comment discuter lorsque l'on contemple ces merveilles imposant le silence ? Même après ? Le besoin de solitude l'emporte sur tout. Enfin, on verra bien. Tout en dégustant son verre, il consulte le dossier que le maître de cérémonie lui a remis lors de la signature du contrat. Il connaît déjà tout, mais Louis Raymond est un perfectionniste, on ne se refait pas. Il les retrouvera au restaurant. Rien ne leur échappe au cercle se dit-il en regardant la copie de la réservation. Monsieur et Madame Gartuis ont réservé deux couverts au chien qui fume. Ils adorent cet endroit dans lequel ils se sont rencontrés il y a trente-sept ans. Il vendait des aspirateurs de la marque Tornado, quel chemin parcouru depuis. Elle servait au bar. Le charme de Pierre a tout emporté. Ce soir, ils vont célébrer leur anniversaire de mariage. Le riche industriel et son épouse se sont mis sur leur trente et un. Pour elle, une robe vert pomme à frou-frou, celle qu'il préfère, elle présume qu'il y sera sensible. Il ne le sait pas, mais s'il ne dort pas en rentrant il découvrira ses nouveaux dessous. Pour un grand soir on sort le grand jeu. Fidèle à la même marque depuis des années elle ne déroge pas à la règle, et les vendeuses de la boutique l'appellent Madame Gartuis, elle adore ça. Lui a ressorti ses souliers vernis et le smoking qu'il portait fièrement à l'Opéra de Clermont-Ferrand, lorsqu'ils sont allés applaudir cette représentation d'un italien connu dont il ne se souvient jamais le nom. Le faux nœud papillon rouge, certes de travers, provoque l'effet escompté sur Gisèle, alors il est heureux. Les escargots, les viandes en sauce, deux vins différents, une omelette norvégienne triomphalement rehaussée de bougies à leur effigie, cadeau que tenait à leur offrir leur ami Rodolphe Plantin le propriétaire des lieux, donnent à ce dîner l'air des grands soirs. Un vin de dessert, même s'il s'éparpille un peu sur la chemise de Pierre, vient porter l'estocade de façon magistrale. Il sait que sa sensible Gisèle gardera longtemps en elle l'attention qui donne à cette soirée le goût de l'inoubliable et du précieux. Il sait également allumer en elle les désirs les plus vifs. Attendri, Monsieur Raymond les observe discrètement en dégustant ses poireaux vinaigrette. Beaucoup trop vinaigrés mais que voulez-vous, ils ne sont pas obligés de tout savoir concernant ses aigreurs d'estomac, et de la longue litanie de borborygmes qui s'ensuivra. Après le champagne, ils échangent un baiser qui laisse un peu de mie de pain sur leurs lèvres, ils se sourient. Quelques taches de gras ornent maintenant le nœud papillon factice, mais Gisèle n'est pas bégueule, elle lui trouve même un côté rebelle à son Pierre. Une dernière coupe, il ne regarde pas à la dépense et ne transige pas avec les traditions, vient clôturer leur dîner en beauté.

– Ce champagne en fin de repas c'est classe ma Gisou ! Nous agissons comme de vrais parisiens !

Giselle, à deux doigts de défaillir devant toutes ces attentions, lui offre sa main.

– Oh Pierre… Lui murmure-t-elle en approchant ses

lèvres.

Un dernier verre offert par Rodolphe qui vient de lancer un hip hip hip hourra en leur honneur, scelle à jamais l'instant. Titubants de bonheur ils quittent leur table sous les yeux des notables et de Monsieur Raymond, ému aux larmes face à cette sortie digne d'une tragédie antique. Elle, en héroïne emprunte de bovarysme, lui, en empereur couronné des succès de sa dernière campagne, ils passent la porte sans se retourner. Il la raccompagne à la grille puis il entame son tour de pâté de maisons habituel. Après de telles agapes il tient à retrouver un peu de sa légèreté. Un anniversaire de mariage se fête dignement, alors il va l'honorer sa Gisèle. Même si ces derniers temps il faut bien l'avouer, Colette et son opulente poitrine colonisent un peu sa tête. Tout à fait son style la nouvelle aide comptable. Mais attention point trop n'en faut, hors de question de mélanger travail et gaudriole, le plaisir des yeux et rien de plus. Un notable comme lui se doit de tenir son rang. Marchant paisiblement, il sent une présence derrière son dos. Tiens ? N'est-ce pas le type du restaurant ? Qu'il a l'air tarte le pauvre avec sa frange. Mocassins à glands tête de gland, se dit-il en riant de sa remarque. Jamais il ne pourra rivaliser avec la classe innée des Clermontois. Puis, le pseudo-dandy à qui il vient mentalement de tailler un costume pour l'hiver, s'approche de lui en plissant les yeux.

— Cher Monsieur, pardonnez-moi j'ai malencontreusement oublié mes lunettes, et sans elles je ne suis plus rien, on est peu de chose tout de même. Pourriez-vous me confirmer qu'il est bien écrit hôtel d'Auvergne sur cette plaque ? Je n'ai pas envie de dormir ailleurs que dans celui que j'ai réservé.

Étonné Monsieur Gartuis lève docilement la tête tout en se disant qu'il n'y a pas d'hôtel dans ce quartier. Mais c'est là son erreur, la dernière, un chant du cygne qu'il ignore encore en cet instant. Un geste assuré et rapide digne de la Blitzkrieg surprend l'industriel. Monsieur Raymond passe un fil de fer autour du cou trop gras du brave homme, qui voulait apporter son aide à la mauvaise personne. Le temps qu'il comprenne ce qui lui arrive, il est déjà trop tard pour réagir. Ses bras s'agitent par réflexe, sa langue cyanosée sort ridiculement de sa bouche, mais tout cela ne lui sert à rien. Incapable de pousser le moindre cri, il étouffe. Une langueur assassine s'empare de lui, il se sent partir. Après quelques longues minutes à serrer et serrer encore avec rage, le corps flasque et sans vie s'écroule. Comme toujours il a bien choisi son endroit, personne à l'horizon. Fier de lui, il contemple un instant les étoiles, puis se congratule.

– Vite fait bien fait. Un vrai maître de la strangulation. Putain que c'est bon !

Laisse échapper Monsieur Raymond tout à sa joie.

– Cela méritait même l'hallali, mais bon…

Le ton jaculatoire sur lequel il vient de s'exprimer en dit long sur son état d'esprit. Cette montée d'adrénaline il la connaît par cœur, elle lui est nécessaire, presque vitale. Il respire l'air à pleins poumons. Sans même un dernier regard pour celui qui gît à terre dans une position de pantin désarticulé, il se dit que finalement Clermont-Ferrand a du bon. Maintenant il comprend. Son problème avec cette ville était lié à ses abrutis de cousins.

La salle dans laquelle Hugo répète est un véritable sanctuaire musical. Entre ces murs, règne une atmosphère de créativité et de passion. Quelques pianos soigneusement disposés en arc de cercle, alternant avec élégance les blancs et les noirs, semblent attendre les mains qui bientôt se poseront sur eux. Alain, professeur et gardien des harmonies aux cheveux argentés, observe son protégé. Les heures de répétitions qu'ils vivent ici, les morceaux improvisés, moments de pure intensité et d'intimité entre les deux passionnés, ont cimenté leur relation au fil du temps. Alain est un passeur. Tel un guide spirituel il transmet à Hugo les techniques et quelques secrets que lui seul sera capable de transcender. Des élèves possédés par le don il en a vu beaucoup. Quelques génies ont également posé leurs doigts sur les notes et les octaves en épicéa japonais. Mais les mains de son jeune prodige ne jouent pas sur le clavier, elles dansent. Dès leur première rencontre, alors qu'il fallait aider Hugo à grimper sur un tabouret trop haut pour lui, il a ressenti cette différence. Dès lors, Alain s'est mis en quête d'offrir les clés nécessaires à l'enfant. Savamment utilisées, les portes se sont ouvertes sur un monde qu'il n'aurait jamais soupçonné. Insatiable le jeune garçon décortique chaque leçon. Chaque son nouveau frappe le cœur avant de se frayer un chemin jusqu'aux oreilles du professeur.

Lorsque la magie s'installe, Alain se demande parfois si une fausse note imposera un semblant d'humanité, mais jamais elle ne survient. Il le sait, Hugo sera le plus grand pianiste toutes générations confondues. Non seulement il joue à la perfection, mais tel un mécano avec son moteur il en connaît tous les arcanes. Dans les couloirs du conservatoire où il aime se promener, tout le monde le connaît. Accepté très jeune en raison de ses capacités hors normes, Hugo impressionne. Des graves aux aigus, les notes piquées, les notes liées, l'usage de la pédale afin d'augmenter la durée des notes, le jeu perlé, il maîtrise absolument tout. Jamais les gammes, les études ni les arpèges, ne sont pour lui un pensum. Sa vraie maison se trouve ici, au sein de cet espace aéré et lumineux dans lequel aucun son ne lui échappe. L'enseignement d'Alain devenu exclusif, leur relation a évolué avec le temps, laissant place aux confidences d'Hugo lorsque les émotions surchargent son cœur encombré. Et après l'épisode du vestiaire, il l'est plus que jamais.

– Tu déjeunes avec moi Hugo ? Lui demande Alain.

– Avec plaisir.

– Tu as transformé la Polonaise Héroïque en une simple formalité, tu es incroyable.

– Je dois t'avouer que cela ne m'a pas paru si compliqué, lui répond le prodige.

Alain sourit. Hugo, bien loin de se tenir en haute estime, s'exprime avec un naturel qu'il n'a qu'avec lui.

– Tu sais lui dit-il, bientôt tu vas parcourir le monde entier, cela va se produire beaucoup plus vite que tu ne l'imagines. Cependant, j'ai la sensation que quelque chose ne va pas aujourd'hui. Veux-tu que nous en parlions ? Comment ça se passe au lycée ?

Les ongles d'Hugo s'enfoncent dans ses paumes de mains. La réponse tarde à venir.

– Mes notes sont bonnes.

– Je suppose que tu veux dire excellentes ?

– Oh je ne sais pas mais je suis le premier dans toutes

les matières, sauf en sport.

Alain connaît l'origine de ses problèmes. En fin stratège, il emmène Hugo sur son terrain.

– Et avec tes camarades ? Toujours aussi difficile ? Les adolescents de ton âge ont souvent beaucoup de mal avec ce qui les dépasse, d'autant plus s'il s'agit de l'un des leurs.

Ses yeux deviennent noirs et la réponse fuse.

– Je déteste Beraud !

Malgré le fait qu'Hugo ne se confie pas facilement, même auprès d'Alain, les mots viennent peu à peu. Et ce nom qu'il vient tout juste de prononcer, revient pour la troisième fois à ses oreilles en moins d'un mois.

– Celui dont tu m'avais parlé ? Il te harcèle toujours n'est-ce pas ?

– Oui... L'autre jour il m'a obligé à baisser mon slip devant tout le monde.

Alain, ulcéré par ce qu'il vient d'entendre, n'en revient pas.

– Quoi ? Mais enfin Hugo ! Tu ne dois pas te laisser faire ! En as-tu parlé à ton professeur principal ? Et à tes parents ? Veux-tu que j'aille le voir ? Il faut que tout cela cesse, et vite.

Alors qu'il devrait se sentir rassuré, le prodige est soudain submergé par l'angoisse.

– Non, non s'il te plaît Alain. Je ne veux rien dire cela empirerait encore, mais un jour je me vengerai. Tu sais, plus j'y pense et plus je me dis que ce type mérite le mal.

– C'est toi qui décides, mais je suis là. En attendant, reste tel que tu es, ce sera ta plus belle parade à sa bêtise.

Leur déjeuner se déroule comme toujours dans la salle de piano. Le temps s'étire au rythme de discussions endiablées, puis le repas achevé ils se remettent inlassablement à l'ouvrage. Leur travail accompli, ils se saluent respectueusement. En quittant la salle Hugo se dirige vers la cour intérieure. Assis sur les marches, il s'accorde quelques instants de rêverie avant de rentrer chez lui. Claude Monet occupe une fois encore le centre de ses pensées. Chacun dans un monde, celui de la peinture pour l'un, et de la musique pour l'autre, ils ont les harmonies en commun. Faut-il souffrir pour offrir ce que l'on a de meilleur ? Est-ce normal qu'il ne pense pas et ne vive pas comme ceux de son âge ? Le génie de Giverny a-t-il vécu une enfance malheureuse lui aussi ? A-t-il parfois ressenti l'envie de tuer ? Quelles que soient les réponses aux questions qu'Hugo se pose, il ne peut que constater. La poésie de Monet le pousse vers un monde plus haut, et il n'a dès lors plus qu'une envie, créer, se surpasser. Et puis quelque chose lui plaît terriblement. Le bourreau de travail, tout comme lui avec son piano, ne suit qu'une règle, celle de n'en avoir aucune.

Assis confortablement dans son fauteuil, Monsieur Raymond déguste son porto blanc.

Les pieds au chaud dans sa chancelière, il reprend goût au rythme tranquille et parfaitement réglé de sa vie. Son père, tout de noir et blanc vêtu dans son cadre doré centré au millimètre près sur le buffet, semble le défier du regard comme s'il attendait le compte rendu de ce que son fils vient d'accomplir. Que penserait-il de tout cela ? Serait-il fier de lui alors qu'ils ne se sont pour ainsi dire pas connus ? Tout ce qu'il sait de lui, il le tient de sa mère. Avant que l'autre ne l'entraîne dans son monde de déchéance, elle lui en parlait souvent. Son père c'est sa légende à lui. Les récits de ses exploits, il les vivait à sa façon, enjolivant chaque parole, chaque fait d'armes. Chaque retour de mission se déroule de la même manière. Son fauteuil, son verre, puis ils se regardent tous les deux. Alors il ferme les yeux, et, comme dans une salle obscure, son père lui offre un moment de rêve en reprenant vie rien que pour lui. Du militaire de carrière qu'il était, il ne possède que quelques photos et peu d'objets. Bien sûr il a maintes fois entendu parler du héros, du colonel Gustave Raymond qui est tombé sous les balles Viêt Minh à Diên Biên Phu, mais guère plus sur le reste. Il venait de souffler sa deuxième bougie, comment pourrait-il se souvenir de quoi que ce soit le concernant ?

L'Indochine, cette tranche de vie inconnue pour lui même s'il y est né, sa mère a toujours souhaité la passer sous silence. Et d'eux ? Que sait-il vraiment ? Rien, si ce n'est que son père faisait partie de l'assistance publique et que sa mère, montée de son Lot natal, l'a rencontré dans un café à Paris où ils avaient leurs habitudes. Et puis elle est partie si jeune elle aussi.

Bon, laissons là ces souvenirs se dit-il, et voyons ce qu'ils racontent là-dedans.

Ce matin, le journal la Montagne affiche en Une le visage couperosé de Pierre Gartuis. Un odieux assassinat perpétré en pleine rue. Qui pouvait bien en vouloir à ce riche industriel, le roi de la peinture comme on le surnommait ? Pour une fois qu'il se passait quelque chose de palpitant à Clermont-Ferrand loin des sentiers de randonnées pédestres, la publicité s'avère plutôt mauvaise. Louis Raymond, peut-être grisé par son verre de porto un peu matinal, esquisse un pas de danse à la Fred Astaire dans son salon. Gai comme un pinson, il chantonne. On pourrait presque déceler en lui l'élégance d'un Errol Flynn et la délicatesse d'un Gene Kelly, ces acteurs qu'il aime tant. Il faut dire qu'il vient de vivre un délicieux moment. Il aime tuer, c'est son truc. La peinture, celle de Monet évidemment, le piano, de préférence Chopin, sont pour lui des arts vitaux. Se priver du beau il en est certain, le détruirait. Occire c'est différent. Il voit plutôt cela comme un excellent cognac, un cigare rare, dont l'amateur éclairé se plaît à prolonger le plaisir en épilogue d'un très bon repas. Il y voit aussi une forme de poésie. Poignarder, tuer par arme à feu, ne demande pas une grande énergie, mais n'étrangle pas qui veut ! Il aime avant tout le travail soigné. Jamais il ne mégote sur la qualité. Toutes ces aptitudes font de lui un être pluridisciplinaire. Il se sent dans une telle forme qu'il décide de descendre au Rubis afin d'y prendre un ballon de rouge avec son vieux camarade, l'Aveyronnais. Ils vont pouvoir se livrer à leur sport favori accoudés au comptoir, ressasser la vieille époque. Et là, tout y passe.

De Gaulle, Gabin, la chanson française qui fout le camp, ils n'omettent rien. Ils sont finalement remontés assez loin dans le passé, ce qui a nécessité plus de temps que prévu. Il proposait aujourd'hui un aligot saucisse, alors tant pis pour le jambon qui l'attendait au frigo, il a craqué ! En rentrant dans l'immeuble, il remarque au premier coup d'œil la poignée de la porte d'entrée parfaitement lustrée. La concierge qui observe les allées et venues derrière son rideau, bondit dès qu'elle l'aperçoit.

– Bonjour Monsieur Raymond.

– Madame Gomez. Comment allez-vous aujourd'hui ? Votre blouse !

S'il subsistait encore le moindre doute, elle en est dorénavant convaincue. Elle lui plaît.

– Vous pouvez m'appeler Susana si vous voulez, lui dit-elle en regardant ses mules.

– C'est gentil Madame Gomez.

– Vous n'étiez pas là ces deux derniers jours ? J'ai déposé votre courrier sous le paillasson.

– J'ai vu ça en arrivant. Vous êtes parfaite, merci infiniment.

Puisqu'il tarde à se décider, elle va se dévoiler un peu plus.

– Oh je ne fais que mon métier vous savez. Mais il est vrai que l'on y met parfois un peu plus d'entrain suivant les personnes, lui dit-elle en dévorant un peu plus ses mules des yeux.

– Vous faites l'unanimité ici, tout le monde vous apprécie.

Manuel, son mari, n'est pas encore sorti. Elle jette un œil discret sur la porte vitrée afin de vérifier qu'il ne les observe pas.

– Mais dites-moi Monsieur Raymond, comment faites-vous pour votre ménage, votre repassage ? Il n'y a me semble-t-il, pas de Madame Raymond... ? Lui dit-elle en se cachant sous le tapis d'escalier. C'est tout du moins ce qu'elle ferait si sa souplesse et une ample moquette le lui permettaient.

– Mais je me débrouille que croyez-vous ? J'y attache beaucoup d'importance, et puis vous savez j'ai mes habitudes. Bon allez, on bavarde on bavarde et pendant ce temps je vous perturbe dans votre tâche.

Tu ne me perturbes pas idiot tu me rends folle, pense-t-elle.

– Ah mais non, pas du tout. Je reconnais que nous pourrions parler des heures tous les deux.

– Si vous le dites. Bonne journée Madame Gomez.

– Vous également Monsieur Raymond. Monsieur Raymond ?

Elle va lui porter l'estocade. Il va comprendre le vieux timide comment se comporte une femme amoureuse au bord du Douro.

– Oui ?

– Vous êtes très beau.

Il a bien compris depuis le temps qu'elle n'est pas insensible. Mais ça, il ne s'y attendait pas.

– Pardon ?

– Non, je veux dire, ce costume... Il vous va à ravir. De toute façon un rien vous habille.

– Merci, merci. Je monte.

Sitôt sa porte franchie, il prend soin d'utiliser les patins afin de ne pas rayer le parquet qu'il a ciré avant de partir, et s'élance en glissant jusqu'à l'électrophone. Les nocturnes de Chopin comme souvent, l'emportent sur les autres. Il connaît les particularités et les nuances de chacun d'entre eux sur le bout des doigts. Plusieurs fois par semaine il les écoute. Suivant l'interprète, il reconnaît le tempo, la subtilité, la délicatesse ou la hargne. Concentré sur les notes, son regard dévie brièvement sur le téléphone qui l'a mené dans la capitale des volcans. Le bleu, le rouge, le noir, le jaune, réservés aux missions, sont ceux pour lesquels il doit toujours faire preuve de promptitude et de rectitude. Le vert pour les récompenses, a sa préférence. Pas de stress inutile, du plaisir et rien d'autre. Quel sot, pense-t-il ! Il a failli oublier de mettre en route une machine à laver. Hors de question que cela ne traîne.

Monsieur Raymond, comme toujours après une petite virée, vient de passer une excellente nuit ! Le repos, essentiel à sa récupération, lui offre toute la sérénité requise pour ce type de travail. Il fêtera prochainement ses soixante-dix printemps, il sait qu'il n'est plus de la première jeunesse. Il conserve cependant une forme olympique, ce qu'il répète fièrement à qui veut l'entendre. Chaque matin, il pratique la culture physique toutes fenêtres ouvertes afin de rester svelte et vaillant. Alors qu'il se livre à ses exercices, il voit Madame Gomez qui l'observe depuis le trottoir d'en face, elle lui adresse un petit signe de la main. En la regardant, il se dit qu'il l'égorgerait bien afin de porter un toast à ce fabuleux bonheur qu'il vient de vivre en terre auvergnate.

Le jeune pianiste a très mal dormi. Aujourd'hui encore, il y a sport. Terriblement angoissé Hugo se dirige sur le terrain de handball. Le hasard a voulu qu'il se retrouve dans la même équipe que Tanguy.

— On est ensemble Pianette couillette.

Son surnom s'est allongé depuis la dernière fois.

— Ah oui, super.

— Joue bien sinon j'te crève.

— Je ferai de mon mieux comme toujours, lui répond-il la gorge nouée par l'angoisse.

Il faudra le privilégier sur les passes et ne surtout pas manquer celles qui lui seraient éventuellement adressées par son tortionnaire. Plutôt adroit lorsqu'il s'agit de sports collectifs, le prodige brille sur le parquet, ce qui n'est absolument pas le cas de Beraud qui met systématiquement les pieds en zone quand il ne tire pas au-dessus ou à côté.

— Putain tu fais chier Pianette couillette !

Une fois de plus la balle parfaite échappe à Tanguy. En nage, Hugo redouble d'efforts afin de le contenter. Mais Beraud maladroit échoue systématiquement. Le jeune garçon fatigué des frasques de cet abruti apprenti tyran, rumine de plus en plus. Il a beau s'appliquer, la brute décérébrée ne le lâche pas. Étant petit la peur le tétanisait, mais maintenant il sent qu'il pourrait répliquer. L'épisode du vestiaire s'est avéré être un déclic, il ne peut le digérer. Quitte à en pâtir il se battra bientôt avec lui, il attend juste le moment propice qui pourrait lui donner l'avantage. Heureusement pour lui son équipe remporte la partie et il reçoit les félicitations de son professeur de sport, Monsieur Cayla, à qui rien n'échappe de ce qui se passe sur et en dehors du terrain. Dans le vestiaire le calme règne aujourd'hui. Soudain, une

éclaircie dans sa journée. On vient de l'annoncer par la voix de Monsieur Blanc en cours de dessin, dans deux jours la classe se donne rendez-vous à l'Orangerie afin de découvrir les Nymphéas de Claude Monet. Désemparé, Hugo se réjouit tout en sentant poindre une forme de jalousie. Qu'y comprendront-ils ? Autant donner de la confiture à des cochons.

Le surlendemain, les bouches exhalent la buée des premiers matins froids en arrivant devant le musée. Deux files patientent, Armand accueille les lycéens. Afin de ne pas s'attirer les foudres Hugo le regarde à peine. Pour la première fois il ne prend pas de plaisir à pénétrer les murs qui d'habitude lui procurent tant de joie. Il ressent la désagréable sensation de recevoir chez lui des gens qui n'ont pas été conviés. Beraud passe évidemment devant tout le monde sans se soucier de qui que ce soit. Le petit prodige bout intérieurement. Cet idiot inculte va déshonorer le maître du haut de son immense platitude, il est furieux. Avec autorité Monsieur Blanc fait asseoir tout le monde face aux fresques gigantesques. En compagnie d'une conférencière, il raconte aux élèves la rencontre de la peinture et de l'ancienne demeure des orangers, édifiée sous Napoléon III. Personne ne se passionne, certains écoutent distraitement, d'autres dévorent des yeux le trublion Beraud dans l'attente de sa nouvelle frasque. Hugo attend. Du coin de l'œil il décortique la moindre de ses réactions. L'artiste qui a exprimé toute sa passion pour son art ne mérite-t-il pas un semblant d'intérêt ? Que comprend-il cet idiot de la face cachée de l'âme de Monet ? De ses turpitudes, de ses angoisses ? De l'ouvrage maintes fois réitéré pour finalement aboutir au sublime ? Prendre son temps, ne pas hâter le regard ni le pas, essayer de saisir ses gestes, ses envies. Toute la passion du peintre s'étale sous des yeux impies. Son langage à lui, il l'exprime à travers son art. Comprennent-ils cela ? Alors que l'autre imbécile parle si fort là-bas ? Il les a si longtemps contemplés dans les reflets de son étang avant d'avoir l'idée géniale de les peindre. Mais bien évidemment, cela va échapper à cet idiot. Que va-t-il retenir de cette visite ? Cela peut-il le rendre un peu moins mauvais ?

Assis en rond au milieu de la salle, ils écoutent la conférencière. Hugo relève d'ailleurs malgré des propos éthérés, une ou deux incohérences.

— Pianette couillette ? Oh ! ! ! Pianette couillette ?

Hugo reste sourd aux appels et ne bouge pas la tête, mais Tanguy insiste.

— T'aimes ça toi les gribouillages de l'autre ? Je vais te faire la même chose moi tu vas voir. C'est du foutage de gueule Manet.

Hugo hausse malgré lui ses épaules.

— Monet, répond-il.

— Pardon ? Et t'as fait quoi là ? Ce petit mouvement d'merde avec tes épaules, tu crois que j'l'ai pas vu ?

— Monet, Claude Monet. Celui que tu viens de citer, c'est Édouard Manet, le déjeuner sur l'herbe.

Beraud ne peut s'empêcher d'ouvrir de grands yeux. Il a beau ne rien comprendre aux mots qu'Hugo lui adresse, il en ressent la supériorité.

— Le déjeuner où ? Mais t'as pété un plomb ou quoi Pianette couillette ?

Étrangement, le jeune virtuose n'a pas peur. En cet instant, seul le respect de Monet compte à ses yeux. Enhardi, il lui assène la phrase sans s'en rendre compte.

— Non je corrige simplement ce que tu viens de dire.

– Tu me corriges ? Moi ? Vous avez entendu les mecs ? Je vais m'occuper de toi après, tu vas voir qui corrige qui.

La fin de la visite se déroule sous tension. Hugo, terrorisé à l'idée de ce qui risque d'arriver lorsqu'ils sortiront, se recroqueville de plus en plus. Sa remarque partait d'un bon sentiment pourtant, il ne cherchait rien d'autre qu'aider Tanguy. Comment lui dire que malgré son jeune âge il ne peut supporter le manque de tact. Il ne comprendrait rien. Connaît-il ne serait-ce que le mot ? Tout le monde a quitté la salle principale. Il n'y a plus que Beraud et Hugo qui, resté à l'arrière, n'espère rien d'autre qu'un peu de tranquillité. Alors que la grande ellipse se vide, il pense à Monsieur Raymond qu'il croise d'habitude ici dans le silence. Les deux élèves se retrouvent face à face. L'un faisant obstacle de son corps à l'autre afin de l'empêcher de sortir. Tanguy attrape Hugo par le col et serre fort.

– Tu sais ce que je lui fais à ton connard de Manet moi ?

– Mo…

– Quoi ?

– Non, non, rien.

– Je lui crache à la gueule à ton vieux barbu !

Il se racle la gorge, Hugo se prépare à recevoir le crachat qui va éclabousser son visage. Il ferme les yeux. Contrairement à ce qu'il aimerait s'il en ressentait la force et le courage, il sait qu'une fois reçu, il ne réagira pas à l'affront. Un crachat aussi gros qu'immonde vient de quitter la bouche de Tanguy. Bizarrement il a raté sa cible, Hugo n'a rien senti. Il attend le deuxième qui va le heurter de plein fouet. Mais rien. Triomphant, Beraud exulte.

– Dans ta gueule Manet !

Lentement, le pianiste ouvre les yeux. Le temps pour lui de voir l'horrible substance visqueuse qui glisse le long des Nymphéas, telle une limace se frayant un chemin parmi les fleurs. Hugo ne comprend pas ce qui lui arrive, il n'entend plus les insultes que profère Tanguy à son endroit. Il le voit simplement debout devant lui qui vocifère. La vision de cette face déformée par la colère, telle une œuvre de Soutine, semble se mouvoir au ralenti. Il comprend alors que l'instant qu'il attend depuis longtemps arrive enfin. Il ne va plus courber l'échine, il ne maniera plus l'art des sous-entendus, il ne reculera plus. Ne se contenant plus, il explose.

— Qu'est-ce que tu viens de faire ? ? ? ? ?

— J'ai balancé un mollard connard.

Un jour comme un autre, il n'aurait posé aucune question. Il serait parti la tête basse en

évitant toute confrontation. Si le crachat avait achevé sa course sur son visage, ce n'était qu'un affront de plus, une banalité supplémentaire. Mais cette fois-ci Beraud, bien malgré lui, a commis un crime de lèse-majesté.

— Tu as remarqué cette lumière ? Tu n'as pas l'impression que l'eau bouge par endroits ?

Hugo est furieux, totalement hors de lui.

— L'eau bouge ? T'as pris ton maillot ducon ?

— Tu ne l'entends pas chanter cette peinture ?

Tanguy surpris par une réaction à laquelle il ne s'attendait pas, tient à afficher sa supériorité tout en sentant celle-ci vaciller.

— Mais t'es un grand taré Pianette couillette ! Tu entends de la peinture chanter toi ?

Son courroux tel un courant furieux s'apprête à déferler et tout ravager sur son passage.

— Il n'y a pas de musique dans tes oreilles quand tu les regardes ? Ne me dis pas que tu n'entends pas la symphonie de la peinture de MONET ! ! ! MO NET ! ! ! ! ! ! ! ! ! ! ! Lui hurle-t-il au visage. Regarde le lever et le coucher du soleil au moins !

Tanguy ne parvient plus à articuler la moindre parole.

Les cris d'Hugo devenu rouge de colère commencent à l'inquiéter. Ces cris il ne les comprend pas. Les mots non plus, même s'il en perçoit la force et la rage. Pour la première fois il ressent la peur. Ce sentiment inconnu jusqu'alors lui semble étrange et très inconfortable. Jamais il n'a vu Hugo dans cet état, lui qui toujours jouit du plaisir de s'imposer, il se doit de reprendre l'ascendant.

– Bon ben OK c'est bon, calme-toi. On s'en fout de Manet après tout.

– Me calmer ? Tu veux que je me calme avec une ordure comme toi ?

– Oui mais je te signale Pianette couillette que si tu continues ça va mal finir.

– Ta gueule ! ! ! ! ! ! ! ! ! Tais-toi ! ! ! ! ! ! ! Horrible individu inculte ! ! !

– Fais vraiment gaffe, tu vas finir par me foutre en boule.

Beraud ne sait plus comment s'y prendre pour maîtriser ce flot de haine déferlante. Honteux,

il tourne la tête à droite et à gauche afin de vérifier si quelqu'un, ou quelqu'une ce qui serait pire, assiste à la scène.

– Je t'ai demandé de fermer ta seule gueule ! ! ! ! ! ! ! Regarde-les ces Nymphéas ! Lave ton âme pourrie de tout ce qui la corrompt avec le beau que tu as la chance de contempler !

Dans ses mains tremblantes, dans l'écume qui sort de sa bouche, dans ses entrailles, il y a les années de terreur, il y a les nuits d'effroi, les matins à pleurer sur le chemin de l'école. Son enfance brisée devient une arme. Dans un mouvement qu'il ne contrôle plus il attrape les cheveux de son ennemi. D'un balayage rapide que lui-même ignorait possible, il le propulse à terre. Puis il le traîne, l'obligeant à contempler les fresques qui ornent les murs.

– Allez ! Regarde !

Tanguy tente de se dégager de son emprise. Une touffe de cheveux, symbole de sa victoire, garni copieusement la main d'Hugo.

— Si encore une fois tu t'amuses à refaire un truc pareil, je te détruis.

Mais l'adolescent devenu sourd aux mots ne peut pas en rester là. Il veut le terrasser une bonne fois pour toutes. Sans qu'il ne s'en rende compte, son poing se ferme. Il comprend que l'enfant puis l'adolescent bafoué et frappé depuis plusieurs années, vient de céder sa place au profit d'un jeune homme qui devient dangereux. Les muscles, peu développés encore, sont nerveux, ses yeux débordent de haine. Ses dents grincent, il n'est plus en mesure de contrôler ce qu'il craignait de voir surgir. Son pull trempé de sueur colle à sa peau. Tanguy ne reconnaît pas celui qui lui fait face. Sa peur aidant, il le trouve gigantesque. Dans le reflet de ses yeux menaçants, il voit son visage se décomposer. Les mains du bourreau tremblent maintenant bien trop pour soulever l'arme hypothétique qui pourrait le protéger.

— Espèce d'ordure, tu ne mérites même pas de vivre. J'aimerais te voir crever.

Ses paroles trahissent ses envies, se déversent en un flot ininterrompu. Il ne contrôle plus rien.

Puis enfin, il se libère. Il en rêvait sans s'en croire capable. Ses doigts se crispent, serrés par une colère immaîtrisable ils deviennent violets. Repliés sur eux-mêmes, ils se transforment en une menace à laquelle Tanguy ne peut croire. Pourtant le coup porté, d'une force inouïe, lui brise net le nez. La violence longtemps contenue dans la crainte et les sanglots s'exprime à une rapidité à laquelle ne s'attendait pas Beraud. Cette bête qui sommeillait en Hugo depuis longtemps, vient de bondir hors de sa cage. Il n'est plus en capacité de réfléchir, mais s'il l'était, il se poserait sans doute cette question. Ai-je vaincu ma peur ou est-ce ma nature profonde qui s'exprime ? En regardant le visage tuméfié de son tortionnaire, il sait que cette créature ne rentrera plus. Il sait que ni lui ni personne ne pourra dorénavant avoir de prise sur elle et la canaliser. Tanguy approche sa main tremblante de son visage. Le sang s'écoule de sa narine droite et de la plaie qui vient de se former sur l'arête nasale. À terre, il se tord de douleur. Ses larmes se mêlent à l'hémoglobine et à la morve. Hugo le prend à nouveau par les cheveux, relève sa tête et le regarde dans les yeux. Le calme revient, doucement. La voix du jeune révolté semble soudain plus posée, plus mature. Affichant une étonnante maîtrise pour son âge, lui le fragile des cours d'écoles, sent qu'il devient un homme en déchaînant sa violence.

— Ton visage ne mérite même pas ma salive Beraud. Tu n'es absolument rien, rien du tout.

Alors il le gifle, faisant à nouveau exploser son nez. La peur vient de changer de camp, la haine le libère. En regardant Beraud à terre, il s'aperçoit que ce qu'il prenait pour une rébellion n'est autre que du plaisir. Il s'agenouille alors près de lui.

— Beraud ? Ce que tu as fait n'est vraiment pas bien… Je me vois dans l'obligation de te mettre un gage.

Sanglotant, Tanguy regarde celui qu'il voyait comme sa chose, son trophée. La face sombre et les traits cruels de ce nouvel Asmodée l'effraient. L'éclosion brutale de cette violence à laquelle il ne s'attendait pas, fait de lui un enfant sans défense, une victime. L'ombre de son assaillant le poing levé qu'il distingue sur la fresque est inquiétante et gigantesque. Hugo sait qu'il a pris l'ascendant de façon définitive. Jamais plus il n'aura peur, jamais plus le mal ne viendra briser ses nuits. Ce mal, il veut l'incarner dans les yeux de Tanguy. Afin d'alimenter un peu plus son besoin de nuisance, sa folie destructrice, le pianiste se penche vers l'oreille de Beraud.

– Retire ton pantalon et ton slip. Et jette-les à l'autre bout de la salle. Si tu as de la chance et que tu cours vite, personne ne te verra les ramasser. Sinon, waouhhh ! Quelle honte, lui dit-il en riant.

La vexation devrait anéantir à jamais l'ego de Tanguy. Pourtant, de ce qu'il vient d'entendre, il ne retient qu'une seule et unique chose, le rire glaçant et démoniaque d'Hugo qui résonne dans la salle. Le tortionnaire déchu ne pense ni aux regards éventuels ni aux explications qu'il faudra donner. Il veut simplement que cela cesse enfin. Sans la moindre gêne, il s'exécute. Ses affaires volent jusqu'à l'entrée de la grande pièce. Méprisant, Hugo se lève et repart en écrasant ses doigts. Dans la rue, il repense à ce qui vient de se passer. La hantise de Tanguy l'a quitté. Momentanément ou pas, peu lui importe, il a enfin connu cet instant qu'il appelait de ses vœux. Il a osé proférer des insultes à son encontre, le frapper. Sa parole rendue faconde par la colère a eu raison de lui plus encore que son poing. Le facétieux Beraud vient de mettre un genou à terre. Pour la première fois de sa vie, Hugo est fier de lui. Mais les questions qu'il se pose l'assaillent de doutes. Le piano ? Les Nymphéas ? Frapper Beraud et ne peut plus pouvoir s'arrêter au point même peut-être de le tuer ? Où va sa préférence ? Le piano quand même ? Il ne sait plus, tout est si flou. On verra ça demain, après son premier grand concert.

De longues limousines noires aux vitres teintées, prétendus remparts aux regards ne cherchant qu'à les attirer un peu plus, s'arrêtent devant la salle de concert. Les chauffeurs, stricts dans leurs uniformes sombres portent tous une casquette identique. Dès qu'ils ouvrent les portes des voitures, les robes de soirée et les smokings se succèdent sur le tapis rouge. D'autres couples, moins guindés, arrivent à pied. Tous affichent un immense sourire sur leurs visages. Ce soir la rue la Boétie est l'endroit le plus couru de la capitale. L'illustre pianiste Chinois Lee Wong Zou, l'un des plus grands et surtout des plus sollicités, donne à partir d'aujourd'hui trois représentations exceptionnelles à la salle Gaveau. Pour sa première venue en France après une tournée mondiale couronnée de succès, les places se sont arrachées comme des petits pains en quelques heures seulement. Sur la scène en bois, on ne voit que lui. Le sublime Steinway & Sons noir, sobrement éclairé, attend patiemment. Une dizaine de minutes plus tard, le maître entre dans l'arène. Un long faisceau de lumière suit ses pas au millimètre près, tandis que les applaudissements retentissent. De taille moyenne, il possède ce type de visage ancien qui lui donne l'impression d'appartenir à une autre époque. Ses cheveux noirs gominés et impeccablement coiffés en arrière, rajoutent une petite touche de suranné. Sa moustache grise et parfaitement taillée à en faire pâlir d'envie Douglas Fairbanks, surligne des lèvres fines. Un peu roide et figé à côté de son piano, il salue la salle d'un mouvement humble de la tête. Déjà parti dans son monde, il chasse sa queue-de-pie vers l'arrière puis s'installe sur son banc. Les chaussures noires impeccablement vernies, prennent leur place non loin des pédales. La tête inclinée vers son clavier, il regarde religieusement les touches comme s'il attendait un signal de leur part. Il frotte ses mains, les pose un long moment sans bouger sur le clavier, comme pour se familiariser. Puis il entame du berceau jusqu'à la tombe de Franz Liszt. Les yeux clos, il distille les premières notes dans un silence absolu. L'acoustique parfaite de l'auditorium enchante une audience déjà conquise. Les yeux de Monsieur Raymond se ferment. Non pas que la fatigue pèse sur ses paupières, mais il ne peut vivre l'instant qu'en parfaite symbiose avec le pianiste. Dès qu'il le peut il assiste à des récitals. Aujourd'hui, cette place qu'il occupe au troisième rang lui restitue un son absolument parfait. Mais cette soirée va offrir à tous une autre première. Sitôt la fin de sa prestation, lorsque les bravos se taisent, que les fleurs cessent de pleuvoir sur son piano, Lee Wong Zou se lève afin de rejoindre un instant les coulisses. Dans le silence, l'assistance se prépare à la seconde partie tant attendue. Sous une nouvelle ovation il regagne la scène. Dans sa main, la main d'Hugo. Le public, debout, les acclame afin de prodiguer au tout jeune garçon les encouragements nécessaires. L'émotion palpable ouate la salle de douceur. Quelques sourires attendris, des larmes discrètes pour les plus sensibles, donnent une tout autre dimension à la suite du spectacle. Le programme annonçait la venue d'un jeune prodige, mais jamais un pianiste de cet âge n'avait foulé le sol de la salle Gaveau. Monsieur Raymond, comme les autres, attendait avec grande impatience l'évènement annoncé. La curiosité le pique à l'idée d'écouter ce virtuose. Quand il réalise finalement qui est celui qui vient d'entrer sur scène en compagnie du maître, il n'en croit pas ses yeux. Il s'agit bien de lui, l'adolescent avec qui il a partagé la salle de l'Orangerie. En lui décrivant Hugo de manière succincte, Armand n'a en rien laissé présager que le talent du jeune pianiste le mènerait en un tel lieu. Lui, légèrement angoissé par cette foule qui l'acclame, se concentre. Tout semble prêt pour sa grande première. Avec beaucoup de maîtrise et une étonnante élégance pour son âge, il salue la foule qui vient de lui offrir une salve d'applaudissements. Ses parents et Alain, débordants de fierté, l'observent du premier rang. Après quelques mots glissés à son oreille, Lee Wong Zou se retire sur la pointe des pieds, laissant le prodige seul face au public et à son destin. Le silence envahit l'espace, Hugo respire tranquillement. Son visage affiche une douce et étonnante sérénité. Ses mains dont l'une laisse apparaître une croûte de sang séché, se posent sur les touches du piano. La majeure partie de son audience demeure figée. Quelques autres, subjugués par ce petit prince, vibrionnent de plaisir. Du concerto pour piano de Ravel en sol majeur qu'il joue en ouverture, à La danse macabre de Liszt qui clôt sa prestation, Hugo a étalé tout son talent en affichant sa maîtrise. Derrière le grand rideau, Lee Wong Zou a refusé le tabouret qu'on lui a proposé. C'est allongé à même le sol, sans la moindre crainte pour les faux plis que son costume d'apparat recevrait en héritage de cette position, qu'il a assisté au miracle. Sur le ventre, les coudes repliés, il a rêvé et il a prié en écoutant l'ange de Gaveau. Il se lève mais ses jambes ne le portent plus tant l'émotion est grande. Cette soirée, cette première d'un génie, ce vertige, chaque personne présente la portera dorénavant en elle. Monsieur Raymond, émotif lorsqu'il s'agit de ses passions, ne peut contenir ses larmes plus longtemps. Ce jeune homme frappé d'une lumière divine qui déjà projette une ombre gigantesque sur la scène, sera le plus grand à n'en pas douter. Alors que la salle se lève, Hugo demeure tête baissée les yeux rivés sur son clavier. Ces gens qui hurlent des bravos, ces fleurs qui tombent sur son piano, est-ce bien pour lui ? Tout cela est-il réel ? De son fauteuil Alain le regarde. Pas la moindre faille ni hésitation dans sa manière de jouer pour la première fois en public, n'ont entaché sa prestation. Mais le doute était-il permis ? Le grand Lee Wong Zou revient alors le chercher sur scène. Il s'incline en une respectueuse révérence avant de prendre Hugo sur ses épaules et de le porter en triomphe.

De retour dans sa loge il tente de faire le vide en lui. Alain, assis face au petit garçon timide qu'il revoit franchir les portes du conservatoire il y a quelques années, devenu ce jeune prodige, peut à peine parler. Pas un bruit ne perturbe l'instant, ses émotions les plus fortes s'enfouissent en lui. Il prend ses mains dans les siennes, seul geste qui lui vient à l'esprit afin de lui signifier son respect. Les mots viendront plus tard. De l'autre côté de la porte les gens se massent, ils veulent le voir, lui parler, le toucher. Conscients d'avoir vécu un moment d'exception comme il en existe peu dans une vie, ils attendent sa sortie. Par pudeur sans doute, émotion certainement, Monsieur Raymond n'ose avancer. Il reste là-bas au bout de la file, le regardant de loin. Il préfère finalement repartir. Le reverra-t-il à l'Orangerie ? Mais qui est vraiment ce jeune garçon, capable de faire d'un piano une œuvre d'art incontestée, et contempler vingt minutes durant les Nymphéas de Monet les yeux rougis de plaisir ? Un nouveau Messie ? En remontant la rue La Boétie vers la place Saint-Augustin il réfléchit. S'il le revoit, pourrait-il lui demander de jouer pour lui ? Mais comment l'aborder, et surtout sous quel prétexte ? La première chose qu'Hugo voit en ouvrant la porte, ce sont ces visages anonymes qui rayonnent. Les gens qui l'attendent ne le pressent pas, ne hurlent pas.

Lorsqu'il sort dans le couloir, ils inclinent simplement leurs têtes à son passage. Au bout de chaque main tendue vers le ciel pointe une rose. Lorsqu'il se glisse sous sa couette, il repense à la salle Gaveau, à tous ces gens, à Lee Wong Zou. La ferveur ne retombe pas, il peine à trouver le sommeil. Qu'il aime ce monde dans lequel vibrent ses notes, dans lequel il peut à loisir au beau milieu d'un calme serein, contempler les Nymphéas. Qu'il aimerait ce monde sans Beraud...

Monsieur Raymond arpente le jardin des Tuileries de long en large. Dix-sept heures quarante, il trépigne d'impatience il lui faut sa dose de peinture. Claude Monet en personne va se charger d'étancher sa soif. Depuis vendredi soir les images de ce concert ne le quittent pas. Il attend impatiemment ce moment, mais comment l'aborder reste pour l'instant une interrogation sans réponse. Cinq minutes encore, il entre. Sonnant la charge de son plaisir, Armand lui adresse un signe discret de la main. Les salles se vident, il peut descendre dans l'antre ardemment désiré. Tournant la tête de droite et de gauche il le cherche mais ne voit pas le jeune homme. Peu importe, il oublie tout et s'assied au bord du jardin d'eau dont il pourrait presque sentir le bienfait rafraîchissant sur ses pieds tant il en perçoit la réalité. Devant la beauté des Nymphéas, il se souvient de l'enfant qui eut l'impression de devenir meilleur lorsqu'il les vit pour la première fois alors que tout en lui n'était que chaos. Dans son dos il perçoit soudain un petit pas étouffé et discret, le voilà ! Hugo ne veut pas le déranger, ils ne se regardent pas, ne se saluent pas, ils se ressentent, ils savent...

Installé en tailleur au centre de la salle, ayant pris soin au préalable de ne pas empiéter sur l'univers de l'autre, il profite d'une vision globale. Il devine cependant que le fameux Monsieur Raymond n'a pas la concentration habituelle, ce qui le surprend grandement. Il a pris soin d'apporter un petit carnet avec lui, il dissèque, il observe et prend des notes. Lorsque ses yeux se posent sur un détail ignoré, il écrit. Annotant méticuleusement, il reviendra plus tard sur ses commentaires, il vérifiera ou complétera ce qu'il remarque ou l'interroge dans la grande pièce, rien ne doit lui échapper. Le temps passe si vite, il faudrait une vie ici. Vingt minutes plus tard l'heure du départ approche. Les deux privilégiés se dirigent vers la sortie à distance respectable l'un de l'autre, comme si la gêne de partager ce secret comme une maladie honteuse s'immisçait en eux. Une fois dans le jardin, Monsieur Raymond fouille la poche de sa grosse veste en velours côtelé marron. Il ouvre le mythique petit paquet bleu sur lequel un matelot portant une chapka affiche un sourire carnassier, sa pipe entre les dents. Il bourre la sienne, l'allume, et commence à tirer. Il remarque le regard intrigué d'Hugo. Il tient au bout de ses doigts la clé de son entrée en matière. Captivé, le jeune garçon s'approche de lui. L'odeur délicate et subtile de l'Amsterdamer se met à flotter. Occupant le premier plan d'un ciel nuageux, les volutes entament leur danse. Jouissance olfactive pour toute une génération, les effluves de miel caramel et pain d'épices qui embaument l'air, se frayent un chemin jusqu'au nez du prodige. Immédiatement, il affiche un sourire de fin gourmet rassasié. Le vieil homme en profite pour saisir la balle au bond.

— Bonjour jeune homme, je me présente. Louis Raymond, lui dit-il en tendant sa main. Je vous l'accorde, mon prénom date d'un autre âge mais j'en suis fier. Les gens m'appellent Monsieur Raymond. Élégant non ? Et à qui ai-je l'honneur ?

Il a quatorze ans et demi, il le sait, mais son regard est celui d'un enfant.

— Enchanté Monsieur Raymond, mon nom est Hugo Bertin. Cette odeur, votre tabac, j'aime beaucoup.

— N'est-ce pas ?

— Oui, je trouve cela très agréable.

Il n'attendait que cela, l'occasion d'enclencher le dialogue. Maintenant que c'est chose faite et qu'il semble tenir un prétexte, Louis ne s'arrête plus.

— Vous êtes trop jeune pour connaître cela me semble-t-il. Ce tabac n'est plus beaucoup utilisé de nos jours, il s'agit de l'Amsterdamer. Regardez la beauté de ce paquet.

— Effectivement ce nom ne me dit rien.

— Plutôt bon signe à votre âge jeune homme. Vous connaissez Armand à ce que je vois, nous semblons avoir une passion commune et ce n'est pas la seule.

Ressentant l'attention grandissante du virtuose, Monsieur Raymond se dévoile lentement. Le silence de la salle aux Nymphéas se craquelle alors, laissant place à une confiance propice à quelques confessions. En évoquant de façon à peine voilée ses autres passions, il remarque la petite flamme animée par la curiosité qui s'allume dans les yeux d'Hugo.

— C'est un ami de mon père. Depuis que je suis venu ici pour la première fois, je ne peux plus me passer de cet endroit. J'aime tellement cette peinture.

Surpris par la maturité d'Hugo, Monsieur Raymond contrairement à son habitude, ne ressent pas l'urgence de se retrouver seul.

— Aimez-vous également les autres toiles de Claude Monet ? Sainte Adresse, Vétheuil, les meules, cathédrales et j'en passe ?

— Oui j'aime absolument tout, mais les fresques de l'Orangerie c'est différent. Sitôt disparues j'en ai mal au ventre. Vous disiez que ce n'est pas la seule passion commune ?

— Effectivement, répond le vieil homme en prenant un ton mystérieux.

Le jeune pianiste qui en dehors d'Alain ou de ses parents ne parle pratiquement jamais à personne, se réjouit de cette conversation improvisée dans les jardins de l'Orangerie.

Louis Raymond n'étant pas un adolescent, toute forme de danger lui semble écartée.

— Dites m'en plus, vous attisez ma curiosité rétorque Hugo qui sent poindre la possibilité d'une révélation susceptible de les rapprocher.

— Le piano jeune homme.

— Ah bon ? Comment savez-vous cela ? Armand ?

— Armand est plutôt discret. Je suis allé écouter Lee Wong Zou à la salle Gaveau.

— Quand ? Lui demande-t-il timidement.

— Le premier soir. Votre soir...

Les Nymphéas, le piano, une discussion, le visage d'Hugo s'illumine.

— C'est incroyable ! Vous m'avez donc vu ?

— Vu, oui sans doute un peu. Je vous ai surtout écouté jouer. Permettez-moi de vous dire que de toute ma vie, et je suis un grand connaisseur, jamais il ne m'avait été donné d'entendre plus pure interprétation. Vous êtes le plus grand génie de tous les temps cher ami, et sachez que je ne suis pas homme à m'enflammer.

Hugo rougit. Les compliments, même s'il connaît l'étendue de son talent, il n'en reçoit jamais en dehors de ses parents ou d'Alain.

— Oh merci beaucoup Monsieur Raymond, mais peut-être omettez-vous un certain natif de Salzbourg ?

— Justement non Hugo. Puis-je vous appeler Hugo ?

Est-ce cela un ami ? S'il lui propose de l'appeler par son prénom c'est sans doute le cas pense-t-il naïvement.

— Bien sûr Monsieur Raymond. Je ne sais que vous répondre, vos compliments me touchent. Je joue depuis toujours, j'ai la chance d'avoir quelques prédispositions pour cet instrument.

– C'est le moins que l'on puisse dire effectivement.

– Je suis donc ravi de partager deux passions avec vous Monsieur Raymond. En avez-vous d'autres ?

Le sourire qu'Hugo n'ose afficher, l'illumine de l'intérieur. Lui qui ne se confie jamais, ne partage rien si ce n'est avec ses intimes, se sent libéré du poids de sa solitude en donnant et en recevant quelques bribes de leurs vies.

– Oui, particulièrement une, mais elle n'est pas des plus simples à évoquer.

– Et pourquoi donc ?

L'adolescent solitaire qui déambulait dans les salles de l'Orangerie, perdu dans un monde presque muet, semblait totalement inaccessible. Mais soudain, soumis à la pression de ses questions et à son envie de parler, il le surprend.

– Nous devrons nous connaître un peu mieux pour cela.

– Alors faisons connaissance si vous le voulez bien ?

Monsieur Raymond est surpris par l'attitude d'Hugo. Les adolescents sont en général réticents vis-à-vis des adultes, d'autant plus s'ils ne les connaissent pas. Chez lui, il ressent tout le contraire.

– Avec grand plaisir ! Depuis quand jouez-vous du piano ?

– Depuis toujours. Je suis entré au conservatoire à l'âge de cinq ans.

Louis tire une longue bouffée sur sa pipe en regardant le ciel.

– Cinq ans ?

– Oui.

– Vous rendez-vous compte de la façon dont vous avez joué le concerto pour piano de Ravel en sol majeur ? La Danse Macabre de Liszt ? Vous êtes absolument prodigieux jeune homme, prodigieux ! J'ai une faveur à vous demander, mais nous nous connaissons à peine c'est un peu délicat.

Surpris mais fier de l'attention qu'il suscite, Hugo trépigne.

— Dites toujours.

— Pourriez-vous jouer pour moi ?

— Vous avez un piano chez vous ?

— Malheureusement non, je ne joue pas.

— Alors passez un jour au conservatoire. Mais avant, il faut que je vous présente mes parents.

— Ce serait pour moi un immense bonheur vous savez ?

— J'en serai très heureux et surtout flatté.

— Et vous Monsieur Raymond que faites-vous ?

Un instant il pense au cercle, à son plaisir de tuer.

— Je vais avoir soixante-dix ans. Je suis un général à la retraite. Mais mon grand regret demeure votre bel instrument.

— Vous ne travaillez plus alors ?

— Non mais j'ai mes passions, Monet et le Piano. Et tant d'autres ! Si vous saviez... Bon, pardonnez-moi Hugo mais je dois filer. Il y a une émission à la radio que je ne veux rater sous aucun prétexte. Sachez que je suis très admiratif du jeune homme avec qui je partage religieusement les salles vides de l'Orangerie, c'est un honneur de vous connaître.

Avant de se quitter, Hugo lui réitère le plaisir qu'il aurait de lui présenter ses parents. Un sentiment de joie monte en lui. Le jeune garçon solitaire, laissé-pour-compte, se demande si malgré son âge cet homme ne pourrait pas devenir un ami. Lui à qui l'on adresse rarement la parole, dont on ne fait pas cas, entrevoit la possibilité de devenir important pour quelqu'un.

— Au fait Monsieur Raymond.

— Oui ?

– Y a-t-il un morceau en particulier que vous souhaiteriez que je joue pour vous ?

– Mon Dieu, si j'osais.

– Mais évidemment voyons, ne sommes-nous pas là pour ça ?

– Le Concerto pour piano No 2 de Sergueï Rachmaninov ? Lui demande-t-il timidement comme un enfant pris la main dans le pot de confiture.

– L'un de mes préférés.

– Merci Hugo. Je vous serai redevable croyez-moi.

– N'exagérons pas. Au revoir Monsieur Raymond.

– Au revoir jeune homme.

Louis n'en revient pas. Ce jeune garçon, loin de celui qu'il était mais qui semble déjà marqué par la vie, n'en finit pas de l'étonner. En le quittant il repense à son enfance, celle qui lui a été dérobée. Le prodige semble lui aussi être malmené par la vie, il l'a perçu dans ses yeux lorsque l'idée d'une amitié a pointé le bout de son nez. Il semble si seul... Lui aussi a vécu sa jeunesse en solitaire, une jeunesse brisée à cause de l'autre.

Après la mort du colonel Raymond, Marthe sa femme, rentra à Paris en compagnie de son petit Louis. Désemparée, elle trouvait le réconfort aux Batignolles chez Raymond et Georgette, sa seule famille. Malgré la complicité qu'elle avait avec sa belle-sœur, se réadapter à la vie parisienne après les années de garnison en Indochine n'était pas aisé. Le petit appartement de la rue Lemercier, véritable havre de paix, devint son refuge. Durant sa jeunesse en Asie Marthe s'était peu à peu oubliée au profit d'une épouse entièrement dévouée à un mari absent, puis d'une mère attentionnée à son fils. Georgette, toujours coquette et sentant bon la poudre de riz, lui donnait envie de redevenir femme. Le week-end elle s'échappait avec eux dans leur petite maison de Villeneuve Saint Georges, toute proche des guinguettes. Ce petit bout de banlieue, loin des immeubles chics et des beaux quartiers qu'elle fréquentait, lui plaisait. Elle aimait la simplicité des voisins restant à distance de part et d'autre de leur clôture, dissertant sur la couleur de leurs dahlias ou la beauté de leurs pensées. Aux beaux jours elle y croisa plusieurs fois Marcel le jeune frère de Georgette lors de délicieux déjeuners en bords d'Yerres. Mais vieux garçon, il ne pensait qu'à rentrer au plus vite dans son petit appartement de la rue Saint-Antoine. Arlette et Louis, son lointain cousin d'Asie du Sud-Est, devinrent inséparables en très peu de temps. Tous les cinq, unis comme une vraie famille, profitaient de ces moments qui impriment à jamais la joie dans le cœur des gens simples. En fin de journée ils sirotaient un verre au bord de l'eau dans la guinguette de Madame Yvonne. Sous les tonnelles, ils faisaient le plein de bonheur avant de reprendre le train pour la gare de Lyon.

Les premières années furent assez difficiles pour cette femme seule avec un enfant en bas âge, mais un jour elle rencontra Fernand. Avec ses allures de mauvais garçon et son port irrésistible de la casquette, il lui plut. Tout en lui transpirait l'homme, le vrai, le fort des halles, le dragueur des guinguettes. Déshabillée dès le premier regard lorsqu'il la toisa de cet air hautain, les bras croisés et son corps musclé crânement adossé au mur, elle se sentit désirée. La vie lui souriait à nouveau. Son corps brûlait, elle le voulait. Alors, passé les premières flatteries aux relents légèrement flagorneurs, les verres s'entrechoquèrent, les rires fusèrent pour un rien, les lèvres se trouvèrent… Elle lui offrit un peu trop hâtivement son corps, sa confiance, et ses maigres économies. Le bellâtre se trouvant désargenté quoi de plus normal puisqu'elle l'aimait ? Lui donnant tout et se donnant tout entière, plus rien ne l'intéressait à part Fernand. Un homme bâti comme lui, le verbe haut, un sourire aux dents blanches, s'avérait inéluctablement le bon et vraisemblablement le père idéal ! Il saurait les chérir et les protéger. Alors, heureuse, insouciante, elle se remaria. Une fois que l'alliance payée à crédit par Marthe fit étinceler son annulaire, l'homme violent dont elle s'était entichée lors du bal du quatorze juillet, dévoila son vrai visage. Mais le garçon aux bras puissants qui avait eu raison d'elle lorsqu'il l'avait soulevée et était entré en elle sans délicatesse, debout contre un mur au fond d'une ruelle obscure, la rendait folle. Il lui en fallait toujours plus, plus de lui, plus de sensations, plus de sueur lors de leurs ébats. Mais comme beaucoup d'hommes Fernand se lassa. Les caresses maladroites et bourrues qu'elle aimait, cédèrent la place à la violence dès que le désir se fut enfui. Aîné de neuf frères et sœurs, il avait été élevé à la dure dans une famille Picarde. Le père, alcoolique invétéré, regardait sa femme se tuer à la tâche en dépensant au jeu et en boissons diverses ce qu'elle gagnait valeureusement au prix de journées harassantes. Un matin, il la retrouva dans la grange se balançant au bout d'une corde. Épuisée et à bout de tout elle avait choisi l'unique solution se présentant à elle afin de fuir une vie de souffrances, et retrouver sa dignité de femme dans un monde meilleur. Très en colère, le père ne voyant pas d'issue pour s'en sortir par lui-même mit ses enfants au travail. Du plus jeune au plus âgé il reporta sa haine sur eux. Buvant de plus en plus, il mourut fort logiquement un beau jour de printemps au milieu de la cuisine, allongé dans une mare de vomi. Éléonore sa fille de sept ans, lui offrit un violent coup de pied dans les côtes et un crachat dans les cheveux en guise d'adieu. Ce rude départ dans la vie aurait pourtant pu donner naissance à une très belle âme. Mais au lieu de cela, en digne fils de son père, Fernand en profita pour abandonner la fratrie à son triste sort. Sûr de lui, il monta à Paris pensant y amasser la fortune. Mais pour l'attirer il fallait travailler. Menant une vie erratique qui le conduisait de bars en rues sordides, traînant sa flemme dans tous les bouges de la capitale, il croisa un jour la route de la jeune femme au son des flonflons de la fête nationale. Rapidement installé sous le même toit il prit l'habitude de battre Marthe. Elle le cherchait bien après tout pensait-il, et de surcroît elle aimait ça. Cela ne lui suffisant plus il s'acharnait aussi sur Louis. Ce rejeton n'étant pas de lui il ne représentait pas le moindre intérêt à ses yeux. Et puis quand on s'en prend à une femme, pourquoi ne pas également exercer sa haine sur un enfant de neuf ans ? Dans les premiers temps il fit pourtant illusion. Lui aussi avait combattu en Indochine, elle se sentait alors plus proche de Gustave.

La guerre l'ayant rendu fou on le déplaça à l'arrière où il devint alcoolique. Elle s'en rendit compte lorsqu'elle vit son caractère qui changeait brusquement. Il fit plonger Marthe avec lui. De femme timide et réservée, elle devint dépressive et sombra à son tour dans l'alcool. Quand ils ne faisaient pas l'amour à la va-vite, sans passion, tout du moins pour lui car elle y croyait encore, dans l'unique pièce de l'appartement sans se soucier de Louis, il la cognait. Il y allait si fort que Marthe en devenait méconnaissable. Alors afin d'oublier les colères de son homme, de calmer une insupportable douleur, elle buvait. Plus que lui... Impuissants, Georgette et Raymond ne purent qu'assister à sa déchéance. Louis passait une grande partie de son temps chez eux en compagnie d'Arlette. Mais lors de crises devenant de plus en plus fréquentes, elle réclamait son fils à grand renfort de cris. Bientôt elle ne sortit plus de son lit, si ce n'est pour ouvrir une nouvelle bouteille. Fort logiquement elle tomba malade. Il la transporta en urgence à l'hôtel-Dieu mais ils ne purent rien faire, son foie mourut en même temps qu'elle. Fernand très affecté par la disparition de sa femme le premier jour, se sentait déjà beaucoup mieux le lendemain. Dans cette nouvelle vie qui débutait Louis ne comptait pas. Il laissait libre cours à sa folie et ses envies destructrices. Afin que son moral remonte lorsqu'il baissait, il buvait et frappait le petit garçon. Seul le soir allongé à même le sol, il rêvait de venger sa mère. Le monstre qui l'en avait privé devait payer. Puis un jour Fernand disparut, personne ne sut jamais ce qu'il advint du dépravé comme on l'appelait. Quand on le questionnait, l'enfant qui vivait maintenant chez une grand-tante expliquait qu'il l'avait vu partir titubant et sentant l'alcool un beau matin. Jamais il ne l'avait revu. Le jeune garçon demeurait mystérieux, il n'aimait pas aborder le sujet car tout lui rappelait sa défunte mère. Les années passèrent. Louis différent des autres n'eut pas de jeunesse excentrique, pas de folies. Nous étions pourtant au début des années soixante-dix, période de libération durant laquelle tout devenait permis, accessible et facile. Sur les ondes de Radio Télé Luxembourg, Jean Yanne n'avait-il pas proclamé il est interdit d'interdire ? Mais le jeune Louis ne l'entendait pas de cette oreille, l'ordre devait régner un point c'est tout ! Il fit ses premiers pas dans l'armée, s'ensuivit une brillante carrière. Le capitaine Raymond montant rapidement en grade, se souvenait de cette dernière soirée avec Fernand. Il venait de fêter ses dix ans. Fêter étant un grand mot qu'il ne connaissait pas, il venait tout simplement de passer un cap. Son beau-père avec qui il marchait dans une ruelle, comme souvent ivre à rouler par terre, l'insultait.

— Alors, elle te manque ta traînée de mère ?

— Ne parle pas comme ça de ma maman.

Les yeux injectés de sang, le regard mauvais, il ne cherchait qu'à infliger le mal.

— Mais arrête tes conneries putain, tu ne vois pas que tu es une lopette ? Et ta mère était une pute et rien d'autre !

Louis pleurait. Assis au bord du canal de l'Ourcq il regardait l'eau charrier les immondices que des gens peu scrupuleux jetaient. Le monstre s'endormait à moitié, son haleine exhalant une odeur de vin bon marché à la figure de l'enfant. La colère et la haine montaient en lui à la vue de ce visage bouffi par l'alcool. Responsable de la mort d'une mère qu'il chérissait, il le vomissait.

— Repose-toi un peu, tu as l'air fatigué. Nous repartirons tranquillement après.

— Ta gueule ma lopette ! Je vais me reposer un peu effectivement, puis après tu me montreras ton petit cul, je vais m'en occuper.

Il le laissa s'allonger et attendit qu'il s'endorme. Ses

jambes ballantes au-dessus de l'eau, il ronfla très vite, dormant bientôt du sommeil du juste. L'enfant prit peur, peur de lui-même. En lui une bataille contre laquelle il s'efforçait de lutter faisait rage. Plus il regardait son déchet de beau-père, plus ses mains tremblaient. Sa tête prête à exploser il attendait que ses pensées sombres s'évacuent en fermant les yeux. Mais plus il y pensait, plus elles devenaient prégnantes. Il décida de cesser le combat en se rangeant à l'évidence. Il fallait agir. Sa décision prise il redevint serein. Sa détermination le glaça. Poussé par la colère qui sourdait en lui, Louis se leva et inspecta le chemin désert. Il trouva ce qu'il cherchait, une grosse pierre qu'il souleva à deux mains. Sans bruit il approcha du monstre et la positionna au-dessus de sa tête. Il prenait son temps, il savourait le coup qu'il s'apprêtait à porter. Plus que tout, il souhaitait qu'il souffre, il voulait lire la peur dans ses yeux. Au moment où pressentant une présence penchée sur lui, l'instinct poussa Fernand à les ouvrir, Louis abattit la lourde pierre de toutes ses forces sur son visage. Son beau-père poussa un cri ridicule de surprise, comme par réflexe. S'ensuivit une respiration nerveuse et contenue, comme un halètement. Louis la souleva à nouveau et frappa encore et encore de toute sa haine. Il ne voulait plus l'entendre souffler, voir son ventre se gonfler. Il voulait que la vie le quitte à jamais. Vingt-deux fois il fracassa l'horrible face. Quand il en eut fini, il ne restait au sommet du tronc qu'un bout de cou et des lambeaux de peau. La gueule de Fernand ressemblait à un gant de toilette rouge et usé par le temps. Le teint hâve, Louis n'eut pas le loisir de se lever pour aller vomir, il se soulagea sur ce qui restait de tête de con. Son visage et ses bras recouverts de sang, il venait de rendre justice à sa mère. Il le contempla un long moment, se délectant de cette sordide bouillie humaine, puis il le prit par les épaules et le fit glisser dans l'infâme cloaque qui pouvait bien accueillir une ordure de plus. Lorsque les immondices qui flottaient se mirent à le recouvrir en guise de dernière demeure, il trouva cela juste. Pendant deux heures il rinça à grande eau les traces de sang, de cervelle et autres substances. Le responsable de son malheur finissait comme il avait commencé, dans une infecte fange que jamais il n'aurait dû quitter. Jusqu'à présent le jeune garçon s'exerçait à tuer quelques souris, des insectes, rien de plus. Il venait de basculer. Deux sentiments naissants l'interrogeaient. Tout d'abord celui du devoir accompli, sa mère enfin vengée le glas de la justice sonnait. Puis un autre, plus surprenant mais grisant. Il avait adoré tuer Fernand. Cette excitation qu'il ne connaissait pas deviendrait dorénavant une quête. Il sut qu'il voudrait la revivre, souvent…

Sa carrière militaire avançant à grand pas, les galons succédaient aux galons à la vitesse de l'éclair. De lieutenant-colonel il devint colonel, puis général une étoile. La consécration d'une vie. Un jour, lors de manœuvres qu'il dirigeait d'une main de fer, il prit conscience que les troufions qu'il commandait, pour la plupart des planqués, se moquaient éperdument de l'ordre et de ce qu'une si belle armée était censée leur inspirer. L'honneur de porter un uniforme, la fierté du drapeau, ils s'en foutaient. L'un d'eux particulièrement, fils de préfet l'agaçait plus encore que les autres. Insolent et sûr de son fait, il portait en lui tout ce que Louis détestait. Le jeune homme, Lionel Labulle, tout comme Fernand, disparut un jour mystérieusement. Une enquête fut diligentée par la police militaire, mais celle-ci ne donna malheureusement aucun résultat malgré les efforts déployés par le préfet. Labulle fut porté aux pertes et profits de l'armée française.

Quelques jours plus tôt, le général Raymond fumait la pipe dans ses quartiers en écoutant Debussy. Détendu, il repensait au crime qui lui avait procuré tant de plaisir étant enfant. Ce jour-là une envie irrépressible de tuer à nouveau le tenaillait. Il reçut l'insolent afin de le remettre dans le droit chemin que la vie militaire imposait. Mais le prétentieux privilégié se permit de défier le général du haut de son impertinente insolence. Il ne pensait pourtant qu'à quelques remontrances, et à asséner quelques vérités au morveux si sûr de lui. L'inconscient et arrogant freluquet décida de le provoquer, croyant bon d'utiliser toutes sortes de néologismes afin de rabaisser le militaire qu'il pensait inculte. Dans ce cas, puisque les circonstances de la vie l'y poussaient, pourquoi ne pas laisser libre cours à ses sombres penchants ? L'Azolla caroliniana et la Salvinia natans sont de très jolies fougères vertes flottantes que l'on trouve à la surface des étangs. Leur esthétisme peut sublimer la plus insignifiante des mares. Leur reproduction, extrêmement rapide, tapisse l'eau d'une multitude de petites feuilles. La surface très poétique ressemble alors à un tapis vert. La lumière ne passant plus, tout croupis très rapidement en profondeur des lacs ou des étangs qui s'en font une élégante cape protectrice, raison pour laquelle le général abandonna le cadavre du jeune pédant en cet endroit. Ainsi à l'abri des regards indiscrets, de ravissantes et longues racines commençaient à s'enrouler tel un collier végétal autour du tournevis qui rouillait déjà. Mais enfoncé dans l'œil droit jusqu'à la garde, il ne quitterait jamais plus la tête de l'infortuné jeune homme qui lui servait d'écrin.

Aujourd'hui le jeune pianiste ne vit pas sa taille comme un handicap. Son cheveu sur la langue, ses lunettes, rien ne lui est un fardeau. Il entre dans ce lycée qu'il déteste la tête haute. Ses mains ne sont pas enfouies au fond de ses poches, ses yeux ne sont pas dirigés vers le sol, il regarde droit devant lui. Si les images ne se faisaient pas si tenaces, la cour de récréation pourrait même lui sembler agréable. Les hématomes visibles sur les bosses au bout de ses phalanges proximales, il les arbore comme symbole de son courage, le tangible porte-drapeau de son émancipation. Le regard fier, le port droit, altier, il ressent une force jusqu'alors ignorée. Lorsque Tanguy le voit arriver il s'écarte de la bande avec qui il discute. Il préfère se retrouver seul s'il le croise, ne surtout rien risquer. Il lève discrètement les yeux vers Hugo qui passe sans un mot mais dont le regard noir le fusille. Depuis la scène de l'Orangerie, il n'utilise plus le surnom dont il l'avait affublé quelques années auparavant. Beraud plus calme et réservé qu'à son habitude, adopte un profil bas depuis quelques jours. Sa cour immédiatement informée de la chute malencontreuse dans l'escalier du musée qui a engendré sa fracture, paraît détachée, peu concernée. Visiblement les alliés d'hier ne semblent pas intéressés par ses propos. Vacillant le caïd ne séduit plus. Il amorce une descente lente mais certaine de son piédestal. Noir, jaune, bleu, son nez passe par toutes les couleurs. La protubérance a doublé de volume, et des cercles ridicules en forme de lunettes noircissent le contour de ses yeux. Certains rient sous cape.

Ce soir est un grand soir chez les Bertin. Ils reçoivent pour la première fois un ami de leur fils. Lui qui ne participe jamais aux goûters d'anniversaire, qui n'est jamais invité à la moindre soirée comme les adolescents de son âge, va leur présenter Monsieur Raymond.

Ils ont trouvé certes étonnant que l'ami en question soit beaucoup plus âgé qu'eux, mais Pierre en a discuté longuement avec Armand qui lui a expliqué leur passion commune.

Lorsqu'à dix-neuf heures précises le général en retraite sonne à la porte, Madame Bertin vient tout juste de sortir les gougères du four. Louis, impeccable dans son costume, journal en poche, lui tend un splendide géranium.

– Bonsoir Monsieur Raymond. Ravi de faire votre connaissance, mon mari termine un coup de fil, il va nous rejoindre dans un instant.

Même si l'appartement des Bertin est plutôt moderne, ce que Louis a remarqué au premier coup d'œil, il apprécie d'emblée la vieille console dans l'entrée.

– Mes hommages chère Madame.

– Bonsoir Monsieur Raymond ! ! !

– Oh mon cher Hugo ! Comment allez-vous ?

– Entrez, entrez, nous n'allons pas rester sur le pas de la porte.

Tout excité Hugo refait les présentations. Pierre se joint à eux, et tous trois filent directement dans la chambre du jeune prodige, car avant toute chose, avant même de trinquer, il tient à lui montrer son piano.

– Voilà...

– Magnifique Hugo, quelle merveille !

Puis après quelques notes jouées en l'honneur de Louis, Pierre les invite à se rendre au salon.

– Tout de même incroyable cette rencontre. Vous

vous rejoignez dans vos passions alors que, et vous me pardonnerez Monsieur Raymond, tout vous oppose.

— Oui c'est incroyable. On ne sait jamais à l'avance quel chemin la vie emprunte n'est-ce pas ?

— Absolument. Hugo me dit qu'il va jouer pour vous ? Quel privilège !

Monsieur Raymond évoque alors le concert de la salle Gaveau ainsi que leurs longues conversations sur Chopin.

— Mais je ne veux pas jouer ici pour Monsieur Raymond.

Amusés, leurs trois regards convergent vers Hugo.

— Allons bon, dit son père. Mais comment comptes-tu t'y prendre alors ?

— Je veux inviter Monsieur Raymond au conservatoire et jouer pour lui là-bas.

— Mais quelle belle idée !

Lors du repas, Pierre Bertin parle d'Armand à plusieurs reprises, leur relation commune. Mais Louis ne s'attarde pas. Au moment de se quitter, on se promet de se revoir très vite. Quant aux deux amis, rendez-vous est pris pour le lendemain.

Le vieux général, toujours ponctuel, arrive cinq minutes avant que la sonnerie synonyme de la fin des cours ne retentisse.

— Bonjour Monsieur Raymond.

— Bonjour Hugo, comment allez-vous ? Quelle joie vous m'offrez !

— Sachez que je partage amplement votre plaisir. Les gens qui apprécient le piano sont rares. C'était super hier. Que pensez-vous de mes parents ? Ils vous ont adoré.

— Un vrai bonheur mon jeune ami. J'ai passé un moment délicieux.

En arrivant au conservatoire, Monsieur Raymond a droit à une petite visite guidée de l'établissement. Alain prévenu qu'Hugo une fois n'est pas coutume reçoit un invité, leur a réservé la grande salle afin qu'ils ne soient pas dérangés. Le vieil homme un peu gauche se laisse guider.

— Asseyez-vous sur ce banc en attendant que je vous rejoigne.

- Je n'en ai pas pour longtemps. Voulez-vous boire quelque chose ?

— Non tout va très bien jeune homme, je tiens juste à profiter du privilège qui m'est accordé. Ne vous occupez pas de moi.

— Très bien.

Jamais auparavant, il n'a eu l'occasion d'entrer dans un conservatoire de musique. L'effervescence qui y règne le surprend. Lui qui imaginait un monde de silence dans lequel vivraient des espèces de cénobites mélomanes, il découvre une ville en ébullition. On s'agite en tous sens, des instruments lourds posés sur des chariots roulants se déplacent d'une salle à l'autre. Un enfant haut comme trois pommes qui porte fièrement son violon, passe près de lui sans le voir. Il sera peut-être lui aussi demain à force de travail un petit virtuose. Heureux de pénétrer le saint des saints, il suit Hugo dans une grande pièce au beau milieu de laquelle un bel instrument semble patiemment les attendre. Le jeune prodige fier de recevoir, désigne un siège à son hôte. Monsieur Raymond observe l'adolescent qui semble ici chez lui. Il s'installe à son piano. La magie opère instantanément, les premières notes du Concerto semblent s'échapper des doigts du jeune homme comme une colombe du chapeau d'un magicien. Lorsqu'il en termine avec son mini-récital, le vieil homme le remercie et lui demande s'il peut rester seul un instant. Requête à laquelle il accède sans vraiment comprendre pourquoi.

Dans le couloir, Hugo rejoint son professeur qui l'attend.

— Alors, il est heureux ?

Hugo, soucieux, se gratte la joue.

— Je ne sais pas Alain, il a souhaité que je le laisse seul un moment.

— Donc il est heureux.

— Ah c'est pour ça ?

— Il digère Hugo, il digère...

Quelques instants plus tard, Monsieur Raymond sort de la grande pièce, un peu abasourdi, ailleurs.

— Comment vous sentez-vous ? Avez-vous apprécié ? Lui demande Hugo afin de se rassurer définitivement.

— Cher jeune homme, vous venez de me donner la plus belle des leçons. Votre talent et votre jeunesse me prouvent à quel point la beauté et cette musique voyagent au-delà du temps, vous en êtes le bienveillant messager. Je vais maintenant me permettre de vous poser une question que vous trouverez peut-être un peu singulière.

Hugo se remet à peine des louanges qui viennent de lui être tressées.

— Je vous en prie.

— Quel est votre plat préféré ?

La question inattendue le fait sourire. Il répond sans la moindre hésitation.

— Le homard !

— Très bien. Dans ce cas jeune homme vous êtes mon invité à l'Ambroisie, et cela tombe plutôt bien car j'y ai mes entrées, lui dit-il. Nous avons me semble-t-il notre rendez-vous hebdomadaire demain n'est-ce pas ? La place des Vosges où se situe le restaurant se trouve à quelques encablures du jardin des Tuileries. M'accorderez-vous d'être votre obligé ?

— Avec grand plaisir Monsieur Raymond. Mais il faut que j'en parle à papa et maman.

— Inutile mon garçon ils sont déjà au courant, lui répond-il en clignant de l'œil.

Comme chaque mercredi, ils franchissent

précipitamment les allées de platanes et de marronniers bordant le musée du Louvre, afin de rejoindre leur panthéon. Malgré le fabuleux dîner à venir, rien ne transpire du bonheur gustatif qui se profile.

Une fois la session terminée, ils se retrouvent au pied de l'escalier.

— Vous avez le choix. Un quart d'heure en taxi ou bien une trentaine de minutes à pied sous les arcades, dit Louis à Hugo.

— Marchons si vous le voulez bien, profitons de ce temps radieux.

Les discussions et les préoccupations d'Hugo, très éloignées de celles des ados de son âge, enchantent Monsieur Raymond. Le génie subjugué par la beauté de la place qu'il découvre, fait part de ses impressions à son ami.

— Quelle beauté cet endroit !

— N'est-ce pas ?

— Ces immeubles sont incroyables.

En marchant, il frôle de la main les vieilles pierres des bâtisses comme s'il effleurait les touches de son piano.

— Oui, la splendeur règne ici. Vous voyez cette maison là-bas ? Victor Hugo y a vécu.

— Et cette cour avec ce somptueux jardin devant laquelle nous venons de passer ?

Le jeune garçon remarque alors la gêne qui s'empare de Monsieur Raymond.

— Ah ça… Le Pavillon de la Reine…

— Vous semblez nostalgique ?

— J'y ai vécu le plus beau moment de ma vie.

— Racontez-moi !

— Impossible mon jeune ami, il est de ces instants qui se vivent et demeurent à jamais indescriptibles, ils flottent dans le temps et s'ancrent définitivement en nous. Le sublime se conserve jalousement.

Hugo qui a l'impression d'avoir touché un point sensible n'insiste pas. Prêts pour les agapes, ils poussent les lourdes portes que deux arbustes veillent en sentinelles gourmandes. Installés à leur table, ils se plongent dans de lourdes cartes afin de choisir les mets les plus délicats.

Le pianiste s'oriente évidemment sur le homard, alors que son convive opte pour le turbot qui vient de lui être recommandé.

— Je suppose que je ne vous propose pas de vin ?

— J'aimerais juste goûter si c'est possible.

— Cela restera entre nous, lui répond Louis sur un ton complice qui fait sourire Hugo.

Le personnel du restaurant, ému par la soirée délicieuse que semble passer ce grand-père en compagnie de son petit-fils, est aux petits soins. Hugo ne soupçonnant pas qu'une cuisine si raffinée soit possible, régale Monsieur Raymond par ses remarques culinaires. En dignes admirateurs du peintre, ils dissertent longuement sur les couleurs des plats. Le jeune pianiste, grisé par l'instant et son fond de vin, fixe tout à coup son assiette.

— Eh bien mon cher Hugo, vous semblez soudain bien lointain.

Sans que Louis ne comprenne pourquoi, le regard de son invité vient de s'obscurcir lorsqu'il a comparé leurs mets aux fresques de Claude Monet. La simple évocation de celles-ci ravive sa colère, faisant remonter en lui la haine d'un visage qu'il souhaiterait abolir à tout jamais de son existence tourmentée.

— Oh non pas du tout. Je suis encore énervé, dit-il en froissant rageusement sa serviette.

— Allons bon. Qu'est-ce qui vous tracasse ?

— Nous sommes bien d'accord que les Nymphéas sont un trésor ?

— Ah ça oui alors ! Et encore, le mot me paraît bien faible.

– Le travail d'une vie ? Un monument ?

Monsieur Raymond, étonné par le comportement changeant d'Hugo, s'interroge.

– Je suis comme vous, et même plus ! Je défendrais les Nymphéas corps et âme s'il le fallait.

– Ah ! ! Nous sommes bien d'accord.

– Mais je ne vous suis pas. Vous semblez tourner autour du pot. Où voulez-vous en venir ? Et pourquoi parlez-vous d'énervement ?

– C'est-à-dire que j'aimerais vous dire quelque chose, mais je ne sais pas si je peux.

– Vous me perdez totalement.

Hugo tâtonne. Même s'il imagine que Monsieur Raymond comprendra, il n'ose pas.

– Il s'agit des Nymphéas… Lorsque l'on s'en prend à eux, je ne peux pas résister.

– Mais enfin allez-y Hugo !

– Vous ne me jugerez pas ?

– Allez-y vous dis-je ! Ne sommes-nous pas deux amis ? Les amis ne se disent-ils pas tout ?

– Bon… Avez-vous remarqué le garçon avec un gros pansement ridicule sur le nez, lorsque nous nous sommes retrouvés au lycée avant d'aller au conservatoire ?

Louis Raymond tord sa serviette dans ses mains. L'espace d'une seconde il se demande si la conversation ne risque pas de dévier un peu trop rapidement sur sa passion cachée.

– Oui effectivement. J'ai surtout noté l'air que vous lui lanciez.

– Il s'agit de Tanguy Beraud. Il me harcèle depuis l'école primaire. Je le déteste, il me fait très peur. Il m'a frappé si souvent.

Hugo plaque ses mains sur la nappe afin de les empêcher de trembler.

– Vous aurez un jour votre revanche lui dit Louis. Un

vieux proverbe que j'affectionne particulièrement dit avec beaucoup de sagesse : Assieds-toi tranquillement au bord de l'oued, tu verras passer le corps de ton ennemi. Tout est une question de temps.

— Savez-vous ce qu'il a fait à l'Orangerie l'autre jour ?

— Vous étiez là-bas avec lui ?

— Oui avec la classe.

— Ah très bien.

— Il a craché sur les Nymphéas.

Un coup de poing sur la table fait sursauter le sommelier qui s'apprête à faire goûter un vin aux clients d'à côté.

— Pardon ? ? ? ? ? ? ? ? ? ? ? ? ? ? ? ? ? ?

Monsieur Raymond devient rouge de colère.

— Je suis devenu comme fou. Son pansement c'est moi. Il a une double fracture du nez.

— Bravo ! Je serais allé beaucoup plus loin mais nous n'avons pas le même âge.

- J'ai un peu plus d'expérience de la vie que vous. Mais ceci est un autre sujet.

Hugo joue nerveusement avec ses couverts, n'osant pas croiser le regard de Louis.

— Monsieur Raymond ?

— Oui ?

— Pensez-vous qu'il soit normal que lorsque je m'endors et me réveille je ne pense qu'à le tuer ?

Monsieur Raymond sent que le moment approche, mais il hésite encore. Plusieurs fois déjà lors de leurs discussions dans le jardin des Tuileries, il a décelé cette rage qui habite Hugo. Et cette rage, il la connaît bien.

— Vous savez, ça nous arrive à tous ces moments de colère. Les envies de meurtre, c'est une expression que l'on emploie facilement afin d'expliquer à quel point l'on est furieux, mais fort heureusement on ne passe pas à l'acte.

— Moi j'aimerais. Murmure-t-il de façon presque imperceptible en écrasant avec force du bout de son index, les quelques miettes qui parsèment la table autour de son assiette.

— Vous aimeriez quoi ? Lui demande-t-il incrédule.

— Tuer cet idiot. J'en ai vraiment envie, et ça m'inquiète confesse-t-il sans la moindre gêne, libérant ainsi sa poitrine du poids qui l'oppresse.

Monsieur Raymond sait en cet instant que bientôt ils ne parleront plus exclusivement piano et Nymphéas. Mais il attend, il le laisse venir tranquillement.

— Allez jeune homme, on se reprend. Voulez-vous un dernier fond de verre ?

— Oh je veux bien. Vous m'en voulez ?

— Pourquoi donc ?

— Pour ce que je viens de vous dire.

— Mais non. Bien sûr que non.

La soirée ne s'achève pas tout à fait comme elle a commencé. Hugo regrette ses propos.

Une fois dehors, ils entreprennent un tour de la place à la demande du pianiste.

— Voilà qui va nous faire digérer. Nous allons prendre un taxi rue Saint-Antoine, je vais vous déposer chez vous.

Louis connaît les parents du jeune homme, aussi a-t-il besoin de se sentir pleinement rassuré quant à sa confession.

— C'est un secret n'est-ce pas ?

— Mais enfin Hugo arrêtez ! Et puis des secrets vous savez, tout le monde en a.

— Oui mais celui-ci... Si mes parents savaient ce que j'ai fait à cet abruti et ce que je vous ai dit ce soir.

— Et les secrets ? Vous savez les tenir mon jeune ami ?

— Ben oui. Pourquoi cette question ?

— Parce que j'en ai moi aussi.

– Ah bon ?

Dans son métier, Louis n'a pas le droit à l'erreur. Cet adolescent le touche car il devine en lui les blessures qu'il a endurées. Ces mêmes blessures qui l'ont poussé à devenir l'homme qu'il est aujourd'hui.

– Bon, Il est temps que je vous parle de mon autre passion. Vous me semblez prêt à l'entendre, mais comment aborder cela ?

Les yeux d'Hugo pétillent. Monsieur Raymond va partager un secret avec lui. Il ne s'est donc pas trompé, il a un ami.

– Le plus simplement du monde non ?

– Vous avez raison. Commençons par nous tutoyer.

– Puis-je vous appeler Louis ?

– Excellente entrée en matière Hugo à laquelle je rétorque par un grand oui.

– Je vous écoute Louis.

– C'est d'une simplicité confondante, j'aime tout simplement tuer.

Les yeux d'Hugo, ronds comme des billes, pourraient jaillir de son visage sous le coup de ce qu'il vient d'entendre.

– Pardon ? ? ? ? ? ! ! ! ! ! Vous aussi vous aimeriez ? Non mais, comment… Euh attendez…

- Dites-moi, racontez-moi.

– Non. Moi c'est différent, je le fais. Alors je vais m'expliquer un peu. Vous êtes bien certain que c'est ce que vous souhaitez n'est-ce pas ?

Hugo blêmit. Il n'a pas rêvé. Il est fasciné. Sa vue semble se brouiller un instant, ses oreilles bourdonnent. Il sent son cœur qui s'emballe, ses mains sont moites. Il ne regarde plus du tout le vieux garçon de la même façon. Monet leur socle commun, le piano, et maintenant cette confession qu'il reçoit au sortir d'un dîner, éveille ses sens. Lui qui y pensait si souvent, trouverait-il en Louis une solution à ses problèmes ? Une main qui le guiderait ? Curieux, il attend la suite.

– Vous m'avez bien compris. Pardon, tu m'as bien compris. Ne t'inquiète pas. Je n'élimine pas n'importe qui, enfin pas toujours n'importe qui et certainement pas des enfants. Pas simple ce tutoiement. Ne me demande pas de rentrer dans certains détails car je ne le ferai pas. Mais dernièrement, j'ai étranglé quelqu'un. Lorsqu'il s'est affaissé lourdement sur le sol, que son corps flasque s'est vidé du peu de vie qui résistait en lui, j'ai regardé ses yeux. Quand tu éteins ou que tu allumes la lumière, tout va trop vite. Mais là, tu le vois, ça s'en va doucement. J'aurais pu hurler tellement c'était bon.

Le jeune homme ne bouge plus. Religieusement il écoute, et déjà il sait que les mots qu'il entend traduisent à la lettre les pulsions qui sont les siennes. De sa main ballante, il aimerait lui aussi broyer une gorge… Louis observe le jeune homme. Ce qu'il vient de lui confier a fait l'effet d'une bombe. Mais Hugo va vite, très vite même. Son visage est un livre ouvert. Perplexe, Monsieur Raymond hésite pourtant à continuer. S'est-il livré trop vite ? Il semble pourtant prêt à cela malgré son âge. Au pire, il dira qu'il plaisantait pour dédramatiser ce qu'il venait d'entendre. Le pianiste le regarde. L'homme qu'il a face à lui est passé en un rien de temps du statut d'ami à celui de héros. Louis repense à la pierre qu'il a brandie au-dessus du visage de Fernand. Ce qu'il a ressenti à ce moment-là, il sait qu'Hugo le porte en lui. Le prodige veut tout savoir, ce qu'il vient d'entendre lui offre une possibilité. Il ne pense plus qu'à ça. Les questions repartent en rafale. Monet et le piano s'éclipsent totalement de la discussion, pour ne plus laisser place qu'à un seul et unique sujet, tuer.

– Mais ça fait longtemps ?

– J'avais à peu près ton âge, enfin pour les humains. Mais enfant je tuais parfois de petites bestioles inutiles qui traînaient, j'aimais ça.

– Moi j'aime bien arracher les ailes des mouches.

– Oui je comprends très bien. Tu as vibré j'imagine ? C'est tellement exaltant. Tu as ressenti ce sentiment de toute puissance ?

– Et tu as tué quand pour la dernière fois Louis ?

– Il y a peu de temps.

Lui aussi aurait pu tuer il y a une semaine se dit-il.

– Ah bon ? Est-ce celui que tu as étranglé ou un autre ? Tu peux m'expliquer ce que tu as ressenti exactement ? Tu as peur parfois ? Qui était-ce ?

Sous les yeux de Monsieur Raymond, le pianiste amoureux des Nymphéas se retire sur la pointe des pieds, laissant apparaître un meurtrier en puissance. Il sait qu'il suffirait d'un rien pour le faire basculer dans le côté sombre qui, sans aucun doute, l'habite depuis bien longtemps.

– Ah non, là je ne peux pas Hugo.

– Qu'as-tu ressenti ? Dis-le-moi s'il te plaît.

Hugo s'intéresse de plus en plus à la discussion, il boit ses paroles, sentant monter une intense excitation en lui.

– Tu l'as aimé le homard que tu as mangé ce soir ?

– Oh oui, il était excellent. Pourquoi ?

– Eh bien voilà ce que j'ai ressenti, c'est un peu comme ça, disons que... J'aurais aimé que l'on me resserve.

Hugo est sidéré. Comment peut-on devenir si proche de quelqu'un ? Les pulsions meurtrières qu'il ressent, Louis les vit. C'est son quotidien. Il sait pertinemment que s'il avait eu une arme dans les mains à l'Orangerie, il n'aurait pas su contenir sa rage.

– Tu tues au hasard ?

– Non mais cela, je te l'expliquerai une autre fois.

– Tu peux tuer Tanguy s'il te plaît ?

Un rire franc secoue Monsieur Raymond. Hugo, captivé, laisse libre cours à sa naïveté.

– Non Hugo, on ne tue pas un enfant.

– Ce n'est plus un enfant ! Il a quinze ans !

– Même.

– Mais il a craché sur les Nymphéas ! ! ! ! ! Dit-il rouge de colère.

– Ah oui, j'oubliais. Mais non, désolé je ne peux pas.

– Tu voudrais bien m'apprendre ?

Cette fois-ci c'est Monsieur Raymond qui ressent l'effet d'une bombe. Un adolescent ? Si jeune ? Peut-il endosser une telle responsabilité alors qu'il le connaît si peu ? Qu'il le prenne sous son aile ou pas, il a compris que ce n'est qu'une question de temps. Hugo s'est ouvert auprès de lui pour une seule et unique raison, il rencontre pour la première fois de sa vie une personne auprès de qui il ressent la possibilité de se confier. Mais de là à devenir son mentor... Cependant, Louis sait que le pianiste tuera, et recommencera. Alors quitte à le faire, autant que ce soit avec panache. Le blanc qui a suivi la question d'Hugo ne peut pas durer plus longtemps. Louis pose amicalement la main sur l'épaule du jeune homme avant de rendre sa réponse.

– Ça c'est possible effectivement. Mais dans un premier temps, il va falloir que tu réfléchisses, que tu apprennes véritablement à te connaître. Je comprends à quel point tu souffres, et ce martyre que tu endures depuis trop longtemps est intolérable. Cependant lorsque j'ai tué pour la première fois, c'était pour venger ma mère.

– Tu avais pratiquement cinq ans de moins que moi ! Alors je peux non ?

– Oui, mais comme je viens de te l'expliquer la vie m'a poussé sur un chemin que je n'aurais peut-être pas emprunté si le sort en avait décidé autrement. Je me répète mais tu dois apprendre à te connaître, à réfréner tes pulsions jusqu'au moment idoine. Montre-toi patient, et ce qui doit être sera. Les choses viendront naturellement.

Hugo répondant du tac au tac ne laisse pas à Louis le temps de la réflexion.

— Et je tue aussi des petites bestioles.

— Oui je sais !

— Et j'aime ça.

— Je disais donc, il est essentiel que tu saches si cette envie est passagère ou pas.

Le jeune prodige le regarde à nouveau. Il ne cherche plus à parlementer, expliquer. Ses yeux transpercent Louis.

— Bon OK… Tu sais. Nous avons donc besoin d'une chose indispensable qui est la clé de tout. La confiance. Et pour parvenir à ce stade, il faut du temps.

Hugo tend sa main vers celle de Louis.

La soirée fut mémorable pour l'un comme pour l'autre. Monsieur Raymond invita le jeune pianiste à venir le voir après ses cours. Hugo ne ferma évidemment pas l'œil de la nuit. Il se sentait grand, enfin compris.

Lorsque le lendemain il arrive chez son nouvel ami, il remarque que tout est impeccablement rangé, propre et net, rien ne dépasse. L'appartement sent le vieux et la naphtaline des grands-mères. Hugo imagine les draps de Louis épais et brodés, des couvertures qui grattent. Il doit probablement y avoir des brins de lavande méticuleusement insérés dans les plis de son linge. Sur une commode un Tanagra en terre cuite l'intrigue. Les yeux de la jeune femme invitent à la douceur, la langueur. Il ne sait comment aborder le sujet. La confession de Louis l'a fasciné. Monsieur Raymond tue des gens ? Lui que l'on imaginerait bien confortablement installé à une table de bridge ?

— C'est marrant chez toi Louis.

– Tu aimes ?

– Je ne sais pas. C'est différent. Tu apprécies les choses plutôt anciennes, non ?

– Oui c'est vrai. Mais je sais aussi vivre avec mon temps. Cela ne se voit pas ?

Ils éclatent de rire tous les deux.

– Tu as cinq téléphones !

– Je savais que cela attirerait ton attention, je vais t'expliquer. Mais en compagnie de Chopin, ça te va ?

– Et comment !

Chacun dans son coin écoute le nocturne numéro treize en silence. Puis, Louis se lève afin de baisser un peu le volume et se dirige vers Hugo.

– Alors, ces téléphones... Les quatre que tu vois ici, le noir, le bleu, le rouge et le jaune sont des lignes reliées à des personnes qui me contactent afin d'honorer des contrats.

– Tu es ce que l'on appelle un tueur à gage ? Comme Richard Kuklinski ?

Louis lui sourit. Hugo à la fois naïf et si bien renseigné, lui rappelle de plus en plus l'enfant qu'il était.

– En quelque sorte. Mais dis donc tu en connais des choses !

– Oui moi aussi ça m'intéresse. Qui sont ces gens ?

– Je ne le sais pas. On me met en contact avec eux c'est tout.

– Et pourquoi quatre téléphones alors ?

– Je travaille avec quatre personnes qui elles, sont en relation avec une multitude.

Mais nous avons une sorte de maître de cérémonie qui centralise tout ça.

Le monde que le jeune garçon découvre, lui plaît autant qu'il lui échappe. Enfoncé dans son fauteuil, il cogite.

– Alors pourquoi pas un seul téléphone si quelqu'un regroupe tout ?

– Je ne sais pas, je pense que cela n'a de sens que pour lui.

– On dirait une secte. Et le téléphone vert ?

– Celui-ci c'est la cerise sur le gâteau.

Sa curiosité s'aiguise. Habitué aux discussions concernant le piano, il aime expliquer le fonctionnement de son instrument, la façon dont il joue. Mais aujourd'hui c'est lui qui écoute.

– C'est-à-dire ?

– Si je suis un long moment sans activité, ce qui arrive parfois, on m'offre une proie. Sans rémunération bien sûr, nous ne parlons ici que de plaisir.

Le maître mot est lâché. Le plaisir. Celui qu'il ressent sur son tabouret quand il joue, celui que lui procurent les toiles de Monet lorsqu'il les détaille, celui qu'il a ressenti lorsqu'il a vu la peur dans le regard de Tanguy. Ses yeux brillent, son esprit s'enflamme, Hugo ne tient plus en place. Il se lève de son fauteuil et s'approche de Louis.

– Je veux tuer s'il te plaît.

– Mais enfin ! Tu es très jeune mon ami.

Le vieil homme comprend en cet instant que le pianiste ne fera pas machine arrière. La confiance qu'il évoquait sous les vieilles arches de la place des Vosges, elle est là, et elle est définitive comme l'est un texte gravé dans le marbre.

– Alors ? Demande Hugo impatient.

– Alors… Alors je vais t'initier, répond finalement Louis, vaincu par la détermination du jeune homme.

Hugo ne pense plus qu'à Beraud. Il l'imagine face à lui, pleurant, suppliant afin qu'il l'épargne. L'arme qu'il pointe sur lui, stable, au bout d'un bras qui ne tremble pas, va mettre un terme à ses années de souffrances. Il ajuste son ennemi de toujours en prenant soin de bien fermer son œil pour viser. Il veut qu'il ait peur et que le plaisir dure, encore le plaisir. Tanguy, ne parvient plus à se retenir, une auréole vient tremper son entrejambe. Hugo jubile. S'inspirant de lui il le houspille pour ce qui vient de se produire. Savourant sa vengeance, il exprime son désir de lui mettre un gage... Avant que Beraud ne l'implore à nouveau, la détonation retentit.

– Zut ! Trop vite, pense-t-il.

Il doit laisser la terreur se prolonger avant de tout éteindre en lui. Mais ce n'est pas si grave, il apprendra à se maîtriser. Hugo revient à la réalité, la discussion se poursuit.

– Il y a deux règles, jamais d'enfants et interdiction de refuser un contrat.

– D'accord.

– Lorsque tu seras prêt, et si tu ne changes pas d'avis, sache que tu en as d'ailleurs tout à fait le droit, Je te présenterai des gens. Mais tu seras surpris.

Puis d'une façon très candide qui fait sourire Monsieur Raymond, Hugo replonge dans l'innocence.

– Ils ne le répéteront pas à mes parents ni à Alain ?

– Ne t'inquiète pas, nous sommes tous dans le même bateau. Et puis si cela se produisait nous tuerions Alain et tes parents.

– Quoi ?

– Je plaisante Hugo lui dit-il gêné, se rendant compte que l'humour n'est pas son fort.

La détermination et la froideur du jeune homme surprennent Monsieur Raymond. En lui, il voit ce qui incite les criminels à passer à l'acte. Hugo quitte son mentor des images plein la tête. Lorsqu'il croise Madame Gomez dans l'escalier, une envie subite de la pousser par-dessus la rampe du troisième étage le fait frissonner.

La vie du jeune prodige s'organise. Il partage son temps entre le piano, l'Orangerie, l'initiation de Louis, et accessoirement l'école. Sa mémoire hors norme et son intelligence sont ses meilleurs atouts. Chez son professeur ou bien sur un terrain vague, Hugo progresse à pas de géant. Capable de monter et démonter une arme en un rien de temps, il provoque la fierté de Monsieur Raymond. L'enseignement porte ses fruits, il se rapproche du jour fatidique. Le maniement de l'arme blanche devient également très rapidement une simple formalité. Plusieurs fois par semaine, il s'entraîne sur des mannequins avec une rare motivation et une véritable agilité. Six semaines plus tard, Hugo reconnaît n'importe quelle arme. Huit mois plus tard, l'impact des balles sur les cibles l'attestant, Louis le considère apte à passer à l'acte. Durant ce laps de temps, les mains miraculeuses du pianiste enchantent par deux fois les salles classiques de Londres et de Berlin. Un soir après leur bonheur hebdomadaire, Louis lui pose la question que le jeune garçon attend avec impatience.

— Te sens-tu prêt ?

— Pour ?

— Mais pour ta grande première voyons ! Les affaires sont plutôt calmes, le téléphone vert a sonné.

Hugo aura seize ans dans cinq mois. En près d'un an, il est devenu un véritable expert en matière d'armes à feu.

Depuis des semaines, il trépigne. Les conditions clairement établies dès le départ, qui stipulaient que seul Louis serait en mesure de décider, sont désormais clairement remplies.

— De qui s'agit-il ?

— Peu importe, mais si tu veux vraiment le savoir il s'agit d'un certain Sébastien Pernet.

- Ils choisissent selon leurs règles, je ne les connais pas. Il me semble important que tu comprennes que cet homme n'a pas provoqué le mal, je sais, ce n'est pas très moral.
- Ce sera en quelque sorte gratuit. T'en sens-tu capable ? Il n'y a aucune obligation.
- D'ailleurs, si tu ne veux pas je pourrai te remplacer.

— Je suis prêt ! ! ! ! ! Le coupe-t-il brutalement avec une hargne que Louis ne lui connaissait pas.

Le pianiste tente de feindre une relative tranquillité, mais Monsieur Raymond ne s'y trompe pas. Il sait que l'exaltation qui monte sera bientôt remplacée par une détermination implacable.

— Que veux-tu utiliser pour commencer ?

Hugo n'en croit pas ses oreilles. Son mentor lui demande d'exprimer sa volonté quant à l'arme qu'il choisira. Il mesure alors le chemin parcouru.

— Un Glock, je le maîtrise parfaitement maintenant.

— Parfait, excellent choix.

— Je vais observer quelques jours le bonhomme et te communiquerai toutes les infos, ses habitudes, ce qu'il faut éviter, et le moment le plus propice.

— Merci Louis. Je suivrai le plan à la lettre. Tu ne seras pas déçu.

Sébastien Pernet, comptable dans un cabinet du 7e arrondissement a été désigné par le maître de cérémonie. Insignifiant, sans enfant, jamais une entorse à la règle, aucun vice connu, un individu totalement transparent. Il arrive le matin un peu avant huit heures. Son chef, Pierre Martinot, y tient. En bon petit soldat, les doigts sur la couture du pantalon, Pernet exécute ses ordres. Et puis qui sait, peut-être un jour pourra-t-il lui aussi devenir sous-chef comptable et obtenir une ligne directe. Les vitres du bureau de Martinot sont moins sales que les siennes, cela aussi c'est une marque de reconnaissance à laquelle il souhaite accéder. Il n'est pas pointilleux au point de réclamer un ménage supplémentaire par semaine, mais ce statut de chefaillon sans envergure, il en rêve. Il y a aussi cette pince en plastique sur le combiné du vieux téléphone qui permet de le maintenir contre sa joue pendant que l'on parle, il adore. Il trouve qu'il y a un côté très américain dans tout cela, alors naturellement il convoite la place du vieux. Martinot le sait. Peut-être est-ce même la raison pour laquelle sans en mesurer les conséquences, il a un jour confessé sa haine du gratte-papier à un ami du maître de cérémonie.

Pernet ne déroge jamais à la règle. En sortant de la bouche de métro, il achète le Parisien au kiosque, puis disparaît dans la petite ruelle à droite et la deuxième à gauche. Sa routine parfaitement huilée ne change jamais. Il pourrait varier les plaisirs en empruntant la grande avenue, plus directe, et surtout plus abritée les jours de pluie, mais il aime se prouver qu'il est un homme de caractère. Une espèce de bad boy à mallette à qui l'on n'impose rien.

— Ce sera pour jeudi, lui dit Louis. Je t'indiquerai exactement où te poster et comment procéder, tu n'auras pas plus de deux minutes devant toi. Au-delà de ce délai tu cours un risque.

— C'est parfait pour moi. Ensuite je file au conservatoire, je sais où jeter l'arme.

Hier l'atmosphère grise, les rues tristes, la pollution qui irrite sa gorge, un film déjà diffusé des dizaines de fois, ont sapé le moral de Sébastien Pernet. Heureusement qu'un fond de mousseux et une tranche de jambon sous vide ont égayé un peu sa soirée, sans quoi sa journée virait au cauchemar. Mais aujourd'hui c'est autre chose. Le temps sublime le met particulièrement en joie ! Il vient d'acheter son journal, ce soir il ira voir au cinéma une comédie moyenne puis il rentrera dans son appartement médiocre. Si Martinot ne l'ennuie pas, ce sera un mardi sans relief comme il les affectionne, à attendre que les heures passent assis derrière son vieux bureau en noircissant des tableaux. Pas de vagues, aucune décision à prendre, on ne le consulte de toute façon jamais. Il est des moments que l'on emprisonne dans nos cœurs afin de les conserver pour toujours, et c'est exactement ce que Pernet veut faire de cette journée afin d'occulter au plus vite de sa mémoire celle d'hier. Il pense à tout cela alors qu'il s'apprête à sortir de la ruelle et prendre la deuxième à gauche. Il remarque un jeune homme à terre, un vélo à ses côtés, il vient sans doute de chuter. Bienveillant, il s'approche de lui. Le comptable se tient en haute estime. La bonne action se présente, décidément c'est son jour. Il va la saisir, foi de Pernet !

— Tout va bien bonhomme ? Tu es tombé ? Lance-t-il sur un ton paternel.

— Oui merci Monsieur, je ne sais pas ce qui s'est passé. Pouvez-vous m'aider à me relever s'il vous plaît ? Mon genou me lance terriblement, j'ai l'impression que je ne vais pas y arriver seul.

Le regard du comptable est plein de compassion.

— Cela s'appelle l'apprentissage de la vie mon garçon ! Crois-moi, j'en ai vécu des moments comme ça.

Il lui tend la main. Dans le même temps, le pianiste se tourne vers lui. Sébastien ne saisit pas très bien ce qu'il voit. Est-ce un revolver ? C'est étrange. Peu importe de toute façon qu'il comprenne ou non, il n'aura plus jamais l'occasion de réfléchir. Une balle propulsée à la vitesse de quatre cent cinquante mètres seconde, vient de se loger dans sa tête. Par acquit de conscience, une deuxième part dans la foulée. Elles mettent un terme à sa morne existence, annihilant toute potentielle pensée quant au temps de demain ou à Martinot. Sur le front dégarni du comptable, les deux orifices cerclés de noir brûlé sont presque centrés. De la large flaque de sang qui colore le sol à l'endroit où sa tête repose, un petit ru carmin s'écoule paisiblement jusqu'à la grille d'évacuation. Caché derrière des poubelles, un vieil homme observe la scène en se frottant le menton. Un sentiment de fierté l'envahit, c'est du véritable travail d'orfèvre se dit-il. La main de l'adolescent qui vient de donner la mort à Sébastien Pernet n'a pas tremblé. Son trajet routinier, l'employé modèle dont le corps sans vie gît désormais sur l'asphalte comme un pantin désarticulé, il était à deux doigts de l'envoyer valser. Mais à cette heure de grande affluence l'avenue grouille de monde, et la populace il n'aime pas ça. Il a donc emprunté comme toujours la petite voie déserte. Très mauvais choix puisqu'il ne distingue dorénavant plus qui se penche sur lui afin de déposer un baiser sur sa joue. Mort sur le coup, il ne voit pas non plus le ciel d'un bleu limpide qu'il semble pourtant scruter de ses yeux fixes avec une attention toute particulière.

Alors que la bouche de métro crache son flot quotidien d'anonymes, un jeune cycliste sort de la ruelle et se fond dans la foule. En arrivant sur le pont, il jette à l'eau le Glock qu'il vient de démonter. Ses gestes sont maîtrisés, il respecte le plan à la lettre sans faillir. Voilà, c'est fait pense-t-il en pédalant. Demain Louis le débriefera pour la première fois.

Monsieur Raymond se réserve quelques discrets menus plaisirs, peu mais intenses.

Derrière la porte insignifiante d'un vieil immeuble des Abbesses, se cache son jardin secret.

Lorsqu'à vingt ans les coups violents pleuvaient sur la belle Paola, il lui a rendu un petit service. En preux chevalier, il ne lui en pas touché le moindre mot.

Goran, le Serbe qui dirigeait d'une poigne de fer son écurie, comme il la nommait, exploitait six pauvres filles dont la toute jeune Paola. Lorsque celle-ci fut placée à sa tête contre son gré, l'enfer commença. Rien ne fonctionnait jamais selon son bon vouloir, les filles ne besognaient pas assez, il en voulait toujours plus. L'un de ses fidèles clients, Monsieur Raymond, rencontré alors qu'il commençait une carrière dans l'armée, lui apportait un bouquet de roses à chacune de leurs rencontres, un véritable homme du monde. Très sensible à ce geste attentionné qui se répétait, elle l'aimait bien. Jamais il ne l'oubliait. Ils apprirent à se connaître. Elle appréciait son comportement courtois et galant, ainsi que l'odeur ancienne et délicate d'eau de Cologne qu'il mélangeait à sa peau aspergée d'un parfum bon marché. Lui militaire et elle fan de l'Autriche, ils se plaisaient à baiser à Schonbrunn selon un rite bien précis. Doux, attentionné, et se débrouillant plutôt bien, elle prit l'habitude de se confier à lui. Sans qu'elle ne comprenne vraiment pourquoi, il lui demanda un jour s'il pouvait rencontrer Goran. Pensant qu'il souhaitait faire affaire avec lui, il baissa un temps dans son estime. Il ambitionnait purement et simplement de la débarrasser de l'ivraie qui gâchait sa vie. Le souteneur retrouva Monsieur Raymond dans un café du quartier de la Madeleine, sous prétexte d'une arrivée prochaine de filles. La grande balafre qui rayait le visage du Scarface des Balkans, n'intimidait pas le moins du monde Louis Raymond. La discussion fut agréable, tout du moins pour le voyou qui flaira le pigeon. Malheureusement, l'intuition n'étant pas son sens le plus développé, Goran fut retrouvé quelques jours plus tard au fond d'une poubelle près du lac supérieur dans le bois de Boulogne, plus précisément une partie de Goran, sa tête.

Puis dans le bois de Vincennes, sous un des piliers du pont Marie, dans une benne de chantier de la butte aux cailles, dans un bénitier de l'église de Saint Augustin aussi, une main, des fois qu'il veuille se signer, ça, c'était pour le côté pieux de la chose. Bref, il éparpilla Goran en trente-deux points différents de la capitale. Le Serbe était décidément partout. Il aurait pu simplement l'occire et se débarrasser du corps sans pour autant le débiter de la sorte, mais il appréciait vraiment Paola, alors il décida de s'accorder ce plaisir. Le proxénète fit brièvement la une des journaux, ses filles furent bien sûr entendues par la police, puis le dossier fut classé sans suite. Personne ne le pleura. Paola en profita pour se mettre à son compte. Enfin délivrée du tyran, elle pouvait désormais mener les affaires à sa façon en se concentrant exclusivement sur elle. Femme au grand cœur, elle aidait dans la mesure des moyens dont elle disposait ses compagnes d'infortune. Elle ne sut jamais ce qu'il advint du monstre, même si une petite idée la taraudait. Toujours est-il que Monsieur Raymond ne paya jamais plus une seule des sublimes prestations de la belle Paola. Les liens se tissèrent au fil de leurs rencontres, ils prirent l'habitude de se confier les choses trop encombrantes de leurs vies. Ils devinrent importants l'un pour l'autre.

Depuis, un mardi sur deux, Monsieur Raymond rend visite à sa déesse callipyge, qui tout comme lui, semble vivre dans une autre époque. Paola qui en général se déplace, fait exception pour lui. Monsieur Raymond, son plus vieux client reste à jamais son préféré.

Elle se pose parfois la question bien qu'elle s'y refuse catégoriquement, sur la nature de ses sentiments envers lui. Habitude ? Complicité ? Amours enfouis ? Il compte, cela lui suffit amplement.

— Alors mon Loulou, comment vas-tu ? Lui dit-elle en tirant sur son bas. Tu sembles étrange aujourd'hui, je vais te dérider tu vas voir, laisse-moi faire.

Elle s'approche de lui, traînant langoureusement ses genoux douloureux. Ses bas filés plissent sur des chevilles que le temps déforme un peu, mais tous les deux s'en moquent. Les rideaux de velours cramoisis tirés, l'atmosphère feutrée laisse augurer de torrides ébats. Elle murmure à son oreille d'une voix coquine.

— Qui va soulever la jupe de Sissi l'impératrice ? Oh la vilaine Sissi ! On dirait qu'elle a oublié de mettre une culotte.

Louis détourne le regard en direction de la fenêtre et fait un geste de la main.

— Non Paola, s'il te plaît.

En général il lui suffit de quelques mots pour le propulser au dix-neuvième siècle. Mais aujourd'hui, elle devine à son visage renfrogné qu'il va falloir mettre les bouchées doubles.

— Mais que se passe-t-il ? Je ne te conviens plus ? Allez, viens là mon vilain.

— Vraiment Paola, n'insiste pas, lui dit-il en baissant la tête.

La sentant blessée, il rassure très vite l'expérimentée

professionnelle sur ses atouts, lui expliquant qu'il préfère boire un bon porto blanc et parler. Elle n'a finalement rien contre.

– C'est toi qui choisis mon Loulou. Même pas une petite pipe avec ton verre ?

– Sans façon.

Libéré d'un poids, Monsieur Raymond qui l'estime beaucoup, se lance dans une longue logorrhée. Toujours respectueux, sauf lorsque le feu de l'action l'exige, il ressent le besoin de se confier à elle. Tout l'après-midi, il lui parle de sa relation avec Hugo. Il lui raconte le piano, l'Orangerie, sans toutefois aborder la partie sombre qui ne la regarde évidemment pas. Émue de voir son vieux loup solitaire si proche de cet enfant, elle l'écoute s'épancher.

Monsieur Raymond mérite une jolie relation pense-t-elle.

– Ce n'est que justice mon bon Louis, je suis heureuse pour toi ! Tes yeux pétillent quand tu parles d'Hugo. Et si en plus Monet et le piano vous rapprochent que demander de plus ?

– Peut-être une bonne pipe dont tu as le secret ? Lui dit-il égrillard et l'œil frisant.

La belle Paola, alias Sissi, outrageusement fardée, convaincue de son irrésistible charme, s'exécute alors avec gloutonnerie et beaucoup d'application, tentant vainement de plaquer les bourrelets qui alourdissent son ventre de sa main restée vacante. Lui, la trouve irrésistiblement belle. Leurs ébats rapidement écourtés, elle sait y faire, ils dissertent sur le bon vieux temps comme deux amis inséparables. Terriblement touchants lorsqu'ils se regardent avec ce sourire tendre, ils savent qu'ils peuvent toujours compter l'un sur l'autre. Louis embrasse sa Paola sur la main, comme toujours. Peu lui importe qu'elle soit mariée ou non, ce baiser délicatement déposé il le sait, lui plaît. Jamais il ne manque à cette jolie tradition. Immarcescible à ses yeux et en son cœur, Paola demeure intouchable pour Monsieur Raymond. En partant, il dépose discrètement un billet de deux cents euros dans la sébile chryséléphantine qu'un magnat de la finance lui a offert un jour de liesse lubrique.

— Non, non, et non, tu sais très bien que cela n'a pas cours entre nous, lui dit-elle en se saisissant de son rouge à lèvres.

— S'il te plaît, tu as eu la patience de m'écouter, personne ne m'accorde jamais ce privilège. Laisse-moi te remercier à ma façon pour une fois.

— Je suis ta Sissi, et toi mon François-Jo. Cela me suffit amplement. Reprends vite ce billet avant que je ne me fâche s'il te plaît. C'est hors de question !

Les yeux rougis par l'émotion, Monsieur Raymond la serre longuement dans ses bras.

Le cœur joyeux, il flâne le long des rues en pensant à elle, il n'a personne d'autre dans la vie à qui se confier. En toute fin d'après-midi il reçoit chez lui comme prévu son protégé.

Lorsque Hugo se retrouve face au grand sourire que lui adresse le vieil homme à la tête chenue, il sent que la partie est gagnée.

— BRA VO ! Tu as fait preuve d'un remarquable sang-froid, je suis très fier de toi.

— Merci Louis, franchement ? Tu as trouvé ça bien ? Répond Hugo heureux comme un jeune homme qui vient d'apprendre qu'il a brillamment réussi son concours d'entrée lui ouvrant les portes d'une grande école.

— Oui, mais tu m'as tout de même surpris. Le scotch sur les lèvres c'est idéal pour ne pas laisser d'empreintes, mais pourquoi ce geste ? Je ne m'y attendais pas et je le trouve très singulier.

Hugo se doutait que Monsieur Raymond lui en parlerait. Il le redoutait même. Censé suivre scrupuleusement le plan, il a improvisé ce geste.

— Si je prends une vie, c'est ma façon à moi de présenter mes excuses. Nous possédons chacun nos raisons pour tuer. Les tiennes, les miennes, forcément différentes, n'appartiennent qu'à nous. Ils ont brisé l'enfance que je n'ai pas pu vivre. Une partie de cette vie m'a été ôtée. Ce harcèlement de tous les instants, je le sais, a développé chez moi des pulsions définitives. En tuant je provoquerai des larmes, j'attenterai au bonheur fragile de maris, de femmes, d'enfants, de frères ou de sœurs. Alors je ressens ce besoin de douceur lorsque des yeux se ferment. Embrasser cet homme sur la joue pour son grand voyage a été pour moi une évidence, un réflexe. Je me dis que l'on fera peut-être preuve de mansuétude à mon égard quand viendra mon tour.

Le côté naïf et poétique d'Hugo fait sourire Louis. La poésie s'immisçant au beau milieu d'un acte barbare représente pour lui une forme d'art conceptuel. Marcel Duchamp lui-même eut apprécié.

— Un pretium doloris en quelque sorte. Tu sais, rien ne t'oblige.

— Certainement pas ! J'ai tellement aimé. Quand pourrai-je recommencer ? Lui dit-il les yeux brûlants comme si la fièvre le terrassait.

— Doucement jeune homme, tu n'as même pas seize ans. Procédons par étapes. Tu as démontré d'indéniables aptitudes, mais il faut du temps, te montrer patient.

— Et alors ? Au fait, nous allons rester quelque temps sans nous voir, je pars pour ma première grande tournée à l'étranger.

Monsieur Raymond ressent soudain un grand froid. Un manque avant l'heure.

— Et où vas-tu ? Lui demande-t-il sur un ton qui trahit son émotion.

— En Égypte.

— Ah... Une belle et grande première. Tu vas avoir la chance de découvrir les pyramides ! Mon rêve d'enfant. Combien de temps pars-tu ?

— Environ trois semaines. Je vais donc avoir seize ans en Égypte !

— Ah oui c'est long, mais bon c'est une excellente nouvelle je suis ravi pour toi.

Ils échangent ensuite une bonne heure afin de revenir sur les différentes phases de l'assassinat de Sébastien Pernet. La solitude apprivoisée depuis longtemps ne pèse d'ordinaire pas sur la vie de Louis. Mais ce départ d'Hugo devient avant même qu'il ne parte un poids terrible. Le vieil homme s'attache, et il réalise que l'Orangerie sera bien vide pendant plus de vingt jours.

En dix-neuf cent soixante-dix-huit, lors d'une fastueuse réception de remise d'étoiles, le général Raymond rencontra à l'état-major des armées le général Bricout. Ils se fréquentaient peu. Quand on a quatre étoiles sur les épaules on ne fraye pas avec le menu fretin. Le dîner exquis qu'ils partagèrent, les rapprocha malgré tout. D'ordinaire tous deux compendieux, ils prirent un véritable plaisir à discourir sur des sujets les rapprochant. Bricout, amateur éclairé de bel canto, tenta de convertir Raymond. Chacun défendant sa partie de façon acharnée, ils rivalisaient de connaissances, se cherchant mutuellement afin de poser la question à laquelle l'autre ne pourrait répondre. Lors du tête à tête intellectuel et culturel qu'ils eurent, ils surent reconnaître les qualités de l'adversaire et fraternisèrent. Bricout lui vantait Wagner, Mozart, Puccini. Raymond répliquait avec Chopin, Liszt, Rachmaninov. Puis, alors qu'ils échangeaient leurs points de vue, Bricout s'ouvrit à lui de façon un peu plus intime.

– Mon cher Raymond, vous êtes mon invité demain soir au cercle. Nous y fumerons le cigare jusqu'à plus d'heure. Je vous présenterai quelques personnes de ma connaissance, je tiens à vous entretenir à propos d'un sujet qui nous tient à cœur.

– Avec grand plaisir lui répondit le général Raymond, qui se voyait déjà rencontrer le gratin du gratin.

Bricout avait ses habitudes et ses habitués. Prétentieux, il aimait occuper l'espace.

Intempérant, il se plaisait à briller. Personnage haut en

couleur, il en imposait par ses états de service. Ses relations, pour la plupart d'anciens généraux à la retraite, mais aussi deux amiraux et trois colonels, complétaient le cercle des initiés. Tout le monde vint rencontrer celui dont il parlait. Semblant posséder toutes les qualités requises afin d'être rapidement adoubé par ses pairs, leur curiosité s'aiguisait. Un mystérieux individu dont personne ne connaissait le nom menait les débats. La soirée fut plaisante, le général Raymond se sentait parfaitement à son aise au milieu des uniformes. Un nuage à la forte odeur de cigare cubain, forma bientôt une voûte épaisse et enveloppante. Canopée tabagique planant au-dessus d'une bavarde assemblée militaire, que les pales du ventilateur peinaient à dissiper. Le moment sembla opportun à Bricout pour entamer les discussions.

– Reprenez un Cognac mon cher Raymond, vous allez en avoir besoin. Lui dit-il en lui tapant amicalement dans le dos.

– Mais avec plaisir Bricout, avec plaisir. Messieurs, à notre santé et celle de nos armées.

Pour la énième fois de la soirée ils levèrent leurs verres. Un coup de coude discret suivi d'un clin d'œil, fut le signal de présentations rapides. Se penchant vers Raymond, Bricout passa en revue l'assemblée, glissant ses commentaires à l'oreille du novice.

– Celui-ci avec sa grande moustache, sans doute le plus intelligent d'entre nous, mais aussi le plus ancien, il tirera bientôt sa révérence.

– Il s'en va ?

– Mais non mon vieux il calanchera sous peu, regardez ce teint. Le petit chauve à gauche, reste mon plus vieil allié. Quant à celui qui se situe à sa droite, oubliez ! Un véritable abruti.

– Vous y allez fort Bricout. Et en quoi consistent vos

coteries ?

— Attendez, attendez, je dois pour cela vous présenter officiellement.

Heurtant son verre de sa fourchette afin de réclamer la parole, Bricout se leva. L'occasion de briller debout face à l'assemblée, d'agiter ses médailles, le cabotin adorait. Il gonfla sa poitrine puis il prit la parole.

— Messieurs, voici venu le temps pour moi de vous présenter notre ami ici présent.

Il se tourne vers Monsieur Raymond.

— Allez-y Bricout ! Au cœur du sujet voyons, ne faites pas tant de tralalas.

— Toujours pressé Garnaud à ce que je vois. Bref, je m'apprêtais donc à vous dire mon cher général, que nous avons créé une sorte de club un peu particulier, dont je souhaiterais vous entretenir.

Quelques visages firent un sourire complice à l'orateur, d'autres restaient figés.

— Je suis un peu ici pour ça non ? Vous m'intéressez Bricout.

— Plutôt qu'une longue harangue, je cède la parole à notre maître de cérémonie qui va vous exposer la situation.

S'asseyant, il lance un regard incendiaire au maréchal Garnaud. L'atmosphère s'alourdit un peu, tous maintenant scrutent Louis. L'homme que personne ne nomme, prend alors la parole afin de s'adresser à Louis. Grand, svelte, il est le seul à ne pas porter l'uniforme. Son costume taillé sur mesure, ses cheveux noirs et gominés, lui donnent un air mafieux des années trente qui semble impressionner la tablée des médaillés.

— Nous rendons service à des gens haut placés, parfois peu fréquentables, dit-il en le regardant dans les yeux pour l'impressionner.

— Mais encore ? Répondit Louis.

– Des gens qui nous contactent afin d'effectuer des besognes qu'ils ne peuvent faire eux-mêmes.

– Et quel style de besognes ?

Le général Raymond a soudain remarqué le ton changeant de l'homme. Il semble ennuyé. Siégeant à leur table, il sent qu'aucun retour en arrière n'est dorénavant possible. Les conversations vont d'ores et déjà trop loin.

– Nous effaçons ceux qui deviennent trop dérangeants pour eux, dit-il en amorçant un rictus.

– Un cercle de tueurs à gages ? Est-ce cela que vous essayez de me faire comprendre ?

Les yeux pétillent, Louis devient l'objet de toutes les attentions. Il n'est plus question d'œuvres musicales ou de ballets.

– Oui en quelque sorte.

– Et vous pensez que je possède les qualités requises afin de devenir l'un des vôtres ?

– C'est effectivement ce que je crois Raymond, sans quoi vous ne seriez pas assis parmi cette noble assemblée. Bricout a pris un vrai risque en vous présentant à nous, je pense qu'il sait parfaitement ce qu'il fait en vous invitant ici. Charge à moi de convaincre nos commanditaires, ce que je ferai si vous me plaisez. Charge à vous également de me confirmer si Bricout se trompe.

Sans qu'il ne demande quoi que ce soit, le cercle offre sur un plateau la possibilité au général Raymond de donner libre cours à ses penchants les plus sombres.

– Quelque chose me dit que je n'ai plus vraiment le choix. Aussi je n'irai pas par quatre chemins. J'en suis plus que jamais Messieurs ! Lance-t-il fermement en faisant claquer son verre sur la table.

– Que vous disais-je ? Triompha Bricout, se prenant soudainement pour l'être suprême que rien ne pouvait atteindre. Je m'en doutais.

Les faciès se détendent, le Cognac coule à nouveau dans les verres puis dans les gorges.

– Cette activité vous prend beaucoup de temps ? Sans mauvais jeu de mots il y a quelques temps morts non ?

– Effectivement cela peut arriver.

– Alors si vous me le permettez j'aurai une requête.

– Déjà ? Vous allez vite en besogne cher ami.

– Ce sera la seule.

– Nous vous écoutons.

– Je vais vous confesser un secret. J'aime tuer, j'adore tuer ! Aussi, je ne souhaite pas subir de trop longues périodes de disettes, j'apprécierais que l'on me fournisse, si vous voyez ce que je veux dire. Sauf si bien évidemment ma demande vous paraît trop exigeante.

– Elle ne l'est pas, bien au contraire. Vous devriez bien vous entendre avec l'amiral Corbu. Il a inventé le téléphone vert.

Un homme au regard cruel lui adresse un sourire complice de l'autre bout de la table, Louis le lui rend.

– Le téléphone vert ? Mais encore ?

– Nous vous expliquerons tout cela quand le moment viendra, vous ne serez pas déçu.

Les détails furent réglés, et la règle respectée. Lors de leurs dîners, jamais ils n'abordaient les activités qui les reliaient.

Lorsque Hugo atterrit au Caire, il ressent tout d'abord de la frustration. Il veut voir les pyramides mais sa correspondance ne lui en laisse pas l'opportunité. Même s'il sait qu'il jouera à leurs pieds dans quelques jours, il n'attend que ça.

À Assouan, le Nil n'apporte pas la moindre fraîcheur. La chaleur suffocante qui règne sur la terrasse coloniale de l'Old Cataract, vestige de l'empire britannique, détrempe les uniformes d'hommes et de femmes s'affairant en tous sens. On installe le piano en surplomb du fleuve afin que la vue soit la plus belle possible pour le pianiste lorsqu'il répétera. D'ici, les couleurs de la fin de journée se reflètent sur les ruines des temples Nubiens d'une Égypte antique ensevelie par le temps. Hugo rêve en regardant le bal des felouques qui filent au gré des boucles du fleuve. L'heure du coucher approche, le soleil teinte de touches orangées les excavations. L'esprit fertile, il imagine les prêtres portants les vases canopes, les expéditions militaires partant de l'île Éléphantine afin de conquérir les cités voisines qui bientôt verront Haute et basse Égypte réunies en une seule. Les eaux dansantes du fleuve scintillent sous l'effet des derniers rayons du soleil, tandis que la chaleur descendue du désert assèche la gorge d'Hugo. Il se demande par quel miracle les habitants de la ville s'agitent autant, lui qui peine tant à se mouvoir. Un public principalement européen, s'est réuni pour assister à la représentation du prodige. Le personnel de l'hôtel cessera le service une quinzaine de minutes afin d'écouter Hugo. Ceci à sa demande, afin qu'ils en profitent eux aussi. Puis, lorsque la nuit tombe, les lumières projettent leurs lumières sur les temples et les sépultures de pharaons jadis vénérés par tout un peuple. Les premières notes de la sonate numéro quatorze de Beethoven retentissent alors. Presque simultanément, des petites têtes curieuses arborant des rires espiègles apparaissent. Délaissant pour quelques instants leur vie grégaire, elles émergent des murets. Les mains croisées sous le menton, elles vérifient de leurs propres yeux qui peut bien être le responsable de tant de beauté. Le pianiste, objet de tous les regards, offre une fois de plus une interprétation magistrale à un auditoire médusé par son talent. Après le récital, un cocktail donné au bord de la piscine réunit les invités. Chacun tente de se frayer un chemin afin d'approcher Hugo. Parmi eux, un homme au comportement étrange et au regard fuyant, semble ramper tel un serpent en quête d'une proie. Il tente vainement d'entamer une discussion avec l'un des plus jeunes serveurs, mais celui-ci n'ayant ni le temps de s'attarder, ni la pratique des langues les plus courantes, l'homme à l'attitude de prédateur passe son chemin. Hugo se demande qui peut bien être ce personnage singulier errant un verre de Gin à la main au milieu des invités, lorsque soudain il le reconnaît. Vincent Cadouin, dont on parle malheureusement beaucoup trop depuis quelque temps, se promène paisiblement sur la terrasse de l'Old Cataract. Sur le banc des accusés à plusieurs reprises pour actes de pédophilie, il a été relaxé par deux fois pour non-lieu. Hugo ne comprend pas comment un tel déchet exécré de tous et toutes, se retrouve parmi eux. L'homme adipeux, l'air hautain, s'approche de lui afin d'entamer la conversation.

— Bravo pour votre sublime prestation charmant jeune homme.

Surpris autant que dégoûté, le virtuose lui répond sans même lui adresser un regard.

— J'aimerais savoir par quel miracle vous vous trouvez en ce lieu, et en notre compagnie.

— Les amis haut placés n'oublient jamais ceux qui le méritent, répond-il en passant sa langue sur ses lèvres ourlées de façon provocante.

— Des crapules de votre espèce sans doute ? Rétorque Hugo, furieux.

— Allons, allons, ne prononcez pas des mots que vous pourriez regretter ensuite.

— Si cela ne vous dérange pas je préférerais que vous ne m'adressiez pas la parole.

L'homme lui sourit.

— Vous faites donc vous aussi partie de ceux qui me prennent pour un monstre ? Dit-il l'air faussement penaud. Je suis Vincent Cadouin, des charges ont pesé contre moi, je suis donc forcément coupable ? L'éternel banni à qui personne ne parle ?

— Bel exemple de sophisme. Bonsoir Monsieur.

— Bonsoir belle gueule. Et bon anniversaire, dit-il en levant son verre.

Hugo n'en revient pas. Comment une telle ordure peut-elle se promener impunément alors qu'il y a quelques semaines de cela il évitait la prison de justesse ? Accaparé par tous, le jeune garçon discute longuement avec des gens qu'il ne connaît pas. Chacun lui prédit une carrière exceptionnelle, et tous lèvent leur verre en ce jour qui marque ses seize ans. Tard dans la soirée, exténué, il regagne son lit. Lorsque les étoiles palissent et que la nuit s'estompe, il ne dort toujours pas. Il attrape le téléphone posé à côté de lui.

— Allo ? Louis ?

— Bonsoir Hugo, que fais-tu réveillé à une heure

pareille ? Tout va bien ? Ils t'ont bien laissé mon message j'espère ?

– Oui merci d'y avoir pensé, c'est adorable de ta part. Ça va mais tu ne devineras jamais ce qui m'est arrivé.

– Que se passe-t-il ? Cela ne s'est pas déroulé comme tu le souhaitais ?

– Oh si ! Sans prétention, quelle soirée magique ! Le cadre est si beau, et demain soir je joue à Abou Simbel.

– Ce sera extraordinaire. Alors qu'est ce qui te tracasse ?

– Tu sais qui est ici ?

– Aucune idée, dis-moi.

– Vincent Cadouin.

Louis qui époussette une vieille carafe en cristal, manque de la faire tomber.

– Non ? Le Cadouin pédophile dont tout le monde parle ?

– Exactement.

Devinant la nature des pensées du prédateur, il s'inquiète soudain pour son protégé.

– Il ne t'a pas approché au moins ?

– Si.

– Bon, bon, bon...

Depuis Sébastien Pernet Hugo n'a qu'une envie, recommencer. Cherchant un soutien auprès de Louis, peut-être même une autorisation, il le sonde.

– Tu as la même idée que moi n'est-ce pas ?

– Oui effectivement, mais sans moi ? Tu t'en sens capable ? Et avec quoi ?

– Arme blanche, pas d'autre solution.

– Oui pas le choix, mais ça m'ennuie que tu te lances comme ça.

– Aie confiance en moi, de toute façon je veux m'occuper de ce sale type.

– Penses-tu qu'il soit présent sur toute la tournée ?

— Sans doute puisqu'il fait partie du public invité. Abou Simbel se trouve au bord du lac Nasser.

— Belle opportunité, mais ne t'emballe pas trop vite. Si toutes les conditions ne sont pas réunies, oublie !

— Pas de souci pour ça, je n'irai pas au-devant des ennuis.

— Cette règle est primordiale Hugo ! Si cela s'avère trop complexe, ne tente rien.

Après une courte nuit, l'adolescent se prépare afin d'offrir au pharaon ainsi qu'à son épouse préférée ses plus belles partitions. Ne faut-il pas cela pour plaire au seul roi qui osait se représenter plus grand que les dieux eux-mêmes ? Le piano installé sur une estrade en bois tournant le dos au lac Nasser, semble défier les imposants palais de Ramsès II et de la reine Nefertari. Hugo marche jusqu'aux quatre statues gigantesques. Elles l'invitent à la contemplation. Les immenses yeux fixes des visages de pierre défiant du regard les spectateurs, semblent ériger le pharaon au rang de thaumaturge. Le ciel, d'un bleu saphir en cette fin de journée, tranche net sur les façades ocre. Le pianiste se sent fort, fort pour se sublimer avec son piano, fort pour tuer. En pensant à Cadouin, la face d'Hugo se voile de haine.

Lorsque la nuit a chassé toute lumière, les gradins commencent à se remplir. Le vent souffle son haleine encore chaude malgré les eaux du lac toutes proches. Quelques éventails tentent en vain de lui livrer une bataille perdue d'avance. Le noir régnant, seule la lune diffuse une clarté mystique sur les statues millénaires. Ici, une bouche merveilleusement préservée, là un nez dont seuls quelques fragments ont traversé le temps. Des divinités intactes, miraculeusement sauvées des ravages des siècles, d'autres totalement effacées par les mains de civilisations voulant les abolir. Des images de la course majestueuse du Nil projetées sur la pierre, apparaissent lorsque les premières notes du clair de lune retentissent. Pas un bruit autre que les marteaux frappant les cordes ne vient troubler ces deux heures d'enchantement. Lorsqu'il en a fini du dernier concerto, le public lentement se lève. Tous font cercle autour de l'estrade, acclamant Hugo debout, une main posée sur son piano. Une coupe à la main, les invités célèbrent le prodige avant de repartir vers les voitures qui les attendent. Ayant besoin d'un moment de solitude, il émet le souhait de rester sans personne sur le site afin de réaliser pleinement ce qu'il vient de vivre. Il sait également que le prédateur caché dans l'obscurité des pierres, va tenter une approche dès que les derniers invités seront partis. Personne ne porte attention à Vincent Cadouin qui fume un cigare au pied des marches du temple. Dans la pénombre, il attend. Seule la lune pose ses reflets sur le lac. Quelques heures plus tôt, Hugo lui a secrètement confié l'envie de lui parler après la représentation, à la condition expresse d'une absolue discrétion de sa part. Très imbu de lui-même, il n'a pas été surpris que le garçon, qui en réalité l'abhorre, fasse preuve de tant d'égards. Une fois certain que le site se retrouve désert à l'exception d'Hugo qui l'attend, Cadouin sort de son antre.

— Vous vouliez me voir ? Pardonnez-moi cette entrée en matière un peu brusque, alors que je ne vous ai même pas félicité. Rappelez-moi votre âge ?

— Seize ans.

— Très bien... Que puis-je faire pour vous charmant jeune homme ?

Imperturbable, Hugo prend sur lui, entrant petit à petit dans son jeu.

— Rien de particulier, je souhaitais vous présenter mes excuses pour les paroles indélicates et un peu trop hâtives proférées à votre encontre sur la terrasse de l'hôtel.

— Allons, allons, tout est déjà oublié, j'ai l'habitude vous savez. M'accompagneriez-vous sur les rives du lac pour une dernière coupe afin de vous faire pardonner ? Je ne me méprends pas, c'est ce que vous souhaitiez me semble-t-il ?

Le plan qu'Hugo a élaboré avec Louis fonctionne à la perfection.

— Avec grand plaisir.

— Moi qui adore les plaisirs je ne peux que vous en remercier.

— Souhaitez-vous que nous marchions en contrebas ?

— Malgré qu'il n'y ait plus ici que vous et moi, chercheriez-vous à fuir d'éventuels regards indiscrets ? Des pensées secrètes se terreraient-elles derrière cette frimousse ?

— Peut-être, allez savoir.

— C'est très clair merci, allons-y.

Toute honte bue, le sordide personnage le prend par la main. Son esprit foisonne des idées les plus sordides. Le front d'Hugo perle de sueur. Terriblement excité, malheureusement pour Cadouin pas par lui, mais par ce qu'il s'apprête à faire, il le suit.

— Empruntons ce chemin voulez-vous ?

— Ne préférez-vous pas que nous passions par ici ? Il y fait si sombre.

— Mais dites donc ? Ne seriez-vous pas un pianiste terriblement coquin ?

— Vous le saurez bientôt, j'aime la discrétion.

Le pédophile n'en revient pas. Pour une fois que l'on vient à lui. Sans l'ombre d'un doute son charme d'homme mûr attire le jeune adolescent. Hugo s'arrête, le pervers le regarde. Afin de le mettre en confiance il lui offre un joli sourire.

— Ici, lui dit-il.

— Ici quoi mon joli ?

– Ici, répète Hugo en le fixant droit dans les yeux.

– Vous vouliez me présenter vos excuses je crois ? Dit-il sans remarquer les traits du génie qui viennent de changer.

– Effectivement.

– Et comment souhaitez-vous vous y prendre ? Remarquez, je suis l'offensé, me laissez-vous le choix ? Si oui, vos lèvres semblent si douces…

Hugo vomit le monstre qui s'adresse à lui, mais il tient à ne pas commettre la moindre erreur.

– Oui je le confesse, j'ai aussi une folle envie de vous embrasser, mais descendons un peu plus bas encore, au bord de l'eau.

Ils s'approchent un peu plus de la rive du lac. Le monstre frissonne de plaisir, sa chemise en lin colle à son corps flasque.

– Romantique en plus, viens !

Il prend la coupe de ses mains, puis la dépose à terre à côté de la sienne. Il approche son visage d'Hugo.

– Ferme les yeux, lui dit fermement le jeune prodige.

Même s'il n'en a pas l'habitude, Cadouin apprécie le ton directif d'Hugo.

– Mais ma parole tu promets toi ! Lui dit-il fort étonné par l'aplomb du garçon.

Cadouin ne se le laisse pas dire deux fois. Il ferme ses yeux. Hugo glisse une main dans son dos afin de se saisir du long tournevis dérobé sur le plateau, un peu plus tôt dans l'après-midi lors de l'installation de son piano par les équipes techniques.

– Sais-tu que notre vie dure ici-bas à peine le temps d'un songe ? Alors hâte-toi ! Lui souffle l'odieux personnage les yeux toujours clos dans un élan poétique.

– Je le sais et la tienne prend fin maintenant, lui répond Hugo.

D'un geste brusque, il lui enfonce l'outil entre le menton

et la gorge comme le lui a enseigné Louis. Le corps de l'homme pris de convulsions, se met à trembler. Hugo accentue la pression. La pointe pénètre loin dans la tête du pervers, qui n'a pas le loisir de comprendre ce qui se passe. Raide mort, il s'affale aux pieds de son meurtrier. Hugo prend tranquillement le rouleau de scotch dans sa poche, en coupe un bout, puis l'applique sur ses lèvres. Il se penche sur le front dégoulinant de sueur. En l'embrassant il pense, je te l'avais bien dit que tu l'aurais ton baiser, même si j'avoue que tu ne le mérites pas. Il savait exactement où cela se produirait. Durant l'après-midi, il avait demandé quelques heures de solitude sur le site afin de s'en imprégner. Il attache solidement deux pierres à une corde, puis il enroule le minable corps. Avant de le faire rouler dans l'eau il crache sur lui.

— J'espère que les poissons vont bouffer entièrement ta sale gueule.

Il retourne s'asseoir à son piano, puis après quelques minutes il appelle son professeur.

— C'est bon Alain, merci encore car ce moment m'était vraiment nécessaire.

— Je comprends, tu remontes ?

— Non viens toi, je te dois une partie de ce que je vis, j'aimerais reprendre une coupe de champagne en ta compagnie.

— Dis donc, doucement Hugo tu viens juste d'avoir seize ans !

— Je sais, mais nous le méritons non ?

— Tu as bien raison, j'arrive.

Satisfait de ce qui vient de se passer, il envoie un message à Louis avant qu'Alain ne le rejoigne. Mission accomplie. Si tu veux prendre l'avion pour Le Caire, j'y serai dans trois jours. Monsieur Raymond achève sa deuxième tasse de café lorsqu'il découvre le message envoyé par son jeune protégé alors qu'il dormait. Il le relit plusieurs fois. Fier de son poulain, il lui écrit afin de lui adresser ses sincères félicitations. La réponse d'Hugo ne se fait pas attendre. Et de deux ! Assouvir courageusement ses inclinations en débarrassant la surface de la terre d'un pourri, mérite bien des louanges. Il lui confirme que sauf contre ordre de l'un de ses téléphones, il se fera une joie d'assister à son récital sur le plateau de Gizeh. Non seulement il va retrouver Hugo, mais il pourra découvrir les pyramides, son rêve d'enfant.

Quatre jours plus tôt, alors qu'il s'apprête à quitter l'Orangerie après sa visite hebdomadaire, Louis croise Oscar Belmond, le conservateur de Giverny en grande discussion avec Armand.

— Venez mon cher Louis, ne partez comme ça.

Louis s'approche des deux hommes qui le regardent du haut des marches. Cette rencontre, il l'implore de ses vœux depuis longtemps auprès d'Armand. Le responsable des gardiens a souvent parlé de Louis, mais le moment ne se présentait pas.

— Je vous présente Oscar Belmond, le conservateur de Giverny. Oscar, je vous présente Louis Raymond.

Ils se saluent d'une poignée de main.

— Je suis ravi de vous rencontrer lui dit Oscar. Depuis le temps qu'Armand me parle de vous. D'après ce que j'ai compris, vous êtes un fidèle parmi les fidèles.

— Effectivement. Je viens ici depuis des années. C'est donc vous qui veillez sur Giverny. Quel bonheur !

— Oui je le reconnais bien volontiers, j'ai beaucoup de chance. Même s'il faut l'avouer, ce n'est pas toujours simple. Vous connaissez ?

— Je vais vous surprendre mais je n'y ai jamais mis les pieds.

Armand lance alors un regard surpris à Louis.

— Comment ? Vous ? Alors là vous m'étonnez.

Oscar se retourne vers Louis et lui pose la main sur l'épaule.

– J'organise après-demain un évènement avec la mairie. Venez donc ! Vous êtes mon invité.

- Tout ce petit monde sera parti vers dix-neuf heures, mais pas vous. Je vous garde pour le dîner. Je dois bien cela à un fervent admirateur de nos célèbres fleurs.

– C'est trop d'honneurs que vous me faites. Mais j'accepte fort volontiers !

Deux jours plus tard sitôt les grilles franchies, le cœur de Monsieur Raymond bat la chamade. Ses yeux, en quête de la pièce d'eau, des nymphéas et du pont Japonais, ressemblent à ceux d'un enfant donnant la chasse aux œufs cachés dans le jardin. Lorsqu'il l'aperçoit, Oscar Belmond vient lui serrer la main.

– Je suis en pleine discussion, je vous laisse tranquillement vous imprégner du lieu. Nous nous verrons plus tard.

De la pelouse, Monsieur Raymond contemple les feuilles réclinées du saule dont la pointe semble timidement caresser la surface de l'eau. Apaisé comme s'il venait de faire une longue sieste, il se promène puis s'arrête un instant sur le pont japonais. Ils sont là. Flottant tranquillement, les nymphéas du peintre s'étalent majestueusement à ses pieds. Quelques heures plus tard, les derniers invités qui passent les portes rendent au lieu toute sa sérénité. Louis en pleine méditation est rejoint par Oscar.

– Alors Monsieur Raymond ? Le rêve prend forme ? C'est incroyable non ?

– Les mots me manquent. Le seul qui me vient pour l'instant est merci.

– C'est une première vous savez ? Jamais nous n'organisons de dîners ici.

– J'en suis d'autant plus flatté.

— Venez, allons parler là-bas. Je sais que cet endroit vous plaît beaucoup.

Sous les arches en fleurs, ils se promènent un verre à la main.

— Pardonnez mon silence, Claude Monet représente tant pour moi.

— Je comprends. Mais vous n'êtes pas au bout de vos surprises.

Oscar se penche vers lui comme pour lui confier un secret.

— Nous irons ensuite dans l'atelier, vous allez voyager dans le temps.

Une table, dressée sobrement, attend les deux convives. La vaisselle est d'époque, il ne manque que le peintre.

— Alors ? Qu'en pensez-vous ? Demande Oscar.

— Magique. Que dire d'autre ? Le privilège que vous me faites est immense.

— Ce verre que vous tenez, ces couverts, il les a utilisés.

— Vraiment ?

— Mais bien sûr, répond Oscar. Et ce que nous mangeons actuellement, est un menu que nous avons retrouvé dans nos archives.

Monsieur Raymond, ivre de bonheur, le remercie à nouveau.

— J'ai une idée, lui dit Louis. J'en parle à Armand depuis longtemps.

— Une idée ? C'est-à-dire ? Il ne m'a rien dit.

— Avez-vous entendu parler d'Hugo Bertin ?

— Cher ami, vous plaisantez j'espère ? Comment ne pas connaître ce génie quand des gens comme vous et moi n'ont de cesse de courir après le merveilleux.

— J'ai le privilège de faire partie du cercle de ses intimes, lui dit-il fièrement.

— Allons bon ?

– J'ai rencontré Hugo à l'Orangerie. Armand et son père sont de vieux amis. Depuis près de deux ans maintenant, chacun dans notre coin nous rêvons devant ces Nymphéas chers à votre cœur également, une fois par semaine. Notre ami commun nous laisse pour ainsi dire les clés lorsque les salles se vident des hordes de curieux.

– Prodigieux ! Et il adore Monet à ce point ?

– Cela va bien au-delà. Je pars l'écouter au Caire après-demain, il donne un récital au pied des pyramides. M'accompagneriez-vous ? Je souhaiterais vous le présenter. Vous allez adorer Hugo, c'est un jeune homme absolument charmant.

– Si mon agenda me le permet, ce sera avec joie. Mais il me le permettra, lui dit-il en riant. J'aime beaucoup vos idées !

Monsieur Raymond pose ses couverts et sa serviette, puis il regarde autour de lui l'air songeur.

– Ce n'est pas cette idée à laquelle je pensais. Mais il va falloir vous convaincre.

– Je vous écoute.

– Il s'agit d'une évidence tout simplement. Hugo n'a jamais eu l'occasion de venir ici, alors quelque chose m'est venu en tête. S'il ne venait pas seul ?

– Qu'il vienne avec qui bon lui plaira, ce n'est pas un problème.

– Son piano par exemple ?

Comme un enfant à qui l'on vient d'offrir le cadeau tant attendu, Oscar sourit.

– Quelle riche idée, plus que jamais c'est un grand oui ! J'ai bien compris n'est-ce pas ? Vous me proposez un récital dans les jardins ?

– Exactement !

Les deux hommes lèvent leurs verres, puis ils trinquent en riant.

– Inutile d'en dire plus, c'est oui.

Le pacte est scellé. Le ciel de Giverny coiffé de l'inéluctable procession des étoiles, semble veiller sur eux. Quelques heures plus tôt, trois mille kilomètres plus au sud, Hugo Installé sur un transat du pont supérieur, profite de la lenteur du vieux bateau qui progresse sur les eaux boueuses pour regarder défiler les paysages. Quelques oies égyptiennes formant une escadrille l'accompagnent un instant de leur vol avant de brusquement changer de cap. Des enfants se baignent en poussant des cris de joie à la vue du vieux vapeur flottant sur les eaux sacrées. Un âne harassé de chaleur dort debout, un vieil homme trace un dernier sillon dans la terre avant de rentrer se reposer de sa journée de labeur. Ces scènes du nord de l'Afrique emplissent son cœur d'une joie sereine. Il éponge son front qui ruisselle de chaleur. Là-bas, vers l'ouest, l'énorme boule rouge achève sa course en plongeant derrière les rangées de palmiers. Propices aux âmes vagabondes, les paysages et la lumière qui l'assaillent le font songer à cette civilisation qui a dominé le monde. Laissera-t-il lui aussi une trace ? Entre les récitals d'Assouan, Abou Simbel, et prochainement du plateau de Gizeh, il a pu visiter les sites qu'il souhaitait découvrir. Son privilège à lui ? L'aube ou le crépuscule, sans personne. Hier soir, Mohammed son guide, a organisé un dîner dans la cour ouverte de Philae. Nul autre bruit que le ressac de l'eau contre la roche lorsqu'ils ont accosté, n'a troublé l'instant. Mais cette fin de journée s'annonce différente. La nuit qui tombe assombrit tout à coup ses pensées. L'onde qui danse sur le flanc du navire dessine des formes floues. Puis ces formes se transforment. Guidées par son esprit, elles deviennent parfaitement nettes pour Hugo. Le visage de Tanguy vient envahir la paix qui était la sienne. L'émancipation au cœur de l'Orangerie n'était donc qu'un passage, qu'une étape. Malgré la peur qui s'est évaporée, il ne peut vivre longtemps loin du bourreau. Les années de souffrance sont un tel poids sur ses épaules, que s'en affranchir définitivement ne se fera pas comme ça. Sur ce bateau craquant, il pense au film tiré du roman d'Agatha Christie « Mort sur le Nil ». Il s'imagine l'un des protagonistes, pas n'importe lequel bien sûr, le tueur. Lui qui par deux fois déjà a ôté des vies, il les rendrait volontiers pour n'en prendre qu'une. Ses poings se ferment, sa mâchoire serrée provoque un léger grincement de dents. Non, il n'en a pas fini avec le responsable de ses tourments. Et pour que tout cela s'achève enfin, il le sait, il n'existe qu'une solution. Radicale et définitive.

Après une nuit de sommeil agitée par ses dernières réflexions de la veille, il rejoint son professeur pour le petit-déjeuner. Puis ils quittent le bateau et montent dans une calèche pour aller visiter le temple de Karnak.

– Tu viens avec moi à l'assaut des vieilles pierres ? Demande Hugo à Alain.

– Avec plaisir mais ne préfères-tu pas te retrouver seul avec Mohammed ?

– Non allons-y ensemble, si tu en as envie Bien sûr.

– Évidemment que j'en ai envie. Au fait, tu as revu Cadouin ?

Hugo oubliait déjà ce nom qui ressurgit alors qu'il ne s'y attend pas.

– Non, sans doute parti sur la pointe des pieds comme il est arrivé. Tu sais avec ce genre de type on ne sait jamais vraiment.

– Tu as raison, je préfère ne pas le voir traîner ici.

– À qui le dis-tu, répond Hugo songeur.

Il repense à ce cri incapable de se frayer un chemin à travers la gorge du monstre lorsqu'il s'est effondré à ses pieds. Guidé par Louis pour le premier meurtre, il a agi de son propre chef pour le second. Il se demande s'il n'est pas malgré lui, en train de pénétrer le cercle très fermé auquel le vieil homme appartient. Répondra-t-il lui aussi un jour à un appel sur un téléphone coloré ? Il se sent prêt. Les règles simples lui conviennent, pas d'enfant, excepté éventuellement Tanguy qui n'en est plus un, mais nous sommes là dans le domaine du privé, et ne jamais refuser un contrat. Lorsqu'ils descendent de la calèche, ils s'amusent de la poussière qui recouvre leurs vêtements. Les fresques merveilleusement conservées de Karnak, témoins de l'importance et de la force de l'ancienne Thèbes, ont résisté pour certaines au temps et aux conquêtes. Alors qu'il contemple les merveilles créées par la main de l'homme, Hugo envie la puissance des pharaons qui ont su imposer leur bon vouloir à tout un peuple, au motif seul de leur naissance. Il rêve devant les visages toujours présents sur les vieux murs après plusieurs millénaires, de ces monarques puissants capables d'asservir des villes ou des pays entiers. De posséder sur quiconque le pouvoir de vie ou de mort. Hugo transpose ses pensées dans le monde moderne, dans son monde. Il a alors l'impression qu'un vent le pousse vers la destinée qu'il souhaite accomplir. À l'ombre des vieilles pierres, sans qu'Alain ne s'en rende compte, Hugo quitte sa carapace d'adolescent comme un serpent mue, prêt à endosser une peau nouvelle.

Pendant ce temps, l'atmosphère maussade qui règne sur Paris influe sur le moral de Tanguy. Malgré le temps qui passe, il n'oublie pas. La méchanceté qui l'habite depuis toujours ne l'a pas abandonné, elle dort, attendant son heure elle aussi. Heureusement pour lui, les autres semblent avoir oublié, mais lui non. Vindicatif à l'excès, il prépare sa réponse à l'affront subi. Peu importe le temps que cela prendra, il veut que Pianette paye. Il a beau y repenser, il ne comprend toujours pas pourquoi les coups du minable avorton ont provoqué chez lui une telle frayeur. Tanguy Deraud, censé inspirer la peur et le respect à tous, aurait logiquement dû prendre le dessus. Mais comment avoir l'ascendant quand un tel regard vous pétrifie et que l'on devient incapable de réagir ? Lorsqu'il sentira le moment venu, il ne fera preuve d'aucune pitié. Il se motive mais il est taciturne. Serait-ce le doute qui s'insinue en lui ? Il a beaucoup de mal à s'analyser. Parfois son énergie le pousserait à tout, puis l'instant d'après ses craintes de subir à nouveau balayent ses envies. Doit-il foncer sans réfléchir, surseoir à sa décision en attendant le moment propice ? Ses mauvaises pensées lui font perdre pied. Mais sa décision est prise, il va falloir arrêter de tergiverser. Il se doit d'agir et de se débarrasser de l'opprobre qui lui colle à la peau depuis l'Orangerie. Un poing américain sous les gants et on verra bien qui impose sa loi dans cette école de merde. Cela devient une obsession, il va mettre définitivement un genou à terre, voire les deux et tout le reste, à ce minable nain zézayant. Son seul problème, il ne pourra en parler à personne. Impossible d'en tirer une gloire quelconque aux yeux des autres. La simple gifle ne peut suffire à étancher la soif de revanche qui comprime sa poitrine. Il va frapper fort, très fort. Aucun soupçon ne doit peser sur lui, mais ça pas de souci puisque cette histoire commence à dater. Plus personne n'y pense si ce n'est lui, jour et nuit. Ses billets pour Le Caire en poche, Monsieur Raymond piaffe d'impatience. Il va assister à une représentation d'Hugo Bertin aux pieds des pyramides sur le plateau de Gizeh... Son idée fixe ne le quitte plus. Lui présenter Oscar Belmond le responsable de Giverny, puis proposer à Hugo de jouer là-bas. Un moment en solitaire, rien que pour lui. Il s'en réjouit à l'avance, imaginant le visage du pianiste lorsqu'il le lui annoncera.

L'arrivée à l'aéroport du Caire se fait sans souci, le choc se produit dehors. Agressés par quarante et un degrés qui leur sautent dessus tels des bandits de grands chemins, leurs vêtements plaqués au corps, ils ressentent la désagréable sensation de s'habiller en sortant de la douche sans prendre le temps de se sécher. Après la traversée du district d'Héliopolis, dans lequel le Baron Empain a laissé un peu partout son empreinte de bâtisseur, ils abordent une autre partie de la ville. Les vingt-cinq millions d'habitants peuplant Le Caire semblent s'être donnés le mot afin de les accueillir. Les artères saturées de voitures, les marchés aux puces surpeuplés, leur donnent le tournis. Sur le chemin de leur hôtel ils longent pendant plusieurs kilomètres la cité des morts. Le chauffeur anglophone leur explique qu'ici les vivants cohabitent en paix avec les défunts. Entre les tombes, de petites maisons avec jardins dans lesquelles les plus pauvres trouvent encore refuge, s'intercalent. Payés pour entretenir les sépultures, des hommes agitent de dérisoires plumeaux afin d'en chasser la poussière qui sans cesse reprend possession du lieu. Le repos éternel tient sa revanche sur la vie. Des rires d'enfants retentissent par-delà les allées, au milieu de mausolées décharnés et affaissés par le temps. Quelques flaques, résidus d'une pluie providentielle, transforment en piscines naturelles les parcelles de terre dans lesquelles barbotent les plus petits. Au beau milieu d'une eau saumâtre, au nez et la barbe d'antiques disparus, la vie résiste encore. La gigantesque cité des morts, ceinte d'innombrables entrelacs de routes perpétuellement embouteillées, offre le visage heureux d'une ville dans la ville. Arrivés à la Villa Belle Époque, ils retrouvent un monde plus familier. Hugo vient les accueillir. Heureux de revoir Louis mais surpris qu'il soit accompagné, il lui donne une longue étreinte.

– Quel plaisir de te voir mon cher Hugo ! Je te présente Oscar Belmond. Ne me pose aucune question pour l'instant je t'expliquerai, lui dit-il en chassant de la main la poussière sur son polo.

– Bien, comme tu voudras lui répond le jeune homme étonné.

– Enchanté Monsieur Belmond.

– Vous pouvez m'appeler Oscar. Enchanté également Hugo. Je me permets, n'est-ce pas ?

– Avec grand plaisir.

Hugo, se retourne vers Louis afin de recueillir ses premières impressions sur la grande ville.

– Tu es certainement passé devant la cité des morts avec ton taxi. Cet endroit est Incroyable. Tu as longé les souks ? J'adore cette atmosphère !

– Alors là, je ne partage pas du tout ton avis. Quel enfer cette capitale, c'est répugnant.

– Mais enfin tu plaisantes Louis. Elle possède une âme cette ville. Il faut les voir tous ces Cairotes qui se démènent dans une vie où règne la pauvreté pour le plus grand nombre. As-tu vu les taxis qui s'arrêtent n'importe où sur l'autoroute afin de déposer leurs clients ? Les femmes, les enfants qui traversent les voies expresses sans regarder, accordant leur confiance au flot incessant des voitures ? Ceux qui prennent les plus grands risques, pauvres toréros au milieu de voitures sans cornes, dans l'espoir de vendre quelques malheureuses babioles ?

Louis se sent soudain gêné. Il baisse légèrement la tête et met cela sur le compte de la fatigue et de la chaleur.

— Bon attends, je viens d'arriver. Laisse-moi un peu de temps que je reprenne mes esprits.

— Et vous Oscar qu'en pensez-vous ?

— J'ai besoin de me poser également.

— Très bien, venez avec moi.

Le soir, ils dînent chez Mahmoud. Hugo y tient, pas question de se retrouver dans un restaurant, même Égyptien. En compagnie d'Alain, ils dégustent le vrai Taameya, le Dolma et le Kochari. Le thé à la menthe, épilogue gourmand de cette délicieuse soirée, dépose sa saveur sucrée sur leurs papilles rassasiées. Détendu, Louis découvre enfin l'Égypte et ses délices. Profitant d'une discussion entre Alain et Oscar, Hugo se penche vers lui.

— Tu m'en dis un peu plus sur ton ami ?

— Pas maintenant.

Puis il lui glisse à l'oreille.

— Tu es fier de moi pour Cadouin ?

— Tttt Tttt Tttt, pas ici.

Le lendemain, dès le lever du soleil, ils montent pour la première fois sur le plateau de Gizeh. Accablé de chaleur malgré l'heure matinale, Rodolphe n'avance pas. Le nez en l'air, il tente de reprendre son souffle en contemplant les pyramides de Khéops et Khéphren.

— Savez-vous Messieurs que du haut de ces pyramides quarante siècles vous...

— Oui on sait Rodolphe, c'est bon. Comment imagines-tu positionner le piano ? En bas près du Sphinx ? Lui demande Alain.

Coupé dans l'élan d'une remarque que le régisseur trouvait pourtant pertinente, il reprend la parole.

— Non on va le mettre à droite de Khéops de façon à voir parfaitement Khéphren et profiter de la vue sur le désert en arrière-plan. C'est bon pour vous ?

— Oui ce sera parfait.

Les quatre hommes descendent jusqu'au Sphinx afin d'observer son légendaire bout de nez. Puis, ils remontent vers le plateau. Alors que Louis et oscar parlent de Giverny et du dîner dans l'antre du peintre, le jeune virtuose ferme les yeux et laisse son imagination le prendre par la main. Cet endroit dont il rêve mais qu'il ne connaît toujours pas, il s'y promène en les écoutant.

– Et c'est à ce moment-là que Louis a eu cette brillante idée ! Hugo ? Vous êtes avec nous ?

– Oui, oui, pardon. J'imaginais le calme et la beauté du jardin d'eau.

– Justement cher ami, vous pouvez dorénavant cesser d'imaginer.

– Cesser d'imaginer ? Jamais voyons !

– Tout cela doit maintenant devenir une réalité, vous jouerez à Giverny ! Si cela vous convient évidemment.

– Jouer sur les terres de Monet ?

– Oui, un récital privé pour vous et vos intimes.

Le lendemain, les portes du musée Égyptien du Caire ne s'ouvrirent que pour eux. L'incontournable visite mit un point final à cette tournée. Dans l'avion, Louis l'observe. Fier de son protégé, il sait que bientôt, malgré son tout jeune âge, il pourra briguer une place parmi les membres du cercle.

De retour à Paris, Hugo doit maintenant reprendre le chemin du lycée. Replonger dans cette monotonie après ce qu'il vient de vivre, ne l'enchante pas. Mais il sait que bientôt il abandonnera cette existence à laquelle il n'appartient déjà plus.

Deux mois plus tard, il sifflote en se dirigeant vers l'Orangerie. Arrivé aux abords du musée, il ressent la pression d'une main sur son épaule. Le geste bienveillant et rassurant provoque un sourire de contentement. Louis arrive sans doute en même temps que lui et il le signifie à sa façon. Eux qui ne se parlent jamais avant que leurs yeux ne quittent les

Nymphéas, le vieil homme fait aujourd'hui une exception à la règle, pense-t-il amusé.

Confiant, il se retourne.

– Je t'ai reconnu, dit-il avant même de voir le vieil homme.

Un visage lui semble s'esquisser rapidement, mais il ne ressemble pas à celui de Louis. Un bonnet ? Une cagoule ? Il ne comprend pas ce qu'il voit. Sa réflexion est interrompue par une insoutenable douleur à la tempe gauche. Un coup porté avec la violence d'une haine contenue trop longtemps brouille sa vue et ses sens. Le monde bien campé sur ses jambes l'instant d'avant, vacille. Languide, il ne contrôle plus ses mouvements. Le choc le fait vomir. En tombant à terre, il se cogne violemment la tête. Son sang se répand sur le sol. Mû par un réflexe soudain, il tente vainement de se relever. Mais un voile noir obscurcit le ciel, puis plus rien. Alors qu'il commence à convulser, l'auteur de l'attaque se retourne tranquillement. Il jette un coup d'œil aux alentours, puis satisfait du travail accompli, il repart sereinement. Des passants alertés par un corps immobile, se penchent sur le jeune homme qui gît à terre. Face à l'absence totale de réaction aux questions qui lui sont posées, une femme prend peur et appelle les secours. Ils arrivent sur place très rapidement. Lors de l'administration des premiers soins, le pompier ayant engagé un combat pour la vie d'Hugo, se rend compte de la gravité de la situation. Pressentant un dénouement funeste, il tente de le réanimer mais le pianiste ne réagit pas. Deux pompiers le déposent sur un brancard, puis ils le hissent dans le camion avec toutes les précautions qu'impose son état.

Cinq minutes plus tard, toutes sirènes hurlantes, il file à vive allure vers l'hôpital Georges Pompidou. La tempe gauche bleuie par le coup, laisse apparaître quatre taches rouges en forme de points. Dans le véhicule, des hommes s'affairent à maintenir le corps inanimé en vie, tandis qu'un troisième prévient les urgences par radio.

– Jeune homme, seize ou dix-sept ans, perte de connaissance. Traumatisme crânien ou probable hémorragie cérébrale, pupilles non symétriques, sommes là dans moins de dix minutes. Urgence absolue, pronostic vital engagé.

Les équipes sur place se mettent immédiatement sur le pied de guerre. Lorsqu'ils arrivent, quatre hommes en blouses blanches prennent le relais des uniformes rouges et bleus. Hugo est immédiatement descendu au bloc. Une course contre la montre s'engage. Si l'hématome comprime le cerveau, il faut agir vite. Plongé dans le coma, le jeune pianiste doit maintenant livrer une nouvelle bataille. Seul à l'Orangerie, Monsieur Raymond ne comprend pas ce qui se passe. Son ami, toujours ponctuel, ne manquerait pour rien au monde leur rendez-vous hebdomadaire. Inquiet, il préfère ne pas passer la porte pour l'instant. Il s'installe sur un banc d'où il profite d'une vue sur toutes les entrées alentour. Ne tenant plus en place, il se met à arpenter de long en large les allées entourant le musée. Sa patience l'abandonnant, il se décide finalement. Synonyme habituellement de bonheur et de plénitude, l'Orangerie se pare de noir.

Conservant un œil inquiet sur les grilles au loin, il adresse un signe de la main au responsable qui le rejoint.

— Des nouvelles d'Hugo ? Pas de coup de fil ? Demande Louis sur un ton qui trahit son inquiétude.

— Non pourquoi ? Il ne vient pas ?

— Visiblement pas pour l'instant, et son téléphone sonne dans le vide.

Monsieur Raymond retourne dans le parc en compagnie d'Armand, afin de vérifier si le jeune homme arrive enfin.

— Bon, personne. Un empêchement sans doute.

— Vous ne restez pas ?

— Non, je n'aime pas ça.

— Très bien, tenez-moi au courant.

Pour la première fois depuis très longtemps, la salle aux Nymphéas demeure vide sitôt la fermeture des portes. En proie au doute, le tueur mélomane presse le pas. Madame Bertin prépare le dîner lorsque le téléphone sonne. Elle ne comprend pas vraiment ce qu'on lui explique, si ce n'est que son fils vient de subir un grave accident. Son mari parti à l'étranger pour une mission, son premier réflexe est d'attraper son téléphone pour joindre Monsieur Raymond puisqu'elle sait qu'ils sont censés se retrouver à l'Orangerie aujourd'hui. Louis tente de la calmer, il ne perçoit que quelques propos confus et les mots balbutiés sont incompréhensibles. Mais lorsqu'il entend urgence et

Pompidou, il blêmit.

Trente minutes plus tard, ils se retrouvent dans un couloir encombré de l'hôpital.

– Bonjour Madame Bertin, vous avez eu raison de m'appeler. Que s'est-il passé ?

Avez-vous pu voir un médecin ? Je suis bien entendu à votre entière disposition quelle que soit l'heure du jour ou de la nuit.

Un homme pousse un brancard en courant, une femme hurle derrière lui.

– Merci Louis, lui répond-elle dans un sanglot. Pour l'instant seuls l'attente et l'espoir nous sont permis.

– Pardonnez-moi d'insister mais savez-vous ce qui s'est passé ?

– Absolument pas. Des passants l'ont retrouvé à terre inanimé, ils ont prévenu les secours. Il semble être tombé lourdement, sa tête aurait violemment heurté le sol.

– Tombé comment ? Tout seul ? Quelqu'un l'a poussé ?

Pressés par des gens qui courent en tous sens, ils s'adossent au mur.

– Je vous le répète, je ne sais rien de plus pour l'instant.

– Oui, oui, bien sûr. Veuillez excuser mon insistance, mais tout est tellement subit.

Il prend chaleureusement sa main dans la sienne, maigre tentative afin de la réconforter. Lui l'homme un peu gauche, autocentré sur sa vie, sent une bouffée d'humanité monter en son for intérieur. Plongés tous les deux dans l'angoisse, ils attendent sans prononcer le moindre mot.

Cet endroit sinistre et gris dans lequel ils patientent, se transforme en cachot tant l'atmosphère y devient irrespirable. Vers deux heures du matin, les portes battantes s'ouvrent en claquant. La première vision de Madame Bertin qui commençait à s'assoupir, est celle d'une blouse verte qui se dirige vers elle. Un chirurgien, le visage perclus de fatigue et déformé par les heures passées à lutter pour sauver des vies, l'aide à se lever. Avant même qu'il ne parle, l'angoisse s'empare d'elle. Démunie, à la merci des mots d'un homme qu'elle ne connaît pas mais dont la vie de son fils dépend, la mère d'Hugo tente de prendre sur elle afin d'affronter l'épreuve qui s'annonce.

— Bonjour, vous êtes les parents d'Hugo.

— Oui répond-elle en serrant la main de Louis afin de ne pas partir dans de longues explications compliquées et superflues en de tels instants.

L'homme parle d'une voix calme, rodée.

— Je suis le professeur Fabien. Nous avons fait tout ce que nous avons pu, dit-il la tête basse.

— Il… ? ? ? Il est… ? ? ? ? ? ? ?

— Non, mais il est plongé dans un profond coma. Je vous donnerai de plus amples informations demain si vous le voulez bien. Les heures et les jours qui suivront seront cruciaux, une surveillance de tous les instants nous permettra d'intervenir en urgence si besoin, comptez sur nous. Nous ne pouvons pas non plus nous prononcer sur son état neurologique. Des examens approfondis nous livreront les premiers indices, mais pour l'instant il va vous falloir beaucoup de patience.

— Est-ce que cela veut dire qu'il pourrait rester paralysé ? Ce coma risque-t-il de durer ?

Quel que soit le temps, il s'en sortira n'est-ce pas professeur ?

— Nul ne peut le dire pour le moment. Il est jeune et en bonne santé, cela va l'aider.

Louis soutient Madame Bertin qui encaisse comme elle peut les mots directs du professeur.

— Quand pourrons-nous le voir ?

— Laissons passer un peu de temps afin de voir comment il réagit, avançons pas à pas. Je vous prie de m'excuser mais je dois encore me rendre dans un autre service. C'est banal, mais je vous souhaite tout le courage possible et reste à votre disposition.

– Merci pour tout, et sauvez-le s'il vous plaît.

Pierre Bertin ayant reçu le message de sa femme, elle se retire à l'écart afin d'expliquer à son mari la situation par téléphone. Louis en profite pour s'effacer et laisser sa place à une cousine arrivée à la hâte qui se propose de la raccompagner. Le lendemain, les élèves de la classe d'Hugo sont convoqués afin de les informer des tristes évènements qui viennent de se produire. Ébahis, ils prennent soudainement conscience du sort qui s'acharne sur le jeune pianiste. Pour l'instant, personne ne connaît l'origine du drame. La nouvelle se répand dans la cour comme une trainée de poudre. Bientôt, tout le monde est au courant. Tanguy qui sème à nouveau la terreur auprès de plus petits, joue les étonnés. En même temps, il prend peur. Parallèlement à cette angoisse qui le gagne, il sent également une force qui monte en lui et le grise. Soudain, il réalise la portée de son geste et les conséquences dramatiques qui pourraient en résulter. Mais intérieurement, il sait que le responsable de toutes ces têtes apeurées n'est autre que lui, Tanguy Beraud. Et ce secret qu'il partage avec sa conscience l'électrise. La première nuit redoutée par tous se déroule sans grands changements, ni dans un sens ni dans l'autre. Objet d'une surveillance accrue, Hugo reste plongé dans un autre monde. Les premiers examens, rassurants, ont écarté toutes séquelles à court et long terme. Sa mère accueille heureuse cette première victoire malgré les longues batailles qui ne manqueront pas de s'engager dans les heures, les jours, et qui sait peut-être même les années à venir. Le temps passe, apportant son lot de bonnes et de mauvaises nouvelles. Pour Hugo comme pour les siens, chaque journée nouvelle n'est qu'un âpre et long combat. Le voile de silence qui recouvre le jeune homme ne semble pas vouloir le quitter pour l'instant. Lorsque les premiers examens ont révélé qu'il s'agissait d'un coup porté à la tempe gauche, probablement par une arme de poing au vu des marques, tout le monde a été surpris. Un inspecteur a même fouillé dans la vie du jeune adolescent, le temps de l'enquête. Mais des victimes d'agressions en pleine rue cela arrive si souvent, que le dossier s'est refermé très vite. De longs mois s'écoulent sans grands changements, n'offrant ni signes encourageants, ni inquiétudes nouvelles. Cette attente dont personne ne peut prédire la durée, met les nerfs de ses proches à rude épreuve. Monsieur Raymond, en lien permanent avec les parents d'Hugo, rentre de deux missions qui se sont soldées par de brillants succès et les félicitations du maître de cérémonie.

Lors des dîners au cercle, il continue d'évoquer Louis qui revient souvent au centre des discussions. Comme le lui rappelle à chaque fois le Lieutenant Folin, remplaçant de Bricout que les cieux ont convoqué il y a deux ans, peu importe l'âge. Du sang neuf sera toujours le bienvenu. Donc, quand il ira mieux, si toutefois cela se produit un jour, il sera temps de le rencontrer. Louis se rend à l'hôpital trois fois par semaine, dont le jeudi. Jamais il n'omet de lui raconter son ressenti de la veille, toujours si différent dans la salle des Nymphéas. Oscar qui le connaît pourtant si peu, vient également souvent lui rendre visite. Prisonnier de son monde de silence depuis plus d'un an, rien ne semble évoluer pour le jeune prodige. Aujourd'hui encore, les infirmières qui sont désormais familières du vieil homme, saluent Monsieur Raymond qui rend visite à son ami. Lorsqu'il arrive dans la chambre, il regarde la tête qui repose sur l'oreiller, cherchant dans les traits reposés le plus petit indice qui pourrait susciter l'espoir d'une amélioration prochaine. Mais comme toujours, le constat reste le même. Rien...

De la façon la plus naturelle qui soit, il pose sa main sur son bras, puis il lui parle.

— Bonjour Hugo. Ce que tu deviens impoli ma parole. Voilà maintenant bientôt seize mois que tu ne me réponds pas. Mais comme tu peux le constater, je ne t'en veux pas.

Comme tu le sais je me trouvais hier à l'Orangerie, et évidemment je pensais à toi. Il ramasse un sac en plastique au pied de sa chaise qu'il pose sur le lit.

— J'espère que cela ne te dérange pas, si tel est le cas, n'hésite pas à me le faire savoir.

- Bon, ça ne semble pas te poser de problème alors je continue.

Il en sort alors un livre qu'il commence à feuilleter.

— Cet ouvrage est très ancien, je suppose que tu l'as remarqué au moins une fois dans ma bibliothèque. Je ne vais pas te dire ce que j'ai actuellement sous les yeux, mais je vais te mettre sur la voie. Il s'agit d'un tableau célèbre peint par un artiste que tu affectionnes particulièrement.

Alors qu'il s'apprête à lui en faire la description, son téléphone sonne.

— Ah zut ! Folin... Qu'est-ce qu'il veut encore celui-là ? Tu ne bouges pas, je reviens. Ne m'en veux pas si je suis un peu long, avec lui on ne peut jamais prévoir.

Monsieur Raymond descend dans le hall, et s'installe sur un fauteuil à l'abri d'oreilles éventuelles. Cinq minutes plus tard, une infirmière du service indique à un jeune homme qui la lui demande, le numéro de la chambre d'Hugo.

— Voilà c'est l'avant-dernière à gauche, la six cent huit.

Tanguy Beraud entre. Une fois la porte fermée, il regarde le pianiste. Un sourire sadique déforme ses traits. Hugo semble dormir paisiblement dans un monde où des tuyaux reliés à des machines complexes, maintiennent dans un équilibre précaire les vies qui résistent. En pénétrant dans le couloir, les odeurs flottantes d'alcool et d'éther l'ont dérangé. Mais maintenant, il contemple sereinement son œuvre. Se réfugiant dans une affligeante médiocratie, il se penche afin de lui parler doucement à l'oreille.

– Ben alors Pianette ? On fait dodo ? Seize mois c'est long non ? Tu fais le bébé ?

Quelle fatigue !

Alors qu'il regarde les machines, l'envie d'appuyer sur les boutons le démange. Il prend sur lui et le fixe de ses yeux noirs.

– On est quittes connard ! Dit-il en lui envoyant une pichenette sur le front.

Vingt minutes plus tard, Monsieur Raymond remonte dans la chambre.

– Je te présente mes excuses, mais ce Folin, il adore parler pour ne rien dire, c'est insupportable ! Bref. Où en étais-je. Ah oui ! Mon livre. Je reprends. Donc ce fameux tableau, il y a une femme au centre, elle semble regarder vers le bas. Une élégante ombrelle verte protège son visage des rayons du soleil. Ses cheveux sont ballottés par le vent malgré le joli couvre-chef qui les coiffe. Sa longue jupe semble tourbillonner, chahutée elle aussi par les éléments. Lascive, elle semble prendre un instant la pose. Que regarde-t-elle ? Peut-être un animal qui se cache dans les herbes ? Ou bien une personne allongée à ses pieds ? Et lui ? Ce petit garçon qui l'observe les mains dans les poches, coiffé de son chapeau colonial en arrière-plan. Est-ce son fils ? Un enfant qui croise sa route ? Pressé de rentrer ou simplement un spectateur attentif ? Je suis certain que tu t'en souviens. Nous en avons souvent parlé ensemble de ce tableau.

Alors qu'il regarde par la fenêtre, Louis sent le sommeil le gagner. Il s'affaisse un peu sur sa chaise et ferme les yeux quelques instants.

– La promenade.

Alangui, les bruits qu'il perçoit embrouillent son esprit. Est-il en train de rêver ? Non. Ces chariots que l'on pousse dans le couloir sont bien réels. Mais alors ce souffle très faible qu'il a cru entendre ? On aurait dit une voix, à peine perceptible. Oui, à peine perceptible mais familière.

– La promenade.

– Hugo ? ? ? ? ? ? ? ? ? ? ! ! ! ! ! ! !

– Le tableau, il s'agit de la promenade... Répète la voix qui semble se livrer à un effort surhumain afin de se faire entendre.

Médusé, Louis bondit de sa chaise et sort dans le couloir en hurlant.

– Madame ! ! ! Madame ! ! ! ! ! Vite, vite, vite s'il vous plaît ! ! !

Malheureusement rompu à l'exercice, le personnel soignant croit à un appel de détresse alors que la voix qui crie annonce la vie qui revient. Une armée de blouses blanches envahit la chambre d'Hugo. Quittant un monde à pas feutrés pour revenir dans un autre, ses paupières s'ouvrent doucement puis se ferment à nouveau. Emprunte de délicatesse, la vie le tire vers elle. L'univers ouaté duquel il émerge, en totale opposition avec l'effervescence régnant dans sa chambre, le rassure. Le professeur Fabien entre escorté de plusieurs médecins, eux-mêmes précédés d'assistantes armées d'appareils sophistiqués. Ses yeux entre-ouverts ne lui révèlent que de faibles indices, les images sont floues et difficiles à comprendre. Des larmes grosses et chaudes roulent lentement sur les joues de Louis qui attend dans le couloir. Même si cette renaissance est sans doute fragile et légère comme un voile de gaze agité par le vent, il y croit. Rapidement, la crainte cède sa place au profit d'un espoir tenace. Une heure plus tard, les parents d'Hugo sont sur place et parlent avec le professeur Fabien. Lorsqu'ils se retrouvent dans une salle de repos en compagnie de Louis, ils laissent libre cours à leur émotion. Là-bas, de l'autre côté de la porte close, dans la chambre désertée, un jeune prodige vient de ressusciter.

Louis peut à nouveau se réjouir. Hugo n'est plus dans le coma et une garde rapprochée constituée d'éminents médecins veille sur lui. Il va maintenant pouvoir se vider la tête en se consacrant pleinement à son dada. Depuis quelques mois la vie de Monsieur Raymond allait claudiquant. Privé du jeune prodige, le manque se transformait en infirmité. La tristesse mêlée à la crainte de le perdre, il s'éteignait et ses missions ne lui procuraient plus le plaisir qu'il prenait auparavant. Maintenant que son protégé revient à lui, diastole et systole repartent joyeusement de l'avant, lui insufflant à nouveau des élans de vie.

Le vent brûlant qui étouffe les plaines de la Castilla Mancha en cette fin de journée, assèche sa gorge. Cette impression de sèche-cheveux qui lui souffle un air chaud en plein visage, l'étouffe. Il aime l'océan. Il lui faut un vent puissant, pas une petite brise timide. Encore moins lorsque celle-ci n'est pas fraîche. Une force qui déchaîne les éléments lorsque le temps grossit, des vagues rugissantes qui se brisent sur les rochers, giflant sans chichis d'embruns salés son visage. Un ciel noir qui menace des plages trop sages. Avoir froid ! Voilà ce qui le rend vivant ! Pas cette chaleur fourbe et suffocante. Son dos, perclus de douleur des heures passées dans cette vieille guimbarde, qui plus est sans climatisation, pourrait presque le contraindre à renoncer. Mais non, il approche. Et dire qu'il va falloir mettre le feu à cette voiture par une telle chaleur ! Fort heureusement, il pourra ce soir profiter de Tolède en se désaltérant d'un Tinto de verano dont il raffole. Malgré la canicule, cette parenthèse de vie à l'espagnole l'enchante. La mission semble cette fois-ci un peu plus délicate. Julio Jimenez, petit malfrat dont la récente et fulgurante réussite monte à la tête, s'essaye depuis quelque temps au chantage envers de richissimes hommes d'affaires de la région, qu'il piège en leur mettant de jolies jeunes femmes, un peu trop jeunes, dans les pattes. Manque de chance pour lui, sa nouvelle victime, intime d'un des amis de Louis, verrait d'un très bon œil qu'il continue ses magouilles dans un autre monde. Julio a ses habitudes. Accompagné des petites frappes qui composent sa cour, il aime traîner le soir du côté de la maison d'El Greco. Ils en profitent pour dépouiller quelques touristes qui flânent un peu à l'écart des rues les plus fréquentées. Louis sait donc à quoi s'en tenir, le bonhomme se retrouve rarement seul. La voiture brûlée, comme à son habitude, il peut maintenant aborder sereinement la suite des opérations. Pour commencer, il va déguster sa boisson favorite en se livrant à son péché mignon, observer. Il n'a pour l'instant pas la moindre idée de la manière dont il va s'y prendre afin d'expédier le bon Julio Ad Patres. Louis, contrairement aux apparences, n'est pas le genre d'homme qui traverse dans les passages cloutés. Il lui faut du risque, de l'indécis, du compliqué. Aller à l'essentiel oui, mais avec panache. Et justement quand on parle du loup…

Cinq bellâtres bruns, gominés à outrance et gonflés de testostérone, abordent quelque peu violemment des passants affolés. Julio à droite, mène la danse. Il désigne ceux qui lui semblent être les proies les plus intéressantes, puis il envoie ses sbires. Ils fondent alors sur eux comme la misère sur le monde. Louis, à l'écart, repère le manège. Julio ne prend pas part aux rixes lorsqu'il y en a, il se contente de rester à la baguette et de diriger ses troupes. Une fois les instructions données il attend patiemment. Ici, pas besoin d'artifice inutile, d'un déguisement quelconque. Il va le tuer en le regardant dans les yeux, et il souhaite que la dernière image qu'il emportera de sa vie, soit le vrai visage de Monsieur Raymond.

Depuis deux jours, toujours le même mode opératoire. Passablement éméchés ils investissent la place à grand renfort de bruit. Marco, le plus grand, regard d'acier et sourire carnassier, monte en première ligne. Après un coup d'œil aiguisé, Julio désigne la cible. Pendant ce temps, Silvio, Andrea et Paolo, dévoués spadassins à l'œil bovin ne reflétant pas une once d'intelligence, se chargent de créer la diversion en s'en prenant à tout ce qui bouge. Tous les regards convergent alors vers eux, le chef et son lieutenant peuvent passer à l'action. Julio parmi les anonymes n'a d'yeux que pour Marco dont personne ne s'occupe, puisque toutes les attentions se sont portées sur les trois leurres bodybuildés. La vieille dame que Louis voit s'engager dans la ruelle, va dans quelques instants contrainte par Marco, remettre son sac et ses bijoux. Monsieur Raymond vient de saisir l'instant propice, très brève fenêtre de tir afin d'expédier Julio au royaume de Saint-Pierre, même s'il reprendra probablement l'ascenseur afin de redescendre beaucoup plus bas, là où les fourches et les cornes règnent au milieu d'une fournaise qui jamais ne faiblit. Mais pour l'instant, il faut agir vite. Marco s'éloigne afin d'accomplir sa tâche, les trois autres ne peuvent revenir immédiatement, ils continuent de semer la pagaille. Pendant ce temps, Julio attend le retour de son acolyte. Ils partiront à deux puis le groupe se reformera un peu plus loin, lorsque tout danger sera écarté. Louis doit s'asseoir au fond de la terrasse, il n'y a pas de baie vitrée à cet endroit, donc personne pour regarder dans son dos. Julio se positionnera le plus loin possible, mais devant lui. Il ne prendra pas le risque de se retrouver au même niveau qu'une personne pouvant l'observer. Cependant si cela se produit, peu importe puisque l'individu en question ne verra pas la direction de son regard ni les ordres donnés d'un clignement d'œil. Ce que Louis ne peut maîtriser encore, c'est le jour exact. Il faudra donc malgré tout recourir au travestissement afin que Julio ne se méfie pas, s'il remarque trois fois de suite la même personne attablée. Tant pis, il ne pourra pas connaître le vrai visage de son meurtrier. Quatre jours, quatre déguisements, et pas la moindre opportunité. Il faut attendre encore un peu. De plus, même s'ils viennent quotidiennement, ils ne se font pas toujours remarquer de crainte de voir débarquer la guardia.

Ce matin, Louis arbore un look de danseur de tango Argentin. Une perruque de cheveux ébène lissés en arrière et une fine moustache. Tout de noir vêtu, il pourrait devenir un très mauvais présage pour Julio. Le malfrat se place deux tables devant lui, les trois premiers rangs sont pleins. Rien entre le troisième et le sixième d'où il donne ses instructions. Quand Marco sera sur le point de remplir sa mission à l'écart du monde, que les trois décérébrés attireront toutes les attentions, Julio devra mourir. Monsieur Raymond sirote tranquillement son Cava, il attend, guettant en professionnel l'instant propice. Maintenant ! Louis se lève et passe devant lui. Tous les yeux sont braqués sur la place, personne ne regarde de l'autre côté. Julio ne comprend pas pourquoi ce vieux beau lui balance une insolente pichenette en plein visage. Pour qui se prend cet abruti ? Une mouche qu'il aurait voulu chasser demeurait-elle sur sa figure ? Quoi qu'il en soit, le geste terriblement indécent crée l'effet de surprise attendu, il lève la tête comme Louis l'espérait. Le froid du canon sur sa gorge n'est qu'une sensation brève, puisqu'une fraction de seconde plus tard son cou n'existe plus. Le petit bruit sourd du silencieux couvert par le brouhaha qui règne sur la place passe inaperçu. La tête posée sur la table comme s'il dormait, il ressemble à un fêtard qui vient de boire le verre de trop. Louis, disparu depuis quelques minutes lorsque les premiers cris retentissent, n'assiste pas à la scène de panique qui s'ensuit. Cette fois-ci la guardia investit les lieux à grand renfort de sirènes. Les compères de feu Julio se sont précipités sur lui, ne comprenant rien à ce qui vient de se passer. Pendant qu'ils montent dans le fourgon de la police, Louis flâne tranquillement en touriste le long du Tage. Il va maintenant profiter un peu de Tolède, elle deviendra si belle en fin de journée. Il se sent terriblement vivant comme à chaque fois. Demain on le déposera à Madrid, peut-être même prendra-t-il le temps de rêver en imaginant la puissance passée de Philippe II et de Charles Quint dans les jardins de l'Escurial, puisque Hugo sorti du coma semble tiré d'affaire. Sa mission étant un succès, il peut bien s'offrir un moment aux frais de la princesse. Quant à la mort qu'il vient de donner, il a une fois de plus tellement aimé qu'il ne s'interdit pas un petit extra s'il croise un animal errant, même s'il y a bien longtemps qu'il ne se livre plus à cette pratique. Le Colonel Verdon, proche du commanditaire, tient à le féliciter de sa part.

— Un vrai succès mon vieux bravo ! Notre ami vous adresse toutes ses félicitations, vous avez fait un boulot remarquable Raymond.

En l'écoutant, il repense à ceux qui composaient la cour de Julio, particulièrement le grand.

— Merci ! Vraiment pas simple avec ces types qui l'accompagnaient. Peut-être eut-il été plus facile de tous les descendre.

Louis a beau être un professionnel, il se plaît à faire

comprendre à quel point il apprécie les extras.

– Allons, allons Monsieur Raymond, le contrat ne portait que sur une seule personne. Nous savons tous le plaisir que l'on prend lors d'une exécution mais il demeure souhaitable de s'en tenir aux ordres et de ne pas se montrer trop zélé.

Cinq meurtres auraient été une véritable aubaine, pense-t-il. Mais il connaît les règles.

– Tout à fait d'accord avec vous. Je respecte toujours les consignes et ma dévotion me conduirait s'il le fallait à m'en prendre à mon meilleur ami, vous le savez.

– Oui enfin souhaitons tout de même que nous ne nous retrouvions jamais dans un tel cas de figure.

Autour de lui, de potentielles victimes s'agitent. Louis les regarde avec l'œil frustré d'un fin gourmet non rassasié.

– Effectivement. J'irai probablement visiter l'Escurial demain, puis je rentrerai.

– C'est un endroit sublime. Profitez, vous allez adorer.

– Vous connaissez ?

Songeur, le colonel Verdon regarde le ciel en souvenir du merveilleux moment qu'il y a passé.

– Oui très bien, j'avais égorgé un gardien là-bas.

– Quelle chance. Tuer à l'Escurial, quel privilège !

– Arrêtez, vous me flattez… On se voit au cercle la semaine prochaine ?

– Absolument. Et puisque vous m'avez annoncé une heureuse nouvelle lors de notre précédent échange en ce qui concerne ce jeune homme sur lequel vous ne tarissez pas d'éloges, peut-être le rencontrerons-nous bientôt ?

Louis a toujours son idée en tête. Il connaît la nature profonde d'Hugo qui par deux fois déjà a prouvé sa Maîtrise et son sang-froid. Malgré sa jeunesse, les membres du cercle attendent avec impatience de le rencontrer. Tous, sauf un.

— Je l'espère... Mais je vous assure que si tel est le cas, vous ne serez pas déçu. Ce jeune homme est fantastique.

— Parfait. Au revoir cher ami.

— Au revoir.

Une fois par mois le cercle se réunit, donnant l'occasion à ses membres d'échanger autour d'un repas sur les contrats bouclés. Neuf personnes dont Louis les exécutent, une les planifie. Toujours impeccable dans ses costumes taillés sur mesure, le maître de cérémonie dont personne ne connaît le nom, règne sur ces mondains sicaires en quête d'exaltantes missions. Une fois seulement en vingt ans, l'un des exécutants a failli à son serment en déclinant une mission. Raison pour laquelle ils sont désormais huit. L'homme en question, un ancien prêtre défroqué devenu barbouze, se trouvait dans la situation de devoir éliminer son père adoptif. Il a refusé, et deux mois plus tard il était mort. Si l'un des membres se défausse, la sentence est alors sans appel. Tous le savent, pas d'alternative à la fatale issue en cas de désistement. Il existe cependant peu de chances que cela se produise, puisque le choix respecte scrupuleusement un profil bien précis, la soif de tuer. Ces meurtriers refoulés, qui selon toute vraisemblance ne seraient jamais passés à l'acte dans une vie normale, si ce n'est Louis, peuvent dans le cadre de l'organisation assumer leurs penchants en toute légitimité, et de surcroît contre rémunération. Verdon, homme replet toujours tiré à quatre épingles, tient une fois encore à féliciter, cette fois-ci devant l'assemblée, Monsieur Raymond pour la dextérité et la maîtrise dont il a fait preuve durant son séjour à Tolède. De l'autre côté de la table, l'un des membres fulmine. Regard méchant, relents méphitiques et attitude mutique, les yeux plantés dans ceux de Louis,

Constantin Sizaure, tout juste de retour de Côte d'Ivoire, dissimule difficilement sa jalousie. Lui aussi vient de rentrer couronné de succès. Effacer un haut dignitaire du régime, n'est-ce pas autrement significatif ? Mais bien sûr, personne n'en souffle mot. Il n'y en a que pour Raymond, toujours Raymond !

Pendant ce temps, loin des réunions organisant le trépas de quelques êtres malheureux ou abjects, le soleil se couche sur Giverny. Les quelques nuages qui tentent d'occulter sa lumière déchaînent les couleurs au royaume du peintre. Le rouge et les nuances orangées coiffent d'un flamboyant couvre-chef la cime des saules. Issues de la dernière frondaison, de petites feuilles cherchent à marquer leur territoire en s'étirant sous forme de grappes le long des gouttières.

Assis sous un arbre, le conservateur est satisfait. Tout est réglé. Les parents d'Hugo qu'il connaît désormais très bien, pourront s'installer à Giverny s'ils souhaitent que le pianiste y passe sa convalescence. Au collège et au lycée, tout le monde ne parle plus que de ça. Le proviseur a réuni la totalité des élèves dans la cour principale. Petits ou grands, qu'ils aient croisé la route d'Hugo ou pas, il tient à ce que tout le monde sache. Tanguy s'interroge. Se souviendra-t-il de ce qu'il s'est passé ? De toute façon il portait une cagoule, donc impossible de prouver quoi que ce soit. Et puis c'est vieux cette histoire. Et effectivement, il pense juste. Hugo à beau aller de progrès en progrès, particulièrement au niveau de la mémoire puisqu'il reconnaît les siens, il occulte totalement ce jour-là. Un grand trou noir, rien d'autre. Objet de toutes les attentions de la part de ses parents, il envisage de s'asseoir à son piano très prochainement. Certaines images lui reviennent plus rapidement que d'autres, mais pour la musique tout semble intact. Reste à savoir maintenant si sa façon de jouer le sera également.

Lors de l'un de ses passages, Louis lui remémore leur discussion concernant Giverny, ce dont Hugo se souvient plus ou moins. Le jeune homme reprend chaque jour des forces et semble très motivé et surtout pressé à l'idée de reprendre le fil de sa vie. Les visites s'enchaînent, et contre toute attente, Tanguy en fait partie. Lorsqu'il entre dans la chambre, il détaille le visage d'Hugo, cherchant dans son regard ce qui pourrait l'inquiéter ou le rassurer.

— Que c'est bon de te savoir de retour à la vie ! Le proviseur nous a prévenus et tu vois, je suis venu le plus vite possible.

Le jeune homme, très nerveux, peine à dissimuler des mains tremblantes qu'il n'ose sortir de ses poches.

— Merci Tanguy c'est chouette de ta part de venir ici.

— Tu sais, je m'en veux. Je me suis conduit si souvent comme un imbécile envers toi. Tu t'en souviens je suppose ?

— Oui un peu... Pas tout...

Tanguy devient blême, attendant la suite avec appréhension. Sa paupière elle aussi se met à vibrer. Il marche de long en large dans la chambre en observant les courbes qui oscillent sur les écrans près du lit. Il aimerait voir une longue ligne droite, signe du trépas d'Hugo.

— Pas tout c'est-à-dire ?

— J'avais peur de toi quand j'étais petit. Il y a eu un truc aussi au gymnase non ? C'est flou pour moi tout ça. Mais ce qui s'est passé ce jour-là, je t'avoue que c'est le néant.

L'étrangler serait si simple, pense Beraud. Un long fil blanc torsadé attire son attention. Puis, il regarde le cou du convalescent, blanc, facile d'accès...

— Mince, répond-il rassuré.

— Tu penses qu'il s'agit d'une agression ? Lui demande

Hugo.

Tanguy sursaute à chaque question qui lui est posée. Son esprit s'y perd. Perdu dans le dédale des pensées qui l'accablent et des envies qui le dévorent, il tente de rester calme.

– Pourquoi ? Tu as des ennemis ?

– Franchement, je ne vois pas. Pour répondre à ta question, je tremblais à l'idée de venir à l'école, lui dit Hugo en riant. Mais je te dois également des excuses pour l'Orangerie. Là tu vois, je m'en souviens bien.

Sa mémoire est intacte se dit-il. Mais visiblement pas pour le jour en question, ce qui l'apaise l'espace d'un instant. Dans ses poches, ses mains frigorifiées lui font mal.

– Tu plaisantes ! Je le méritais, un point c'est tout ! Heureux de constater que ta mémoire fonctionne. Quant à ce qui a provoqué ce terrible drame, les choses reviendront peut-être avec le temps, tu dois te montrer patient. Cependant, ce n'est pas le plus important puisque tu vas bien.

Hugo regarde le plafond. Il semble lui aussi totalement perdu. Tanguy traque avec une rigueur millimétrée la moindre réaction du pianiste.

– Va savoir. Comme je te le disais, pour l'instant black-out total. D'après ce que l'on m'a expliqué, vivre après un tel traumatisme tient du miracle, alors je ne souhaite plus penser à autre chose qu'au futur. Tout cela doit rester derrière moi, je vais de l'avant et rien d'autre ne compte, lui dit-il en lui tendant la main.

– Je te comprends tellement ! Bon, j'ai hâte de te voir de retour parmi nous, et ce, le plus vite possible. Au fait ! J'ai redoublé.

– Ce ne sera pas pour cette année je pense. Et si ma pratique du piano demeure intacte, je m'y consacrerai ma vie durant. Ah désolé pour le redoublement… Waouh ! Tu as les mains gelées !

Si seulement c'était un énorme bloc de glace, pense Tanguy à l'idée de lui fracasser le crâne.

— Prends soin de toi et donne-nous tout de même de tes nouvelles de temps en temps.

Il s'approche de lui et le prend dans ses bras. Puis, rassuré il se dirige vers la sortie. À peine se retrouve-t-il dans le couloir qu'il sent sa poitrine se gonfler d'orgueil. T'es vraiment mon bon con Pianette, se dit-il.

Après quelques nouveaux mois passés au lit à attendre le jour de la libération, le génie quitte enfin les murs blancs et les lumières blafardes. Il va fêter ses dix-huit ans, il ne pense plus qu'à ça et à Giverny. Ses parents ont donné leur bénédiction. Sa mère s'installera là-bas avec lui, son père viendra quand il pourra. Le musée ne pourra pas fermer ses portes pour l'accueillir, mais les jardins lui appartiendront matin et soir.

Le grand jour est arrivé. Oscar remonte l'allée qui mène aux grilles. Passant sous la voûte de fleurs, les yeux d'Hugo profitent d'un spectacle tant de fois imaginé au fil des pages de ses livres. Le calme qui règne dans les jardins rend palpable l'âme des lieux, il en ressent chaque recoin caché. Lorsqu'il voit enfin les Nymphéas tachés de rouge et de blanc, parés de gouttes d'eau formant d'élégants petits colliers de perles à leur surface, son bonheur est à son comble. Oscar, ses parents et Louis, le laissent un instant seul comme il le leur a demandé. Heureux enfin, Hugo se prépare avec impatience pour la suite.

Le ver est dans le fruit. Celui qui se voulait fort et solide ronge son frein. Il souhaiterait que le temps s'accélère afin de sortir au plus vite de ce climat d'angoisse qui tord son ventre. Allongé sur son lit, il n'a de cesse de ruminer. Se pourrait-il qu'il soit inquiété ? On ne va tout de même pas le mettre en prison ? Si la vérité éclate au grand jour, doit-il nier ou bien confesser sa faute afin de mettre en avant les circonstances atténuantes ? Malgré les propos plutôt rassurants d'Hugo, Tanguy perd pied. Comment surveiller l'évolution de sa mémoire ? Désormais très prévenant, il demande régulièrement de ses nouvelles au lycée, ce qui en surprend plus d'un. Bien qu'il ne se sente pas l'âme d'un meurtrier, il ne serait pas contre une triste mort subite, un geste du destin le mettant définitivement à l'abri. Il devient taciturne. Cette épée de Damoclès suspendue au-dessus de sa tête lui donne la nausée, et les migraines deviennent récurrentes. Pourquoi se ronger les sangs ? Pianette n'a eu après tout que la monnaie de sa pièce. Sa double fracture du nez ne pouvait rester impunie. Il s'appelle Beraud oui ou non ? Certes il l'a légèrement taquiné pendant quelques années, mais bon il n'y a pas de quoi en faire un fromage. Il paraît que dans la nature on appelle ça la loi du plus fort, et le plus fort c'est moi, pense Tanguy Beraud. Il ira tout de même lui rendre une visite de courtoisie à Giverny avec quelques anciens afin de prendre la température, l'abruti n'y verra que du feu. Pendant ce temps, Hugo poursuit sa lente rééducation au milieu des Nymphéas chers à son cœur. Son piano livré une semaine plus tôt trône dans l'atelier de Monet. Ceux qui ont le plaisir de l'entendre jouer, ont également le bonheur de constater que le talent du prodige n'a pas été affecté. Une sensible différence tout de même, il joue un peu plus lentement et tout lui semble pesant. Les médecins, nullement inquiets sur ce point, lui prédisent un retour à la normale sous six mois. Oscar est ce matin en rendez-vous au musée Marmottan et Olivia à Paris. Louis qui vient d'arriver à Giverny se retrouve en tête à tête avec Hugo.

– Je suis tellement heureux de te savoir ici plutôt que dans cette chambre sordide.

J'ai eu une sacrée frousse tu sais ?

Depuis qu'il connaît Hugo, Monsieur Raymond tente de se donner un coup de jeune. L'écharpe nouée maladroitement ainsi qu'une paire de chaussures d'un style différent, attendrissent le jeune homme.

– Oui j'imagine bien Louis, tout s'est passé si vite. Je te rejoignais à l'Orangerie, puis ce trou noir. Mais c'est étrange cette notion du temps que je perds un peu parfois. J'ai l'impression que c'était hier et pourtant cela fait presque deux ans.

– Aucun souvenir ? Une odeur ? L'esquisse d'un visage ? Une voix ?

Louis, assis dans une balancelle en rotin, pose la tasse de café trop chaud qui lui brûle la main sur la petite table devant lui.

– Absolument rien. Une ampoule électrique qui grille, je ne peux rien te dire d'autre.

– On ne saura jamais ce qui s'est passé mais tu es là c'est le principal.

Alors qu'il se lève pour aller chercher un sucre dans la cuisine, Hugo le saisit par le bras pour le retenir.

– Je sais qui a fait ça, lui assène-t-il.

Subjugué par ce qu'il vient d'entendre, le vieil homme

oublie sucre et café. L'incompréhension la plus totale s'affiche sur son visage.

— Quoi ? ? ? Tu viens de me dire que tu n'en as pas le moindre souvenir.

— Oui c'est exact, pourtant je sais qui est à l'origine de tout ça.

Face aux propos incohérents du pianiste, l'inquiétude de Louis redouble.

— Je ne te suis plus du tout. Veux-tu bien clarifier ?

— Il me l'a dit.

— Qui ? Quoi ? Oh Hugo, je ne comprends rien à ce que tu me racontes. Tout va bien ?

Tu me sembles très confus tout à coup.

Il se rassoit dans la balancelle, attendant les explications d'Hugo.

— Lorsque je suis sorti du coma, il était là.

— Mais qu'est-ce que c'est que ces histoires ?

Malgré le calme qu'il tente de conserver tant bien que mal, Louis commence à s'énerver.

— J'étais avec toi, il n'y avait personne. Je suis descendu quelques instants pour passer un coup de fil, puis quand je suis remonté tu étais toujours seul dans ton monde. J'ai repris ma description du tableau, bref je ne vais pas recommencer, je te l'ai expliqué déjà mille fois. Puis alors que je commençais à m'assoupir j'ai entendu ta voix. C'est tout Hugo !

— Pourtant, il m'a parlé.

Louis lève la tête et soupire en regardant la lumière qui traverse la verrière au-dessus de lui. Il se lève et commence à faire les cent pas dans l'atelier.

— Comment ça, il t'a parlé ? Qui bon Dieu ? ? ? Je ne suis pas fou quand même. Tu étais dans le coma Hugo !

— Oui, mais j'en suis sorti un peu avant… Quand tu as recommencé à me parler du tableau j'étais déjà revenu parmi vous.

— Bon, et ça change quoi ?

— Tout. Quelqu'un m'a parlé juste avant toi. C'est à ce moment-là que je suis sorti du coma.

À court d'arguments, Louis tente de retrouver un peu de sa sérénité.

— Et qui est-ce ?

— Tanguy Beraud.

Hugo est très calme. Il caresse les touches de son piano en regardant Louis qui arpente la pièce de long en large.

— Pardon ? Tu es certain de ce que tu dis ? Attention Hugo, tes propos sont graves.

— Absolument. Comme Alain, mes parents, toi sans doute, il me débitait doucement ses mots. Me pensant profondément endormi il m'a tout confié. Sa haine, l'arme utilisée, un poing Américain, tout. Il m'a même dit que nous étions quittes.

— Il faut absolument prévenir la police, lui dit le vieil homme que cette confession glace.

— Surtout pas Louis.

— Mais enfin tu ne vas pas tout de même pas laisser ce lâche s'en sortir comme ça ? Il aurait pu te tuer Hugo.

— C'est sa parole contre la mienne. Et ma parole à moi reste celle d'une personne qui sortait du coma.

— Alors il va continuer sa vie comme si de rien n'était ? Tu vas le laisser en paix ?

Hugo accompagne Louis dans la cuisine. Son visage est serein, froid. Cette expression, son mentor la connaît.

— Je vais m'occuper de ça. N'oublie pas que j'ai une passion. Et je suis majeur !

— Non Hugo, s'il te plaît.

Louis se rend compte alors qu'il ne pourra pas retenir la main du jeune homme, que toute tentative afin de le dissuader de commettre un geste bien téméraire alors qu'il se remet doucement, est vaine.

— Comment ça s'il te plaît ? Laisse-moi me débrouiller comme un grand, il mangera bientôt dans ma main. Il ne sait pas que je sais mais il a peur Louis, j'en ai la certitude. Il avance en terrain piégé, et crois-moi je ne vais pas me transformer en démineur afin de lui rendre la vie plus confortable.

— Comme tu voudras... Tu veux bien jouer pour moi ? Lui demande-t-il, vidé.

— Avec plaisir Louis. Chopin ?

— Chopin.

Malgré un tempo devenu plus lent, le talent d'Hugo demeure indéniable. Louis, qui mesure son privilège, laisse son émotion prendre le dessus sans chercher à la maîtriser le moins du monde. En le regardant jouer, il pense au jeune homme qui sera bientôt totalement remis. Il pense au meurtrier en puissance. La prestation terminée, Hugo s'adresse à Louis.

— Tu as aimé ? Je ne suis pas devenu un piètre pianiste ?

— Et comment ! Tu plaisantes ? Tu seras bientôt de retour sur les scènes du monde entier.

Hugo est déterminé, il ne pense plus qu'à ça.

— Je vais le tuer Louis.

— Je sais Hugo, je sais...

Résigné, Monsieur Raymond regarde par la fenêtre les oiseaux et les couleurs du jardin. Puis, ne lui accordant pas la moindre trêve, Hugo reprend.

— Nous avons à plusieurs reprises abordé un sujet mais malheureusement cela n'a encore jamais pu se faire.

— De quoi parles-tu ?

— De ton cercle. J'aimerais les rencontrer.

— Oui bien sûr, ils n'attendent que toi.

— Alors qu'attendons-nous ?

— Ton feu vert.

Ce moment tant de fois abordé arrive enfin. Dans la grande salle, les fenêtres gigantesques parées de lourds rideaux, les moulures et les dorures, l'énorme ventilateur au plafond dont les pales tournent au ralenti, confèrent à l'endroit une atmosphère des plus solennelles. Ne manquent au tableau que quelques majordomes en livrées. Les visages de sept personnes roides et figées dans l'attente, n'incitent guère à la décontraction. L'antique rotor aux pales de bois repart à nouveau en guerre contre les volutes de fumée qui s'élèvent, ponctuant comme toujours un dîner qui fut excellent. Sans surprise, Mets et vins ont contenté les papilles du début à la fin. Les verres de Martell Cognac Extra Old XO tournent dans les mains. Une goutte d'eau ou quelques glaçons afin d'en révéler les arômes, chaque convive se délecte à sa façon. L'homme qui les dirige, fait son apparition en fin de soirée. Toujours impeccable, il inspire le respect aux membres du cercle. Debout devant l'assemblée, il prend la parole.

– Chers amis, l'absence de Monsieur Raymond ne vous a pas échappé. Il va nous rejoindre dans quelques instants en compagnie de ce jeune homme dont il nous parle depuis plus de trois ans. Il est sorti du coma, nous pouvons enfin le rencontrer.

À l'exception de Constantin Sizaure, qui depuis longtemps guette la faute afin que Monsieur Raymond entre en disgrâce, la venue probable d'une nouvelle personne a été bien accueillie.

Curieux mais légèrement réticents quant à l'âge du

protagoniste, l'impatience des membres monte d'un cran. Le vote à main levée se déroulera ce soir ici même. Le jeune homme préparé par Louis afin qu'il ne soit pas impressionné par eux, quelles que soient leurs réactions ou leurs questions, est prêt. Monsieur Raymond lui glisse à l'oreille une dernière recommandation avant d'entrer.

– Quand l'homme qui nous dirige arrivera, tu seras surpris, ne laisse aucune expression trahir ton visage, ils te scrutent.

Hugo lève les yeux et découvre une salle très haute de plafond, impressionnante.

– Messieurs, je vous présente Hugo Bertin. Certains d'entre vous en ont probablement entendu parler.

Tour à tour, Hugo salue chacun d'eux d'un air assuré. Tremblant comme une feuille à l'intérieur, il affiche une détermination et un calme rassurant à l'extérieur. Ils s'assoient au centre de la table. L'un des convives propose un Cognac à Hugo qui décline l'invitation au profit d'une coupe de Cristal Roederer. L'entrée du maître de cérémonie déclenche un tsunami dans le crâne d'Hugo, Monsieur Raymond savait, et pour cause ! Aucune mimique sur le visage du pianiste ne laisse pour autant transparaître le trouble qui l'anime, il reste de marbre aux yeux de tous. Louis l'observe du coin de l'œil. Le maître de cérémonie les salue et prend la parole.

– Messieurs, lorsque l'occasion se présente d'accueillir un nouveau membre, nous savons la saisir. Ne vous arrêtez pas à son âge, sachez juger ses capacités, et alors vous seuls déciderez. L'introduction d'un prétendant comme vous le savez, s'avérant plus que rare, prenez le temps de l'analyse. Ce jeune pianiste dont vous avez tous entendu parler, a su en quelques années accéder à une renommée mondiale, et comme vous le savez, il revient de loin. Monsieur Raymond nous a vanté depuis longtemps ses qualités.

Aussi, plutôt qu'un long discours inutile, je déclare la session d'adoubement ouverte. Merci de bien vouloir vous lever Hugo. Messieurs, je vous en prie. Nous avons quinze minutes.

Hugo se lève. Il croise ses mains moites derrière son dos en regardant une dernière fois celui qui vient de parler. Puis il salue d'un mot les assassins qui le dévorent de leurs regards curieux.

— Messieurs.

Un homme assis en face de lui se lève à son tour.

— Bonsoir jeune homme, nos règles sont strictes. Impossibilité de refuser un contrat.

Maîtrise et rapidité d'exécution, sans froid et détermination. Pensez-vous être en capacité de les respecter sans faillir malgré votre manque d'expérience ? J'ai consulté votre dossier, vous avez un meurtre à votre actif, c'est peu.

Deux... Pense-t-il.

— Tout d'abord, merci à vous de m'accueillir. La volonté qui m'anime afin de rejoindre votre cercle est le fruit d'une grande motivation. Tout ceci est mûrement réfléchi. Mon jeune âge comme vous le dites et la carrière qui m'attend, ne me permettent pas de prendre le moindre risque. Aussi est-ce sans l'ombre d'un doute que je puis répondre par l'affirmative à toutes vos questions. En retour, je vous demanderai avec aplomb et détermination de ne pas en douter.

Celui qui vient de poser la question semble satisfait de la réponse apportée. Un autre se lève à son tour.

— Bonsoir Hugo, comment vous rendez-vous à Dunkerque pour l'exécution d'une mission si vous jouez à Tokyo ? Sachant que vous le savez, on ne refuse pas un contrat.

Le maître de cérémonie claque ses paumes l'une contre

l'autre, signe indiquant qu'il souhaite intervenir.

– Permettez-moi de répondre à sa place. Vous êtes tous en retrait de vos activités. Il va sans dire concernant ce jeune homme, qui lui s'implique totalement dans la sienne, que nous agirons autrement. S'il joue à Tokyo comme vous le dites, un contrat qui lui est soumis ne peut être que sur place.

– Merci maître, répond l'homme qui vient de poser la question.

Constantin Sizaure repousse sa chaise. Louis le dévisage dans l'attente du coup bas.

– Bonsoir Monsieur Bertin, qu'est-ce qui vous anime ? Lui demande-t-il.

Le ton est glacial. Sizaure cherche à déstabiliser le jeune homme ainsi que celui qui l'a conduit jusqu'à eux.

– La même flamme que celle que je vois briller dans vos yeux, la méchanceté en moins, répond Hugo déclenchant par la même occasion quelques sourires.

Dévisageant le jeune homme, Constantin Sizaure regagne son siège. Lorsque les quinze minutes sont écoulées, le maître de cérémonie prie Hugo de regagner sa place.

– Si vous en êtes d'accord, nous allons maintenant procéder à la délibération. Qui vote pour ?

Huit mains se lèvent instantanément.

– Je n'ai donc pas besoin de vous demander qui vote contre. Hugo Bertin, vous êtes maintenant des nôtres.

Constantin Sizaure en étonna plus d'un en levant la main. Lui, bien au contraire, voit déjà en Hugo le moyen d'atteindre Monsieur Raymond. Sa voix donnée au vote, logique et stratégique, première étape d'un plan machiavélique, résonne en lui comme une évidence. La soirée s'achève comme elle a commencé, dans les fumées Cubaines et les alcools forts. Le protocole délaissé, l'ambiance se détend peu à peu. Tous félicitent chaleureusement Hugo pour son intronisation et sa fulgurante et prometteuse carrière de pianiste. Heureux, il promet de leur offrir un récital en privé, ce qui bien sûr fait l'unanimité. Debout, il brandit son verre aux hommes qui viennent de lui accorder leur confiance et à la passion commune qui tous les unit.

— Messieurs, au meurtre ! Leur dit-il en regardant Constantin Sizaure dans les yeux.

D'une seule voix, ils l'acclament en lançant haut leurs serviettes.

Lorsqu'ils se retrouvent dehors, l'air froid les surprend. Les deux amis remontent lentement le boulevard. Fier de son protégé, Louis engage la conversation.

— Tu as été parfait ! Ils ont tous apprécié ton étonnante maturité, tu es maintenant à jamais l'un des nôtres.

— Je t'avoue que je n'en menais pas large. Les concours de piano m'impressionnaient moins quand j'étais enfant.

— Tu maîtrisais déjà ton instrument et tu le savais. Tout est très différent ici, mais je peux t'assurer qu'ils ont pris conscience de ta valeur, et crois-moi c'est très important.

Hugo shoote dans une canette. Il ne sait comment aborder le sujet qui le tracasse le plus, mais il se lance.

— Le maître de cérémonie Louis…

— Je t'avais prévenu n'est-ce pas ? Là encore tu as été parfait. Reste totalement neutre lorsque tu le reverras. Vois le cercle comme un autre monde, ne le laisse jamais empiéter sur ta vie de tous les jours. En dehors de tes missions et des quelques dîners que nous aurons, il n'existe pas.

Louis, satisfait de la réaction du pianiste, attend sa réponse en sifflotant. Mais à la surprise du tueur, Hugo passe à autre chose

— Et les téléphones ? J'habite chez mes parents,

comment vais-je m'organiser pour ça ?

– Ce point sensible posait problème au maître de cérémonie mais pas à moi. Je serai ton relais, tout passera par les miens.

Pragmatique, habitué à la rigueur, le jeune homme déterminé tient à tout maîtriser.

– Très bien.

– Je te raccompagne chez toi ?

– Non merci Louis, la soirée a été intense je vais marcher un peu. On se voit demain à Giverny ? D'ailleurs, les Nymphéas me manquent.

– Mais tu les as sous les yeux à longueur de journée !

– Oui mais l'ambiance de l'Orangerie, je l'aime tellement.

– Bientôt Hugo, sois patient et tout recommencera comme avant.

– Tout ce mal que tu te donnes pour moi Louis, merci.

– Allez, arrête. Rentre bien.

Les mains dans les poches et l'écharpe recouvrant son nez, Hugo réfléchit à sa drôle de vie.

Tout va si vite. Les tournées mondiales s'apprêtent à débuter, il revient de la mort, et le cercle lui offre le pouvoir de la donner. Il pense à Tanguy, il pense au maître de cérémonie. Tout de même… Armand…

En ce frileux matin de décembre, l'épais brouillard qui nappait les jardins de Giverny il y a quelques minutes encore cède sa place, laissant derrière lui un long manteau de givre qui s'attarde sur les pelouses encore endormies. Les Nymphéas ourlés de cristaux scintillants au soleil, retrouvent leurs couleurs sous un ciel limpide. L'astre roi, puissant en cette heure matinale, darde déjà ses épées de feu, transformant la fine couche glacée en perles translucides. Arrivé sans crier gare, le froid coupant comme une lame de rasoir rougit les joues d'Hugo. Réveillé de bonne heure, il part conquérant à l'assaut des jardins en quête des plus belles fleurs. Lorsqu'il aura en mains celles qu'il cherche, il en composera un harmonieux bouquet de couleurs vives que sa mère découvrira sur la table. L'échalier enjambé, il foule le carré de pelouse caché aux pieds des grands arbres le plus à l'abri du froid. Ses doigts gourds peinent à cueillir les belles qui semblent l'attendre. De sa bouche, des petits nuages de buée s'échappent. Puis, harmonieusement disposées dans un vase en cristal sans doute passé entre les mains du peintre, les fleurs aux tiges encore durcies par le froid sont méticuleusement choisies par Hugo. Une fois le bouquet déposé sur la table du salon, il rejoint l'atelier. La longue robe de chambre qu'il a endossée ne suffit pas totalement à le réchauffer. Il s'installe à son piano. Un rayon de soleil se frayant un chemin à travers la vitre, dépose une lumière douce sur sa joue. Il ferme les yeux et entame la sonate pathétique de Beethoven. Peu à peu, son toucher sans pareil revient.

Son café fumant à la main, Oscar s'invite à la rêverie. Hugo ne s'arrête pas pour autant, d'un regard discret ils se comprennent. Alangui au fond d'un fauteuil, le conservateur profite de l'instant en pleine conscience de la chance qui s'offre à lui. Le silence qui suit la dernière note, signe de leur concentration, prolonge la magie.

– Comment te remercier Hugo. Tu rajoutes toujours du beau au beau. Ta musique sublime Giverny, c'est prodigieux.

– Je suis ravi que cela vous plaise Oscar. La chance de vivre ma convalescence en ce lieu béni m'est d'un tel bienfait.

Le conservateur lui sourit puis il regarde les piles de dossiers qui s'entassent sur la table basse devant lui.

– Nous le souhaitons tous. Dès que le temps nous le permettra nous installerons ton piano dehors comme nous l'envisagions. Du pont du jardin Japonais tu nous offriras ton récital. Ce sera inoubliable.

– Ne suis-je pas une charge pour vous ? Giverny reste avant tout votre bureau n'est-ce pas ?

– Ne te fais aucun souci pour moi. Tout se passerait parfaitement bien si quelques politiques ne cherchaient pas sans cesse à me mettre des bâtons dans les roues. Cette vie serait un rêve.

Oscar a beau tenter d'afficher un air serein, la confession qu'il vient de faire à Hugo obscurcit son visage.

– Que se passe-t-il exactement ? Lui demande le pianiste, étonné par ce qu'il vient d'entendre.

– Je dérange très probablement des personnes un peu trop haut placées. Ils souhaitent apporter de grands changements à cette somptueuse demeure, sans se soucier de son prestigieux passé. Je n'ai de cesse de m'y opposer, ils n'aiment pas. Je suis devenu un poids pour eux en raison de mes refus à répétition.

Il soupire puis d'un geste dépité de la main, lui montre les tas de papiers. Sur certains, des titres sont surlignés en rouge.

— Tu vois tout ça ? Il y a là-dedans tout un tas de choses qu'ils aimeraient voir disparaître.

— Vous avez tout à fait raison, ce lieu doit conserver l'âme de son illustre occupant.

— Je m'y emploie, mais la lutte devient de plus en plus compliquée. J'ai mon lot de menaces et autres intimidations.

L'homme qui est aux manettes de Giverny ne parle jamais de ses problèmes. Mais ce matin, en tête à tête avec Hugo dans l'atelier, il se laisse aller.

— Menaces ? Quel type de menaces ? Demande Hugo en regardant les dossiers.

— Je ne les compte plus, de la radiation à la mort.

Le mot qu'Hugo vient d'entendre le fait immédiatement réagir.

— Ils sont fous !

— Non au contraire, ils savent très bien ce qu'ils font et ce qu'ils veulent.

— Il doit vous en falloir du courage. S'il y en a qui se font trop pressants, vous devriez en parler à Louis. En tant qu'ancien militaire il doit connaître beaucoup de monde.

— Merci pour tes conseils Hugo, mais Louis est un vieil homme qui profite de sa retraite, et il a bien raison. Bon allez, en route ! Dit-il en bondissant de son fauteuil.

Regardant Oscar s'éloigner, Hugo, estomaqué par ce qu'il vient d'entendre se demande comment l'affairisme peut entrer en lutte avec l'art le plus pur. Au-dessus de sa tête, une porte grince. Le sourire aux lèvres, Olivia découvre les fleurs qu'elle porte à son nez. Le vase à la main, elle rejoint Hugo dans l'atelier.

— C'est toi qui as fait ça mon chéri ?

— Oui maman, pour toi.

Elle le prend dans ses bras comme s'il était encore un enfant, et caresse ses cheveux.

Puis elle s'installe, et Hugo se remet à jouer.

Pendant ce temps, Monsieur Raymond se prépare à quitter son petit appartement de la rue du Mont Thabor. Ce matin, il prend un petit-déjeuner avec Armand. Ils se retrouvent au fond de la salle d'un vieux café de la rue du Marché Saint Honoré, où ils ont leurs habitudes.

— Tu es content Louis ? Tout s'est bien passé ?

— Oui parfaitement bien. Hugo a été évidemment surpris mais quel sang froid pour un jeune de cet âge.

— Je reconnais effectivement que le môme a du cran, lui répond Armand. Permets-moi juste de te mettre en garde en ce qui concerne Sizaure, c'est un sournois et il ne t'aime pas.

Alors que la cuiller n'en finit pas de tourner dans sa tasse, un sourire menaçant se dessine sur le visage de Louis.

— Je sais tout ça Armand.

— Certes, mais il cherche l'occasion de s'en prendre à toi. Méfie-toi que ton protégé ne devienne pas un accès facile pour lui.

— Ne t'inquiète pas pour ça, je connais le bonhomme.

— Les contrats vont bientôt arriver, j'espère que ton poulain sera à la hauteur.

— Il le sera.

Lorsqu'ils se quittent, Louis réfléchit à leur discussion. Constantin Sizaure devient décidément très présent. S'il s'avère trop dangereux pour Hugo ou pour lui, il saura y remédier. Une chose importante échappe cependant à Sizaure, Hugo ne vient pas uniquement grossir les rangs, il formera bientôt un vrai binôme avec Louis. Forts de cette union, ils pourront parer à tout. Monsieur Raymond, malgré sa secrète et vieille amitié avec lui, se méfie également d'Armand qui reste avant tout le maître de cérémonie. En cas de problème, il sait que quelle que soit leur relation il saura trancher.

Le téléphone bleu de Monsieur Raymond a sonné ce matin. Armand a insisté, il s'agit d'un premier test pour Hugo. Louis a eu beau expliquer que sa convalescence prendra encore du temps, le maître de cérémonie a argué l'excellente impression donnée par le jeune homme lors de son intronisation. Inutile d'attendre plus longtemps. Monsieur Raymond part pour Giverny afin d'expliquer à Hugo que l'heure de la première mission sonne déjà. Il doit maintenant faire ses preuves auprès du cercle. Très fier de la confiance qu'Armand lui témoigne, le jeune pianiste trépigne. Seuls dans le jardin ils consultent le dossier. Benjamin Beguier, quinquagénaire vit à Lausanne. Il ne le sait pas mais ses jours sont comptés. À la tête d'un grand groupe pharmaceutique, il a une fâcheuse tendance. Lorsqu'un concurrent devient un peu trop voyant ou empiète sur ses plates-bandes, il tisse sa toile afin de s'emparer de sa société. Il ne lâchera pas sa proie avant la faillite, puis, il rachètera pour une modique somme à la barre du tribunal la malheureuse entreprise qui pensait gagner des parts de marché. Sa façon d'agir peu orthodoxe a déjà poussé trois dirigeants au suicide. Maintenant dans le collimateur de patrons influents, deux d'entre eux se sont ligués contre lui.

Officiellement Hugo se rend à la haute école de musique, officieusement il va abréger les jours de Benjamin Beguier. Il n'envisage rien d'autre que de faire florès. Il se doit pour Louis, mais également pour lui-même, de montrer aux membres du cercle qu'il s'avère digne d'eux et de leur choix. Il ne compromettra pas une si belle occasion. Il va prouver son exemplarité à l'assemblée meurtrière. Parti en repérage sur les lieux, la beauté indiscutable du site saisit le jeune pianiste sensible aux couleurs. Il aurait aimé profiter plus longuement des terrasses de Lavaux, mais il n'est pas venu pour cela. D'une sérénité Suisse, les vignes dévalent sans se presser la terre graveleuse vers les eaux calmes du lac. Une phalange de hérons cendrés survole ses eaux à basse altitude. La vue sur les Alpes, saisissante, enchante Hugo. Benjamin Beguier va mourir dans un cadre absolument sublime. Le magnat de l'industrie pharmaceutique a l'habitude de courir sur les sentiers qui sillonnent les vignobles. C'est ici qu'Hugo mettra un terme à son existence. Toujours en quête de découverte, il profite de la matinée qu'il a devant lui afin de visiter le manoir de Ban et la villa le lac. Le temps, très différent d'hier, ne freine pas le dirigeant pour autant. Il a besoin de sa dose quotidienne de sport. En petites foulées pour commencer, il fend l'épais brouillard sans profiter de la moindre vue sur l'eau. Il augmente progressivement sa cadence afin d'atteindre la vitesse de croisière qui lui convient. L'épaisse masse grise se troue légèrement par endroits, laissant apparaître ici un coin de ciel bleu, là une fenêtre sur le lac. Jamais il ne se lasse de cette carte postale quel que soit le temps. Un jeune homme assis au bord du chemin attire son attention. Le regard torve, l'industriel l'observe d'abord de loin, puis se rapproche. Arrivé à sa hauteur, il remarque qu'il a comme un pansement sur les lèvres, ce qui attire fatalement son attention. L'homme dont les dernières secondes s'égrènent, ne ralentit pas sa course. Les deux filins qui jaillissent du Taser viennent de lui infliger une décharge de cinquante mille volts. Pendant qu'il est inconscient, Hugo en profite à nouveau pour scruter méticuleusement le sentier dans les deux sens afin de vérifier qu'il a bien le champ libre. Tout risque étant écarté, il administre cinq injections d'air à la suite dans les veines de Benjamin Beguier. Avant de se relever, il dépose un baiser sur le front du joggeur. Le dirigeant Suisse vient d'achever son footing matinal, ainsi que son temps en ce monde.

Quelques jours plus tard, Hugo retrouve Louis à Paris. Au même moment, la cérémonie religieuse célébrée à la mémoire de Benjamin Beguier, s'achève en l'église Saint Martin de

Vevey.

— Bonjour Hugo, comment te sens-tu après ce premier contrat ?

Avant même la réponse du jeune homme, Monsieur Raymond perçoit en lui quelque chose d'étrange. Il ne ressent pas l'excitation de la première fois.

— Plutôt bien. Je n'ai pas pris le plaisir que j'imaginais mais ça va, lui répond Hugo, évasif.

— C'est embêtant ça. Quelque chose n'a pas fonctionné comme tu le souhaitais ? Un souci logistique ?

— Non rien de tout ça.

— Ne t'inquiète pas, les débuts peuvent parfois sembler étranges.

— Je ne sais pas, peut-être Armand... Comment le regarder comme l'homme de l'Orangerie maintenant ?

Malgré ses pulsions et ses envies, l'image du maître de cérémonie reste omniprésente dans sa tête.

— Tu dois compartimenter ta vie. Lorsque nous retournerons au musée, tu le verras et tu lui parleras comme d'habitude. Au cercle en revanche, l'homme qui se tiendra face à toi effacera le responsable des gardiens de l'institution. T'en sens-tu capable ?

— Oui je pense.

Après cette discussion, Monsieur Raymond eut quelques

doutes quant à la capacité du jeune homme à gérer tout cela. Le maître de cérémonie, celui dont on obéit aux ordres et le simple gardien de musée, ne sont qu'un seul et même homme, il doit s'y faire. Mais le plus important est qu'Hugo vient de remplir sa première mission avec sang-froid et un grand professionnalisme. Cela s'avère de bon augure.

Quelques jours plus tard, un déjeuner en son honneur est organisé par ses anciens professeurs.

Après son agression, l'ambiance a changé du tout au tout. Hugo, métamorphosé et grandi, les traits affinés, n'est dorénavant plus la cible des moqueries. Les élèves de sa dernière classe ainsi que ceux qui le connaissent depuis longtemps sont conviés au repas. Tanguy, évidemment présent, colle Hugo. Si certains sont étonnés de les voir ensemble, d'autres saluent leur entente improbable.

— C'est chouette de te revoir parmi nous Pia… Hugo !

— Oui c'est vrai, je dois avouer que vous me manquez tous, dit-il à Beraud en passant sa main sur son épaule.

— En tout cas tu as l'air en pleine forme. Et ta mémoire concernant cette terrible agression ?

- Elle commence peu à peu à revenir ? Demande-t-il toujours aussi inquiet.

— Pas le moins du monde, toujours le néant total.

Tanguy, une fois de plus, tente de se rassurer en assaillant le jeune homme de questions.

— Je vais bientôt reprendre les tournées, le premier récital aura lieu sur l'esplanade des mosquées à Jérusalem. Nous allons organiser un déplacement avec les élèves des anciennes classes. Tu as beau être redoublant, il faut absolument que tu viennes, je compte sur ta présence. C'est important pour moi.

Tanguy, étonné par cette proposition qui flatte tout de même son ego, accepte l'invitation. Hugo lui sourit.

— Mais bon ! Tu sais moi le piano… Je suis plutôt rap.

— Et alors ? Tu es mon invité. Je vais m'occuper spécialement de toi tu verras ! Nous nous connaissons depuis si longtemps que je te promets même une bise si tu es sage !

Tanguy part d'un grand rire pendant que son ancien souffre-douleur le regarde avec une grande sérénité. En son for intérieur, Beraud jubile. Hugo aussi.

Avant le début de la tournée fixée pour le début du printemps, le jeune homme veut jouer pour ses amis à Giverny. Hugo accorde une importance toute particulière à l'emplacement de son piano, son choix se porte sur deux endroits. Au pied du jardin d'eau, et sous les arches fleuries des allées. Emmitouflé sous un ciel étoilé, son public attend l'arrivée du jeune homme qui peaufine les derniers préparatifs. Quelques projecteurs savamment disposés, dispensent une lumière douce de la base des arbres à leur cime. Les ombres projetées par les branches telles des bras gigantesques, viennent effleurer l'auditoire composé d'Oscar, Pierre et Olivia, Louis, et enfin Alain. Des fleurs coupées accompagnées de bougies disposées dans de grandes coupes, forment un chemin lumineux et odorant allant de l'atelier au piano. Hugo a le trac, il l'a toujours mais ce soir tout est différent. Ses parents et son professeur ont beau faire partie de ses premiers spectateurs, il y a ce cadre incroyable. Et puis il va jouer à Giverny pour la première fois devant eux. Il a orchestré seul toute la mise en scène. Il les observe calmement derrière les fenêtres, ils discutent en l'attendant. Une bougie à la main, le talentueux lampadophore descend les escaliers. Très concentré, il rejoint son banc sans leur accorder un regard. Il imagine l'âme errante du peintre dans les jardins. S'arrêtant un instant il lève la tête, profitant du spectacle intemporel qu'offre la voie lactée en cette froide soirée d'hiver. Il entame la danse de la fée dragée de Piotr Ilitch Tchaïkovski. Sa mère, ravie, attrape le bras de son père.

La magie se prolonge par une magistrale interprétation, très personnelle, du prélude en do majeur de Bach. Louis, les yeux fermés, savoure le moment unique qui, il le sait, ne se reproduira jamais. Valse lente et envoûtante, la gymnopédie numéro un d'Erik Satie résonne maintenant dans les jardins. Oscar, les yeux rougis par l'émotion, imagine la main du peintre s'articuler sur la toile en musique. Se déplaçant ensuite vers le jardin d'eau, Hugo enchante son audience une heure encore sous les yeux d'Alain qui se demande jusqu'où ira son génie.

Lors du dîner qui suit, les mets sont servis dans la vaisselle de Claude Monet. Alain s'adresse à Hugo la voix chevrotante.

— Merci du fond du cœur Hugo, ce moment restera en nous a jamais. Monsieur Raymond a raison, tu nous as offerts un moment de grâce.

— Jouer ici m'a transcendé, cela sera sans doute le plus beau souvenir de ma carrière de pianiste, répond le prodige.

Avant de porter un toast à cette soirée, Oscar s'échappe un instant. Surpris par son départ précipité, Hugo repense à leur discussion dans l'atelier. Quelques minutes plus tard, le conservateur retrouve ses convives la mine réjouie.

— Bravo Hugo ! Tu as rendu le plus bel hommage qui soit à l'illustre habitant de ces lieux. Il aurait très certainement adoré se trouver à tes côtés.

Malgré son sourire il semble nerveux et sa main tremble légèrement, ce qui n'échappe pas au jeune homme.

— Merci pour tous les compliments que vous me faites tous les cinq, je ne suis pas certain d'en mériter autant. Tout va bien Oscar ? Lui demande-t-il tout bas.

— Oui, oui… Ils continuent, mais je ne céderai pas.

— Toujours les mêmes ? Ceux dont vous me parliez ?

— Toujours. Oublions-les et profitons de cette sublime soirée. Et surtout, parlons de cette incroyable tournée qui s'annonce plutôt que de mes problèmes qui ne passionnent personne.

Jérusalem ne peut se décrire tant elle subjugue. Berceau des trois grandes religions monothéistes, le roi David s'agenouilla devant elle et y déposa l'arche d'alliance après en avoir pieusement baisé le bois. Terre du royaume de Canaan promise par Dieu à Abraham Isaac et Jacob, puis province de Judée, elle devint une vassale étranglée par ceux qui l'asservirent. Le poids des conquérantes spartiates Romaines l'écrasa. Tourmentée, convoitée, maintes fois prise et reprise, la fille de Sion demeure l'objet de tous les conflits. C'est sur sa grande esplanade qu'aura lieu l'inauguration de la tournée. Quatre dates sont prévues en terre d'Israël, puis Hugo donnera un concert en Jordanie sur le site majestueux de la Khazneh. Il voit les choses en grand pour son retour, et afin de le célébrer, il a tenu à fournir une liste d'invités. Les membres du cercle et Armand figurant sur celle-ci, Louis ne voit pas cela d'un très bon œil. Pourquoi les inclure dans cette vie ? Eux qui jamais n'empiètent et ne veulent rien savoir les uns des autres. Les élèves, dont Tanguy, sont venus également. Vincent son accordeur, ainsi que le staff médical qui s'est occupé de lui. Une autre liste de personnalités triées sur le volet a été imposée par les organisateurs, parmi lesquels des gens du spectacle, de la politique, ainsi que de divers mouvements culturels et artistiques. Face au mur des lamentations, des gradins en demi-cercle ont été érigés à la manière d'un théâtre antique.

Au centre, le piano d'Hugo placé sur une scène, gardien des lieux, veille sur eux. Le pianiste, Oscar et ses parents, profitent de l'après-midi afin de visiter la vieille ville.

Pendant ce temps, Monsieur Raymond et Armand accompagnés par les membres du cercle, se promènent sur l'esplanade des mosquées.

— Ce jeune homme est tout de même incroyable. Pianiste de grand talent et tueur à gage pour l'organisation.

Tous en conviennent, hormis Constantin Sizaure qui conserve son air sournois et distant. Il ne parle pas, il observe.

— Et vous qu'en pensez-vous ? Lui demande Monsieur Raymond qui se méfie de plus en plus de lui.

La sueur qui dégouline de son front tombe dans ses yeux. D'un revers de manche brutal, il la chasse.

— Quel enfer cette chaleur ! Je n'ai pas d'avis particulier, ce n'est pas mon protégé.

— Qu'insinuez-vous ?

— Mais rien, voyons ! Vous nous l'avez bien présenté n'est-ce pas ?

— Certes, mais cela n'en fait pas mon protégé pour autant.

— Nous verrons, nous verrons, répond-il.

Armand ne relève pas. Il sait l'inimitié qui règne entre les deux hommes, mais il sait également à quel point ils sont précieux pour le cercle. Hugo a souhaité se promener seul dans la vieille ville afin de se préparer mentalement pour sa prestation. Derrière lui, une voix l'interpelle.

— Alors ? On se balade ?

Tanguy devenu totalement parano, le suit. N'étant plus accompagné, il en profite pour l'aborder. Hugo remarque ses ongles. Ils sont rongés à sang.

— Ah salut ! J'avais besoin de solitude.

— À propos Hugo, je ne t'ai même pas demandé. Toujours pas de souvenirs ?

— C'est tellement adorable de ta part de t'en préoccuper,

qui pourrait dire que durant tant d'années nous étions comme chien et chat ? Mais non toujours pas.

Devant l'inquiétude sans cesse renouvelée de Tanguy, Hugo jubile.

— Je dois rejoindre les autres, je te laisse.

Hugo fait un pas de côté afin de le retenir.

— Tu sais, jamais je n'aurais pu imaginer qu'une belle amitié puisse s'avérer possible entre nous. Nous n'y sommes pas encore tout à fait je sais, mais je sens que ça vient. Prenons un peu de temps demain pour nous promener et parler.

Tanguy hésite. Il n'a aucune envie de partager un moment avec Hugo seul à seul. Un moment intime qui laisserait imaginer qu'effectivement ils pourraient devenir amis. Mais s'il refuse, il craint que cela ne soit pris pour un aveu de faiblesse.

— Je serai ravi.

— N'en parle pas aux autres. Je pense qu'ils me considèrent toujours comme ta proie, et j'aimerais leur faire une surprise en officialisant notre belle entente.

Hugo a senti sa réticence première. Il ne veut pas le braquer.

— Je garde le secret, lui répond Tanguy. Persuadé qu'il suffirait d'un rien pour remettre la main sur Hugo.

— Ce soir tu assistes au récital, j'espère qu'il te plaira. J'ai découvert un endroit sublime pour un petit-déjeuner en compagnie de mes parents sur le Golgotha. Allons-y demain matin puisque vous avez journée libre ?

— Super, on se retrouve là-bas à dix heures.

Tanguy ne remarque pas les traits d'Hugo qui se crispent.

— Non, nous partirons ensemble.

— Volontiers, j'ai hâte de t'écouter jouer.

Beraud, mal à l'aise, tente de s'en sortir par un

compliment qui flattera le pianiste.

– Oui ce sera pour toi une première.

– Cette fois-ci j'y retourne.

– Salut Tanguy, à ce soir.

Pour une fois, les anciens élèves de la classe d'Hugo le regardent avec des yeux dans lesquels se reflète l'admiration. Le Pianette persécuté par la plupart d'entre eux, semble désormais bien loin du jeune homme dont l'ombre gigantesque qui s'étire sur le mur des lamentations, s'incline afin de saluer son public. Tanguy n'en revient pas non plus. Lorsque les premiers invités sont arrivés dans la moiteur du soir, il a été impressionné à l'idée que ces dames en robes longues, ces chefs d'entreprise aux cheveux blancs, ces personnalités, se déplacent dans ce lieu saint afin d'écouter Pianette. Il sent la jalousie monter en lui. S'il le pouvait, il aimerait tout simplement le tuer. Les couleurs se mettent à danser sur les pierres, le silence se fait. Puis une voix raconte l'histoire en condensé de Jérusalem. Ici en terre sacrée, l'assemblée profane attend un miracle pour le grand retour du pianiste. Hugo a promis aux siens de se surpasser. Il tient à offrir un récital prométhéen afin qu'aucun doute ne subsiste quant à son talent, et surtout à ses capacités. Il accompagne l'histoire de la terre d'Israël sur un tempo lent de Lacrimosa. Puis lorsque toute parole cesse, il entame le lac des cygnes. Constantin Sizaure, observe Louis dont l'émotion semble palpable. Armand quant à lui, écoute religieusement en repensant au petit garçon qui franchissait la porte de l'Orangerie pour la première fois il y a quelques années. S'il subsistait encore légèrement, tout doute se dissipe ce soir dans la tête du public. De l'autre côté de la lumière d'or qui illumine le Dôme du Rocher, le pianiste effectue son grand retour. Les acclamations de la foule retentissent dès la dernière note. Plus que jamais, Hugo mérite le qualificatif de prodige dont tout le monde l'affuble. Loin d'être à l'acmé de sa carrière, son indiscutable talent se propage dans les cœurs d'une foule exigeante.

Le dîner donné ensuite en son honneur se prolonge tard dans la nuit. Le champagne qui coule à flots le grise. Sollicité par tous, les plus volubiles d'entre eux prônent la résurrection du pianiste, une femme enthousiasmée évoque même un ange en Terre sainte. Flatté, Hugo ne peut s'empêcher de sourire en lui baisant la main. En regardant son décolleté, il pense qu'il aimerait tenir un corps de femme pour la première fois de sa vie. Heureux, il se noie dans les rires et les vapeurs d'un alcool mondain. On l'assaille de questions concernant la suite de la tournée. Certains veulent assister à toutes les dates. Alain lui glisse à l'oreille les mots les plus encourageants, rien désormais ne pourra freiner la carrière qui s'annonçait avant son accident.

Armand en pleine discussion avec les membres du cercle, tresse également les louanges de l'artiste. Comme lui, tous sont unanimes, ce môme est un génie ! Sizaure quant à lui, taciturne comme à son habitude, ne quitte pas Monsieur Raymond des yeux. Les regards lointains et complices que Louis adresse à Hugo ne lui échappent pas. Les élèves et le proviseur attendent que le jeune prodige vienne les voir. Est-ce possible que ce soit lui ? Le Pianette chétif que tout le monde raillait ? La haine se dissipe dans le ciel de Jérusalem. Responsable des sourires et des joues qui rosissent, l'admiration donne des ailes à quelques jeunes filles, qui hier encore dédaignaient le jeune homme en passant à ses côtés. Tanguy qui jouissait de l'aura d'un bad boy et remportait tous les suffrages auprès de midinettes trop maquillées, ne peut que constater la chute de la couronne qui ceignait son front. Redoublant et assagi, il se voit maintenant traité de ringard et délaissé par toutes.

Les moqueries et les rires de mépris à son encontre ne font qu'accentuer sa haine vis-à-vis d'Hugo. Demain matin, lors de ce petit-déjeuner, il aimerait tellement pouvoir le corriger comme avant, l'occire. Après de longues minutes d'attente, le pianiste les retrouve enfin. Hugo va chercher Tanguy resté à l'écart et passe son bras autour de son cou.

– Et voici mon ami Tanguy ! Proclame-t-il. Vous savez tous que tout n'a pas toujours été rose entre nous, mais tout ceci appartient dorénavant au passé. Lorsque inconscient sur ce lit, il est venu me voir et m'a parlé alors que le coma m'ôtait toute parole. N'est pas cela que l'on appelle l'amitié ? Tanguy, tu es un frère, lance-t-il à son intention en le fixant.

Beraud a envie de vomir. Malgré les trente degrés toujours présents, il grelotte.

– Mais comment sais-tu que je suis venu te voir ? Lui glisse-t-il à l'oreille.

– On me l'a dit ! Et tu m'en as parlé aussi non ?

Tanguy inquiet et confus, tente de convoquer ses souvenirs. Perdu, il n'a qu'une envie, partir le plus loin possible.

– Ah... Oui peut-être.

– De toute façon on s'en fout ! On n'est pas bien là ? Lui dit Hugo.

– Si, si, très, répond-il la voix chevrotante.

– Demain matin, je ne peux pas le faire ici devant tout le monde même si j'adorerais, je te claque la bise !

Beraud part dans un grand éclat de rire nerveux, se disant en lui-même, et moi j'aimerais t'achever.

– Après tout, retrouvons-nous effectivement directement au Golgotha, j'ai un rendez-vous qui peut durer un peu, je ne veux pas que tu attendes inutilement.

– Oui si tu veux.

La soirée va s'achever, les écoliers, le cercle, tous n'ont

d'yeux que pour Hugo. Il le sait et il commence à aimer ça. Son succès ne lui monte pas à la tête mais cette euphorie qu'il ressent, lui plaît. Seul dans un coin, à l'écart du monde, Vincent son accordeur de piano ressent un vertige, un trouble. Le vertige de ce qu'il vient d'entendre. Hugo progresse et n'aura de cesse de tendre toujours plus vers la perfection. Mais il change, il aurait aimé pouvoir lui dire ne serait-ce qu'un mot, partager avec lui un instant. Devenu inaccessible, ce que pense Vincent à tort, il n'ose s'approcher de lui. Le cœur un peu vide, il regagne l'hôtel. Au fond de lui, un étrange cocktail mêle tristesse et joie.

Hugo n'a pas beaucoup dormi, Tanguy non plus. En chemin pour le Golgotha, il rumine. Quelle est donc cette mascarade ? La bise pour sceller notre amitié ? Quel con ce Bertin. Après tout si ça peut lui faire plaisir, mais s'il croit que je vais devenir son ami il se fourre le doigt dans l'œil le grand pianiste. Hier soir après le récital, Tanguy a fait son coq auprès de Flore et Inès, mais elles l'ont à peine regardé. Il n'y en avait que pour Bertin, Bertin, Bertin ! ! ! Il va le lui dire, inutile de tenter quoi que ce soit, chacun de son côté et point barre. Perdu dans ses pensées, il ne voit pas Hugo qui s'approche.

— Salut.

— Tu m'as fait peur !

La peur, c'est exactement ce qu'il veut voir dans les yeux de Tanguy.

— Mais non voyons ce n'est que moi. Viens, on va prendre un petit-déjeuner là-bas.

— OK. Comment se fait-il que ce soit si désert ? C'est pourtant un lieu de pèlerinage non ?

— Oui mais aujourd'hui c'est un peu particulier ici, les gens restent chez eux. L'endroit idéal en quelque sorte.

Même si Tanguy ne s'inquiète pas, il comprend difficilement les mots d'Hugo qui lui semblent beaucoup moins amicaux qu'hier soir.

— Idéal pour quoi ?

— Pour être tranquille. Je suis vraiment très heureux que vous soyez tous là.

Cette gentillesse passe aux yeux de Tanguy pour de la

faiblesse. Il se souvient de la cour de l'école, de ses moments de gloire.

– Ouais, ouais, tant mieux.

– Bon, la hache de guerre enterrée nous pouvons maintenant aller de l'avant. Je ne t'en veux plus.

– Oui je reconnais avoir été très vache parfois, mais je me sentais supérieur alors...

– Oui, oui je comprends. Je n'ai même pas de rancœur pour la rue du vingt-neuf juillet.

Il ressent l'effet d'une claque en plein visage.

– Pardon ? ? ? ? ? C'est-à-dire ?

– Enfin Tanguy, tu perds la mémoire ? Je parle de mon agression, mon coma. Tu vois bien ce que je veux dire puisque c'est toi le responsable de tout ça.

C'était donc ça, pense-t-il. Ce rendez-vous n'était qu'un piège pour lui parler seul à seul.

– Mais comment, je ne vois pas absolument, euh... Je veux dire absolument pas de quoi tu parles ! Pourquoi dis-tu cela ?

– Voyons Tanguy, c'est tout simple. Quand tu es venu me voir à l'hôpital ce jour-là, tu te souviens de ça quand même ? Tu te tenais derrière moi. Tes explications étaient claires, tu m'as dit que je faisais dodo, tes souvenirs se perdent-ils dans le dédale de tes secrets ?

Tanguy, au bord de la syncope fixe Hugo. Pourquoi nier maintenant qu'il sait tout ? Va-t-il exercer sur lui un quelconque chantage ? Sa vie vient de basculer. Lui qui s'inquiétait concernant sa mémoire, le voici maintenant fixé.

– Tu m'as même dit que nous étions quittes lui dit-il en souriant, la main sur son épaule.

– Mais je ne comprends pas, tu semblais dans le coma ?

– Oui, mais j'en suis sorti au son de ta voix. Tes mots sont les premiers que j'ai entendus. Tu es mon sauveur

Tanguy !

Beraud n'est pas malin mais il réfléchit vite. Il se souvient de l'Orangerie et ne souhaite pas un nouvel affrontement.

— Bon... Et maintenant ?

— Et maintenant rien Tanguy ! Je t'ai dit que nous allions sceller notre amitié. Tu te vengeais de l'Orangerie, je te comprends après tout.

— Tu es sérieux ? Tu penses vraiment toutes les choses que tu dis ou bien tu te moques de moi ?

— Je n'en ai pas l'air ?

Tanguy ne sait plus comment interpréter les paroles d'Hugo. A-t-il affaire à un joueur ou à un con ?

— Tu ne vas rien dire à personne alors ?

— Mais bien sûr que non voyons ! Je te le répète, il y a pour moi un avant et un après, et je suis résolument tourné vers l'avenir. Tu vas peut-être rire mais je pense que nous sommes les deux mêmes, j'ai toujours eu beaucoup d'admiration pour toi. Hors de question de ne pas te confier mon amitié et de ne pas recevoir la tienne en retour, je me sentirais en totale déshérence si tu ne faisais plus partie de ma vie.

— Ah d'accord. Et tu penses que nous deviendrons de vrais amis ? Lui dit-il, séduit par le discours d'Hugo, sans toutefois en percevoir le sens exact.

— Quelle prescience ! C'est une évidence non ? Cette clim me glace, allons-nous asseoir sur le muret au soleil. Tu veux un autre café ?

— Euh oui, d'accord, enfin merci. C'est quoi prescience ?

— Rien, rien, on s'en fout. Je m'occupe des cafés. Je te rejoins, va t'installer.

— Non mais c'est vrai que toi et tes mots.

— Arrête ! On s'en fout j'te dis.

Tanguy n'y comprend plus rien. Durant des années, il lui a fait subir le pire des harcèlements.

Bertin sait qu'il l'a agressé. Et il veut devenir son ami malgré tout cela ? L'admiration, c'est sans doute ça. Hugo revient, deux gobelets en plastique dans les mains.

– Allez, à notre amitié. Et surtout, je te l'avais promis, la bise !

– C'est quoi ce truc sur ta bouche ?

– Ah ça ? Du scotch.

– Et ça sert à quoi, tu as un souci aux lèvres ?

– Pas du tout mais, chuuuut, c'est une surprise, lui dit-il en lui adressant un clin d'œil complice. Tu vas voir.

– Ah…

Décidément Tanguy et cet abruti de Bertin n'ont vraiment rien en commun. Qu'il fasse ce qu'il veut avec son scotch s'il a envie de ressembler à un idiot, pense-t-il. Hugo l'embrasse sur la joue comme de bons vieux potes.

– Et merde ! ! ! ! ! Mon café ! Jure Hugo maladroit, qui vient de renverser son gobelet aux pieds de Tanguy.

– Zut, tout est par terre. Tu veux que j'aille t'en chercher un autre ? Tu ne vas pas en mourir pour un café.

– Ne bouge pas, J'y vais. Je le ramasse quand même, c'est dégueulasse.

Quelle ironie, quel symbole, pense-t-il. Lieu d'exécution des criminels anonymes ou bien du martyr de celui qui osait s'opposer à Caïphe devant le Sanhédrin, c'est donc ici qu'il va mettre un point final à son calvaire à lui. Lorsque cette tournée de la résurrection comme la nomment certains, fut évoquée, il n'a pas pensé à son piano, au lieu symbolique qui accueillerait son retour, ni même à sa future interprétation. Non… Il n'avait qu'une idée en tête à l'annonce de ce périple en Terre sainte, attirer Tanguy et terrasser la bête, ici sur la colline du Golgotha. Lui qui tant de fois a porté une lourde croix sur son dos meurtri en avançant courbé sur le chemin du supplice. Lui à qui l'on a posé jour après jour une couronne d'épines acérées sur le front, toutes ses souffrances affleurent à la surface, exacerbant une haine chauffée à blanc. Il sent l'esprit du Prince de Machiavel sourdre en lui. Cet opuscule qu'il lisait sur son lit en crispant la mâchoire, lui insufflait l'espoir et le courage. Il attendait le moment, et lorsque celui-ci se présenterait, il agirait. Et ce moment, c'est maintenant. Hugo s'accroupit. Une pause brève, le temps pour lui de réfléchir une dernière fois avant le geste qu'il s'apprête à accomplir. On rapporte souvent que l'on voit défiler sa vie au moment de mourir. Il se demande si tel est le cas pour Tanguy. Il regarde le sol, ses yeux sont froids, cruels, mais plus que jamais déterminés. Une dernière fois, il se souvient de ces nuits durant lesquelles l'horreur l'arrachait au sommeil, comme si Beraud le tirait par la manche. Trempé, il s'échinait à implorer l'apaisement qui se refusait à lui. Il grelottait de froid dans sa chambre surchauffée. Sans se brusquer, il lui enlace le bas des jambes de ses bras. Tanguy ne comprend pas quelle est cette pression qui lui enserre les mollets. Il en a finalement une vague mais très brève idée, une sensation qui le glace. Hugo se relève d'un bond, le faisant basculer dans le vide. Au moment de partir en arrière, le regard de Tanguy croise les yeux hurlants la haine de celui qui fut sa proie. Durant sa courte chute, il ne pousse pas un cri, il a juste le temps de se demander pourquoi il prenait tant de plaisir à infliger le mal, lui qui maintenant devient la victime de ce chaos qu'il a semé dans la vie du jeune homme. Mais les rochers vingt-cinq mètres plus bas sur lesquelles sa tête se fracasse, éteignent tout ce qui vit en lui.

Tanguy n'a pas bronché, Hugo reconnaît en cela la dignité de son bourreau. La pierre, chauffée par le soleil, se teinte déjà d'un sublime rouge carmin. Le jeune pianiste contemple l'auréole s'élargissant autour de ce qui reste de la tête de Tanguy. Bientôt ce sera une petite mare se dit-il... Il trouve cela plutôt joli, il pense à Monet. Il est délivré. Pas de dépouilles opimes pour trophées, mais peu lui importe. Le sang qui bout dans ses veines n'occulte pas la froide sérénité qui l'habite. Cette force du vainqueur qu'il sent monter en lui l'apaise et le remplit d'orgueil. Alors qu'il repart, se sentant investi d'une puissance jamais ressentie jusqu'à aujourd'hui, une tête affolée sort des arbres. Abasourdie, la personne qui vient d'assister à la scène se demande si tout ceci est bien réel. Au cœur de la cité sainte, les équipes techniques s'attellent déjà au démontage des gradins. Demain Hugo jouera à Tel-Aviv, puis deux soirs encore. Ensuite il s'installera aux pieds des falaises ocre du royaume de Jordanie. Tout le monde le congratule et lui souhaite bonne chance pour la suite de sa tournée.

Lors de son retour, il croise le proviseur qui tient à le féliciter.

— Je suis si fier de toi Hugo, de cet homme que tu deviens. Tu as trouvé ta voie, puisses-tu t'épanouir et en tirer tout le bonheur que tu mérites.

— Merci Monsieur, je suis effectivement très heureux de cette nouvelle vie. J'en rêvais depuis si longtemps.

— Je sais ce que tu as vécu, oublie tout cela et concentre-toi maintenant sur ta carrière qui à n'en pas douter, sera brillante.

Le proviseur se retourne et s'adresse aux élèves qui attendent derrière lui.

— Allez les enfants on s'active ! Saluez votre camarade dans le calme s'il vous plaît. Où est Beraud ? Quelqu'un l'a vu ? Celui-là, quelle plaie !

Bras dessus bras dessous, Flore et Inès adressent leurs félicitations à Hugo en le dévorant des yeux. Il rejoint ensuite Oscar et Louis qui profitent des dernières heures de soleil dans les jardins de l'hôtel avant de reprendre leur avion. Le pianiste est calme, froid. Rien en lui ne laisse présager l'acte barbare qu'il vient d'accomplir.

— On lézarde messieurs ?

— Hugo ! Viens t'asseoir un instant avec nous.

— Quelque chose me dit que vous parliez de Claude Monet, leur dit-il en souriant calmement.

— Oui mais pas seulement, de piano également.

— Vous avez aimé ?

— Tu as d'autres questions ? Répond Louis en levant les yeux au ciel afin de signifier l'évidence.

— Je vous laisse tous les deux, leur dit Oscar. J'ai quelques personnes à voir.

Maintenant qu'ils sont seuls, Hugo se rapproche de Monsieur Raymond.

— Je suis fier de toi Hugo, vraiment fier. Ta belle résilience me touche.

— Merci Louis. Je peux à nouveau rêver d'une vie qui pouvait m'échapper comme ça, en un claquement de doigts. Je vais maintenant dépenser mon énergie à me perfectionner.

— Est-ce encore possible ?

— On le peut toujours, et je n'ai envie que de ça. Et bien sûr d'autres choses plus secrètes...

- Ah oui ! Et retourner à l'Orangerie, les salles me manquent tellement.

— Comme je te comprends, mais tu as Giverny.

Hugo tourne autour du pot. Il hésite à se livrer à Louis, de crainte que celui-ci ne lui reproche son geste.

— Quel grand bonheur effectivement, mais cette ellipse qui n'appartient qu'à nous, si tu savais à quel point mon besoin d'en fouler à nouveau son sol blanc est immense.

— Tu vois, tes problèmes se résolvent finalement les uns après les autres. Tu as même gagné le respect de Tanguy ! Tout est bien qui finit bien, tu peux maintenant déployer tes ailes en quête d'horizons à conquérir. Ta vie sera belle Hugo.

L'occasion qu'il attendait se présente à lui.

– Je l'espère, dit-il en joignant les mains. Le respect de Beraud aura été de courte durée.

– Déjà des problèmes ? Il a recommencé ?

– Non, non.

– Hugo ? Que me caches-tu ?

– Rien du tout, il n'aura juste plus l'occasion de recommencer.

Louis blêmit.

– Hugo ? ? ? Ne me dis pas que tu...

– Tu m'as bien compris.

– Mais quand ? Où ?

– Ce matin, sur la colline du Golgotha.

– Mais qu'est-ce qui t'as pris ? Tu deviens fou ?

Contrairement à ce qu'il vient de dire, Louis ne peut que constater la sérénité du jeune meurtrier.

– Pas du tout, ne t'inquiète pas. Le site était vide, il a malencontreusement chuté d'un muret de pierres.

– Quoi ? Et tu es certain qu'il est mort ?

– Comme deux et deux font quatre. Sauf si tu estimes qu'une chute de vingt-cinq mètres sur des rochers ne représente aucun danger, et que des flots de sang ne t'évoquent rien.

Un quatrième assassinat n'est pas un gage de réussite pense Louis. Surtout lorsqu'il s'agit d'un meurtre commis de manière impulsive.

– Personne ne vous a remarqués ? Tu en es absolument certain ?

– Oui, nous étions au restaurant puis nous sommes sortis.

– Mais alors on vous a vus ensemble ! ! !

— Oui mais je suis revenu seul après pour prendre des cafés.

— Prendre des cafés ? C'est-à-dire deux Hugo ! ! !

Louis est furieux. Le jeune homme agit vite, trop vite. Son empressement pourrait lui jouer des tours si les membres du cercle apprenaient ce qu'il a fait. Aussi Louis n'a plus qu'une solution, passer derrière Hugo et nettoyer.

— Ah oui merde...

— J'arrangerai ça. Pars serein et tâche de ne plus y penser.

— Mais comment ?

— Il y avait du monde dans le restaurant ? Tu as remarqué des gens en particulier ?

— Non personne je te dis, juste le serveur.

— Il est comment ?

— Tu ne peux pas le rater c'est un albinos.

— Tu connais son nom ?

— Nathan, il portait une petite plaque sur sa chemise.

— Au moins c'est plus joli que Madeleine.

— Quoi ?

— Rien, je m'en occupe. Sois prudent Hugo, les contrats vont revenir avec le cercle, tu devras te montrer infaillible. Armand ou pas, on ne te le pardonnerait pas. Et crois- moi, j'en connais un qui n'attend que ça.

Louis ne pense déjà plus à Tanguy. Sizaure est devenu son principal sujet de préoccupation.

— Comment ça ? Qui ? Ce type dont tu me parlais ?

— Constantin Sizaure, je sais qu'il guette.

— Mais pourquoi ? Tu as eu des problèmes avec lui ?

— Non mais c'est un vicieux, et je sais qu'il n'apprécie pas qu'une personne soit introduite par une autre. Surtout si cela vient de moi. Il voit cela comme une multiplication des forces, et en tant que grand parano il se sent toujours visé.

– Alors comment lutter contre ce type ? Penses-tu qu'il représente un réel danger ?

– Je m'occuperai de cela aussi si nécessaire. Maintenant file, j'ai du boulot.

– Merci pour tout Louis.

– De rien, on se retrouve à Paris, à l'Orangerie le Mercredi qui suivra ton retour.

– D'accord à bientôt.

Pour la première fois, Hugo sent qu'il perd un peu de cette force intérieure qui le pousse vers l'avant depuis son entrée dans le cercle. Un peu trop sans doute. Il quitte l'hôtel et croise son accordeur qui marche la tête basse sur l'esplanade.

– Vincent !

– Oh bonjour Hugo, comment vas-tu ? Bravo pour hier au soir, tu as été époustouflant !

– Je suis tellement désolé Vincent, je n'ai même pas pris une minute pour te saluer et parler avec toi.

L'accordeur préfère ne pas aborder ce qu'il a ressenti. Ce n'est ni l'heure ni l'endroit, même s'il aimerait s'en ouvrir auprès du jeune homme.

– Mais ce n'est pas grave tu sais, je comprends. Cette vie t'accapare, tu ne peux pas être partout à la fois.

– Oui, oui... Je suis tellement confus Vincent.

– Non voyons ! On se voit à Paris d'accord ? Mon avion ne m'attendra pas.

– Très bien, alors à bientôt.

– Bon courage pour ta tournée, ce sera un succès dont le monde se fera l'écho, c'est certain.

– Merci pour ces encouragements. Venant de toi ils me touchent d'autant plus.

Hugo se sent chuter un peu plus. Cette vie qui lui donnait l'impression de devenir invincible vient de le rappeler à l'ordre. L'imprudence concernant Beraud,

Vincent qui il le sait, se sent sans doute négligé, tout cela le plonge dans une grande lassitude. Il espère ne pas avoir commis trop d'erreurs, tout devient subitement si compliqué. La confession de Louis l'inquiète également. Constantin Sizaure pourrait-il leur poser des problèmes ? Mais pourquoi ? Il ressent le besoin de souffler, sa poitrine le brûle. En tant que membres d'une société secrète, tout le monde ne tient-il pas tout le monde ? Il veut pour l'instant oublier le piano, Monet, le cercle. Le monde des adultes vers lequel il se dirige, il le laisserait bien de côté un instant. D'ailleurs c'est étonnant mais Tanguy lui manquerait presque dans cette période de doute.

La tournée se poursuit au royaume de Jordanie. Clément Vasseur, Le directeur artistique, tient à ce que le piano d'Hugo soit placé au bout du Sîq. Positionné de la sorte, les visiteurs qui longeront le défilé pour se rendre au concert, découvriront son instrument au tout dernier moment avec en toile de fond la façade en grès rose de la Khazneh. Des centaines de bougies disposées sur le sol donneront à ce concert privé un aspect hiératique. L'effet recherché enchanta la poignée de privilégiés présents. Malgré la chaleur suffocante, le récital fut intimiste et poignant. Une fois encore, le lieu sublimé par le talent du jeune pianiste déclencha les bravos. Les parents d'Hugo ainsi qu'Alain qui se dirigent vers lui afin de le féliciter, affichent un air grave qui surprend le jeune homme.

– Qu'avez-vous tous les trois ? Vous n'avez pas aimé le récital ?

Trois visages consternés le regardent. Olivia baisse la tête, tandis que Pierre avance lentement. Mais les mots pourtant préparés peinent à venir. Il saisit la main de son fils. Alain, en retrait, attend.

– Bien sûr que si tu as été magistral, lui répond son père.

– Alors pourquoi ces mines ?

– Nous devons te parler Hugo, viens avec nous. Veux-tu prendre une coupe de champagne ?

– Pour que tu me proposes de prendre un verre, il faut que tu aies quelque chose de grave à m'annoncer. Bon, finissons-en avec ces mystères, je t'écoute.

– C'est à propos de Tanguy Beraud.

Hugo ne s'attendait pas à revoir surgir celui à qui il ne pense déjà plus.

– Tanguy ? Pourquoi me parles-tu de lui ? Répond-il innocemment.

– J'ai eu le proviseur au téléphone, il ne voulait pas te déranger pendant ta tournée.

– Mais enfin explique-toi, on dirait qu'un drame s'est produit.

– C'est effectivement le cas, répond Pierre Bertin la tête basse.

Hugo se demande comment il va s'y prendre afin de lui annoncer ce qu'il sait pertinemment.

– Je t'écoute. Dit-il en prenant volontairement un air inquiet.

– Lorsque nous avons quitté Jérusalem avant-hier, Tanguy n'avait pas regagné l'hôtel dans lequel séjournaient les élèves.

– C'était une journée libre pour eux je crois ? Il en a profité pour se promener et s'est égaré ?

– Le proviseur a laissé la classe reprendre l'avion avec les trois accompagnateurs, et il a attendu. Tanguy ne revenant, pas ils se sont décidés à appeler la police.

Hugo commence à transpirer. Il frotte ses mains moites sur sa chemise et fait craquer ses phalanges.

– Mais c'est un vrai film ma parole ! Ils l'ont finalement récupéré ou quoi ?

– Oui, au pied du Golgotha.

Il ressent la force avec laquelle il a enlacé ses jambes, il repense au regard qu'il a croisé lors de la chute.

– Qu'est-ce qu'il faisait là-bas ? Il visitait ?

– Je ne sais pas Hugo, ils l'ont retrouvé sur les rochers. Il est mort Hugo…

Le prodige se concentre. Même s'il sait ce qu'il entend, il se persuade du contraire afin de leur paraître le plus naturel possible.

– Quoi ? ? ? ? ? ? ? Mort comment ? Quand ? Ce n'est pas possible !

– Il aurait vraisemblablement chuté du parapet vingt-cinq mètres plus haut.

– Mais il devait y avoir du monde je suppose au Golgotha ? Personne n'a rien vu ?

– Justement pas ce jour-là. Et le serveur du restaurant n'est pas réapparu depuis.

– Mais enfin, il doit bien posséder un téléphone ? Qu'ils le joignent. Il y a forcément une explication à tout cela.

– Il ne répond plus.

Merci Louis, pense Hugo qui regrette qu'il ne soit pas à ses côtés.

– Je n'en reviens pas, pauvre Tanguy...

– Pour l'instant la police s'oriente sur un banal accident. Il se serait allongé sur le mur, puis aurait chuté durant son sommeil. Le même drame s'est produit l'année dernière avec un touriste allemand parait-il.

Quelle aubaine ! Pense-t-il en s'efforçant de faire monter jusqu'à ses yeux les larmes qui s'y refusent.

– Tanguy...

– Je sais mon chéri, nous sommes tous très peinés.

– J'ai besoin d'être seul un instant, vous permettez ?

Remontant lentement le Sîq, il se repasse en tête les images de la première fois. Il repense au plaisir qu'il a pris lorsqu'il a tiré dans le visage de cet homme qui lui tendait la main. N'était-ce pas déjà inconsciemment en songeant à Beraud ? Cadouin le pédophile et le Suisse méritaient selon lui ce châtiment, mais lui ? Et ce baiser qu'il leur donne ? Quelle réelle signification trouver dans ce geste ? Peur ou réelle compassion ? Et maintenant ? Il ne veut plus penser. Cette tournée qu'il attendait avec impatience lui paraît soudain maudite.

Le vol de retour est interminable, mais finalement il finit par s'endormir. Dans son rêve, Tanguy porte un uniforme de policier puis il lui passe les menottes. Une fois immobilisé sur son siège, il sort un revolver et lui tire en pleine tête.

Lorsque Louis et Hugo se retrouvent le mercredi suivant à l'Orangerie, l'esprit du jeune homme est plus accaparé par Armand que par les Nymphéas. Il prend sur lui. Je dois paraître neutre, neutre, neutre se dit-il. En sortant, Monsieur Raymond le prend par le bras.

– Viens, on va chez moi.

Avant d'entrer, Louis lui demande d'enlever ses chaussures. Dans le salon, Hugo s'amuse d'une clepsydre se voulant antique, probablement de facture récente, que Louis a sans doute rapportée d'Égypte.

– Alors ? Comment te sens-tu ?

– À vrai dire, un peu perdu…

– Allons bon ! Et pourquoi donc ? Tanguy n'est-ce pas ?

– Je m'interroge un peu depuis la tournée. Mon métier se dessine chaque jour un peu plus, je voyage, et cela va s'accentuer. Lors de mon retour, dans l'avion, je me demandais si tuer s'apparentait à une vocation ou si je répondais à une pulsion, éventuellement maintenant assouvie…

Louis sait qu'Hugo pense trop, mais il le comprend.

– Et qu'en conclues-tu ?

– Rien pour l'instant, je m'interroge c'est tout. Toi aussi tu as connu cette sensation au début ?

– Non. Même si comme toi cela vient d'un être qui a provoqué moult souffrance, je suis programmé pour cela.

– Que se produirait-il avec le cercle si je souhaitais arrêter ? Et avec toi ?

Louis bout intérieurement. Il pense à Sizaure.

– En sommes-nous là Hugo ? Je préfère ne pas y penser,

ils sont capables de tout.

— Non pas pour l'instant, je me et te pose simplement la question.

— Alors nous avons bien le temps d'y songer.

Monsieur Raymond a la sensation de ne plus maîtriser ce qui se passe, que quelque chose se brise.

Le lendemain matin, Hugo est réveillé par la voix de Louis. D'ordinaire plutôt primesautier, il vient buter sur chaque mot.

— Que se passe-t-il Louis ? Est-ce notre discussion d'hier qui te rend si étrange ?

— On se retrouve dans notre café habituel, au fond de la salle. Dépêche-toi. Répond-il sèchement au jeune homme qui culpabilise.

Le ton employé ne lui ressemble pas. Hugo se hâte de le rejoindre. Lorsqu'il arrive, celui qui lui fait face se décompose. Blême, Monsieur Raymond ne ressemble en rien à cet homme du passé sur qui tout semble habituellement glisser.

— Mais enfin, tu t'es vu ? On dirait que tu vas faire un malaise ! Tu peux te rassurer, notre conversation d'hier est oubliée ! D'ailleurs, j'ai hâte de reprendre du service.

— Assieds-toi s'il te plaît, ce que j'ai à te dire est d'une grande importance.

— Bon, explique-moi.

Le visage d'Hugo est fermé. Avant même que Louis ne parle, il pense au cercle. Il s'en imagine exclus, et il a mal.

— J'ai reçu un nouveau contrat pour toi hier soir.

Soudain le pianiste respire. Malgré cette nouvelle, les traits de Louis sont de plus en plus durs.

— Mais c'est parfait, je viens de t'expliquer que je n'attends que ça.

— Hugo, attend... Ce n'est pas facile, alors laisse-moi parler s'il te plaît.

— Mais quoi encore ?
— Nous le connaissons.
— Qui ?
— La personne sur qui porte le contrat.
— Ah…
— Oscar Belmond.

Louis s'en veut d'être aussi direct mais il sait qu'il ne peut agir autrement. Impossible de laisser Hugo respirer. Les règles du cercle sont strictes. Refuser entraîne la mort. Il doit se montrer convaincant.

— Non Louis.

La main du jeune homme vient de claquer sur la table. Monsieur Raymond rattrape sa tasse de justesse. Hugo se lève, prêt à partir.

— Je suis désolé mais tu n'as pas le choix. Lui répond son mentor en le regardant dans le blanc des yeux.

— Je ne peux pas, tu le sais très bien. Toi non plus j'ose espérer ? Mais pourquoi lui ?

— Personne ne sait ces choses-là.

— Mais enfin, c'est une histoire de fous ! Ils savent que je le connais et ce qu'il représente pour moi quand même ?

Comme il s'y attendait, Hugo ne sera pas facile à manœuvrer.

— Oui mais ce n'est pas leur problème.

Louis lui désigne la chaise.

— Assieds-toi, s'il te plaît. Lorsque la décision est prise on ne revient pas en arrière.

— Si je comprends bien c'est la vie d'Oscar ou la mienne ? C'est bien ça ? Qui est au courant ?

— Armand bien sûr, toi et moi puisque je suis le passeur pour tes contrats.

— Les autres membres du cercle le savent à partir de quel moment ?

— Lorsque le contrat est lancé.

— Mais il l'est non ? Puisque tu m'en parles.

— Non, pas avant que l'exécuteur ne mette tous les rouages en place.

— Il faut parler à Armand.

Louis s'efforce de rester calme. Il sait qu'il n'a pas d'autre issue que celle de convaincre Hugo.

— Inutile, cela ne changera absolument rien.

— Mais enfin Louis !

— Oublie Armand, je t'ai expliqué qu'Armand travaille à l'Orangerie Hugo. Celui qui se trouve en face de toi est le maître de cérémonie, et crois-moi cela n'a rien à voir.

— Que me proposes-tu alors ? Tuer Armand ou bien attendre sagement la balle ?

— Exécute le contrat, tu n'as aucune solution autre que celle-ci.

— Je ne le ferai pas et tu le sais.

— Hugo, s'il te plaît. Ces gens-là ne plaisantent pas, et ton âge ne sera pas un frein pour eux.

Le jeune prodige reste inflexible face à Louis, qui pour la première fois voit un mur infranchissable se dresser entre le jeune homme et lui.

— Non désolé, c'est impossible. Qu'ils fassent ce qu'ils veulent.

— Laisse-moi réfléchir. Je vais lui proposer de reprendre les choses à mon compte.

— Tu ne m'as pas compris Louis. Personne ne touchera à cet homme.

— Tu compliques la tâche Hugo, on ne va tout de même pas s'opposer toi et moi ?

— Je vais tuer Armand alors, c'est la seule solution qui s'offre à moi.

— Hugo ! Tu deviens fou ou quoi ?

— Tu m'as bien dit qu'en dehors de lui personne ne sait ?

Le pianiste a besoin de solitude. De solitude et du peintre. Il ne veut pas retourner à Giverny et risquer de croiser le regard d'Oscar pour l'instant, alors il a prévenu tout le monde. Aujourd'hui personne ne pourra le joindre, cette journée lui appartient. Il a choisi la sérénité de Vétheuil. Assis dans un champ, le dos posé contre un stère de bois, il observe pensif la

Seine qui s'écoule paisiblement à ses pieds. Comment Monet a-t-il fait pour survivre à la mort de Camille malgré la présence d'Alice ? Quel courage se dit-il... C'est justement ce courage et cette force qu'il espère trouver ici. Il a besoin de ressentir l'énergie qui le pousse vers l'avant lorsqu'il contemple les toiles du maître. Ici, il sait que le peintre a surmonté le pire. Ici, Hugo se prépare. Adossé à cette grume de bois qui commence à ankyloser le bas de son dos, il cherche lui aussi une réponse à ses maux. Génie tout comme l'homme à la barbe blanche, l'inspiration va-t-elle le tirer de ce mauvais pas ? Il ne sait pas comment agir, mais il sait qu'il fera le bon choix. Cette quiétude rassurante, alors qu'il devrait être en proie à l'angoisse, il sait d'où elle vient. Ferme et sûr de lui, il va jouer sa vie. Il ne tuera pas Oscar. Oubliant pour un temps les nuages qui s'amoncellent au-dessus de sa tête, il profite du spectacle de la nature. Sourire aux lèvres, il déguste une pomme fraîchement cueillie en se dirigeant vers l'église. Il ne partira pas sans contempler de ses yeux la source intarissable qu'elle a été pour Monet.

Rue du Mont Thabor, Monsieur Raymond réfléchit

lui aussi. Contrairement au peintre pour Hugo, Chopin l'accompagne dans ses pensées. En plein trilemme, il n'entrevoit pour l'instant aucune lumière divine. Il n'imagine pas le pianiste accepter le contrat, il ne conçoit pas l'exécution du jeune homme comme une quelconque solution, et enfin, quelle sera la position du maître de cérémonie ? Il se doit de tout tenter auprès d'Armand. Une fois n'est pas coutume, il déambule seul dans les salles de l'Orangerie. Malgré l'absence d'Hugo, Louis prend tout le temps nécessaire afin de se livrer à son plaisir, et se surprend même à apprécier cette solitude retrouvée. La gravité de la situation augmente sa lucidité, rien ne lui échappe. Pas un instant son esprit ne quitte les murs dont il ne se lasse jamais. Il a sollicité un nouveau rendez-vous auprès d'Armand. Lorsqu'il en a fini avec les Nymphéas, il passe devant le responsable des gardiens et le salue comme à son habitude.

Trente minutes plus tard, Armand le rejoint dans un vieux café derrière le jardin des tuileries.

En entrant, le maître de cérémonie cherche Louis qui l'appelle du fond de la salle.

— Ici, ici.

— Désolé, je ne te voyais pas au fond.

— Nous avons un gros problème Armand.

— Cela ne devrait pourtant pas être le cas. Tu connais les règles Louis me semble-t-il depuis le temps que tu officies parmi nous ?

L'ami de longue date, celui qu'il a rencontré il y a plus de trente ans ne le surprend pas. Il s'adresse à l'un des dirigeants du cercle pas à quelqu'un d'autre. Malgré les liens qui les unissent, Louis sait qu'il ne fera preuve d'aucune compassion à son égard. Avançant en terrain miné, il n'a qu'une solution. Gagner du temps.

— Oui évidemment. Mais tu les as vus à Jérusalem

n'est-ce pas ? Ils sont très liés, tu le sais.

– Oui. Mais c'est comme ça.

– Certes. Personne ne sait en dehors de nous trois ?

– Tant que rien n'a réellement débuté, comme toujours.

– Penses-tu que je puisse reprendre le contrat à mon compte ?

Gagner du temps... Louis tente d'avancer ses pions patiemment, sachant pertinemment que c'est inutile.

– Hors de question Louis, tu connais nos principes. Aucune exception, même pour toi.

– Alors quelle issue proposes-tu ?

– Une seule et unique. Hugo exécute le contrat ou bien il sera exécuté selon nos codes.

– Il vient tout juste de quitter l'enfance Armand, on ne peut pas toucher à un enfant.

– C'est différent, il s'agit d'un membre du cercle, et rien d'autre.

– Oui je comprends, et je vois bien que tu ne fléchiras pas.

Feignant la résignation afin d'adoucir le maître de cérémonie, Louis courbe volontairement l'échine devant son ami.

– Je vais m'arranger avec lui, il honorera le contrat.

– Bien... Je te laisse deux jours, au-delà de cela il sera considéré comme défaillant.

Louis a la confirmation que quelqu'un va mourir. Ce qu'il ne sait pas encore, c'est qui va mourir. Ils décident tous deux de ne plus aborder le sujet et de sortir marcher un peu. Sous les arcades de la rue de Rivoli, Armand se laisse aller à une dernière confidence.

– L'un des membres a insisté afin que ce soit Hugo qui se charge de ce contrat.

Louis s'arrête net, et attrape d'un geste brusque, presque violent, la manche du maître de cérémonie.

– Mais je ne comprends pas. Il me semblait que personne ne savait ?

– Cela aurait dû se passer comme ça en effet, mais il s'avère que le commanditaire connaît le membre en question.

– Qui est ?

– Louis s'il te plaît, ne me pose pas ce genre de question.

Blême, il attend la confirmation de ce qu'il pressent.

– Tu me dois bien ça non ?

– Constantin Sizaure.

– Évidemment... Toujours lui.

Le piège machiavélique a fonctionné. Depuis longtemps, Louis se demandait d'où et quand le coup arriverait. En désignant Hugo, c'est Louis qui est visé. Le lendemain matin, un soleil radieux accueille les premiers touristes dans les allées arborées du jardin des tuileries. Le bassin qui enchantait Louis XIV ainsi que les jeunes enfants au début du XXe siècle rêvant de destinations lointaines en poussant leurs bateaux, chauffe ses vieilles pierres sous le coup des premiers rayons. Seule ombre au tableau, un arbre héberge involontairement un corps qui se balance au bout d'une corde derrière le musée. Quel drôle d'endroit pour un suicide pense un couple d'Irlandais saisi d'effroi, alors qu'ils se trouvaient hier encore dans les vapeurs d'alcool et les cris de joie de Temple Bar. Avec la tour Eiffel pour dernière toile de fond, Armand et le Maître de cérémonie, réunis dans la mort, projettent une silhouette gigantesque sur les murs du musée.

La nouvelle a fait l'effet d'une bombe. Le suicide du responsable des gardiens de l'Orangerie demeure inexplicable. L'institution traite-t-elle mal ses collaborateurs ? Les articles concernant sa disparition paraissent dans la presse spécialisée, sans évidemment apporter la moindre explication tangible. Le cercle doit se réunir en urgence. Les visages graves trahissent l'incompréhension. Un nouveau Maître sera prochainement désigné afin que les activités reprennent au plus vite. Pendant cette période de vacance, plus aucun contrat ne tombe. Sizaure, vert de rage, sait que le suicide du maître de cérémonie est plus que douteux. Le contrat portant sur la tête de Belmond, de fait, devient caduc. Censé ne rien savoir, il se retrouve coincé et ne peut réagir en aucune façon. Décidé tout de même à honorer la demande afin de ne pas se discréditer auprès du commanditaire, il médite. Malgré l'omerta qui plane sur cette mort, Hugo devine que Louis en porte probablement la responsabilité.

Conscient qu'il lui doit la vie, il faut maintenant protéger celle d'Oscar. Le sursis qui lui est accordé ne devenant pas pour autant un gage de sécurité pour le conservateur de Giverny.

Paola vient de rendre sa visite mensuelle au chirurgien-dentiste de l'avenue Foch. La rage de dents n'étant pas le motif du rendez-vous, le vieux beau, rouge et dégoulinant de sa prouesse, reboutonne sa braguette en haletant. Discrètement, il remise dans son tiroir la boîte de pilules bleues qui traîne sur son bureau encombré d'ordonnances.

– Alors ? Qu'est-ce qu'on dit ? Qui vient de vivre le bonheur durant sept minutes Paola ?

– Tu me sidères Édouard, tu t'améliores à chaque fois. Quel homme !

Dans le cabinet bourgeois de l'Étoile où se succèdent les dentiers les plus en vue de la capitale, Édouard Petringot reçoit Paola une fois par mois. Cadeau de sa femme, qui l'esprit libre et léger muscle son corps dans les bras d'un coach trentenaire, leur gentleman agreement fonctionne à merveille. L'amour libre a sauvé leur couple du naufrage. Lorsque Paola a correctement réajusté ses valeureux attributs et passé la lourde porte d'entrée de l'immeuble, elle se dirige vers sa voiture garée en bas de l'avenue. De loin, elle remarque un homme qui attend devant.

– Louis ? Que fais-tu ici ?

– Je dois te parler. Allons chez toi tu veux bien ?

– Oui bien sûr. Tu as l'air aussi mystérieux que soucieux, que se passe-t-il ?

Louis l'attrape par la manche et l'entraîne vers la voiture.

– Viens, hâtons-nous s'il te plaît, il n'y a pas une minute à perdre.

Monsieur Raymond a franchi le Rubicon. Mais avait-il le choix ? Protéger Hugo était à ses yeux le minimum minimorum. Malgré les années complices passées aux côtés d'Armand il ne regrette pas son geste. Conscient que Sizaure ne sera pas dupe, il se doute qu'il exécutera sans doute lui-même le contrat, afin de ne pas faillir auprès du commanditaire. Louis ne peut pour l'instant que gagner du temps et tenter de mettre au point un plan qui puisse fonctionner. Paola ne pose aucune question. Elle se contente de conduire en silence à ses côtés. Arrivé dans l'appartement feutré, il se laisse tomber les bras ballants sur le vieux canapé. En le regardant, elle voit un homme exsangue, totalement vidé de ses forces.

— Je t'ai rarement vu dans un tel état mon chat. Tu veux bien m'expliquer ?

Ailleurs, il fixe le tapis à ses pieds.

— Sers-moi un whisky s'il te plaît. Non, un double plutôt.

— À cette heure-là ?

— Oui, oui.

— Bon, détends-toi un peu je vais m'occuper de toi.

Louis qui n'a absolument pas la tête à ça, réplique du tac au tac.

— Ah non, c'est gentil mais je t'assure que je n'en ai pas la moindre envie.

— J'ai bien compris, je vais vraiment m'occuper de toi, je veux dire normalement. Bref,

- Paola va prendre soin de toi, pas Sissi ! Mon Dieu que c'est compliqué ce matin.

— Pardonne-moi je ne suis pas dans mon état normal.

— Oui j'ai bien vu, ne t'inquiète pas. Je suis là, c'est l'essentiel non ?

Louis, rouge et confus dans ses propos débridés du début, devient de plus en plus précis au fur et à mesure de ses explications. Sans ambages, il lui expose la situation dans laquelle il se trouve. Paola, surprise et inquiète à l'écoute des premiers mots, le regarde maintenant avec d'autres yeux. Pendant deux heures, il dépose sans la moindre retenue sa vie à ses pieds.

— Et tu comprends, je dois le protéger ce gosse. Lui et toi représentez tout pour moi.

Paola qui a bien entendu, rougit de bonheur.

— Mais pourquoi ne m'as-tu jamais parlé comme ça auparavant Louis ?

– Tu voulais que je te dise ça comment ? Je suis tueur à gages ? J'aime ça, c'est mon truc ? Et toi aussi il est possible que je t'aime ? Enfin Paola…

– Goran, c'était toi n'est-ce pas ?

– Mais évidemment Paola. Tu voulais que je laisse cette ordure tuer la seule personne qui mettait de la joie dans ma vie ? J'aurais dû rester sans bouger en attendant qu'un jour quelqu'un me dise, je suis désolé mais vous ne verrez plus Paola ? Ce faible que j'avais pour toi est devenu de moins en moins faible au fil du temps, alors je ne regrette rien de ce qui s'est passé. Et puis merde, je parle trop.

– Tu m'as sauvé la vie tu sais ? Alors comme ça, tu as un faible pour moi ?

Elle se rapproche de lui et dépose un baiser sur son crâne blanchi par les années.

– Oui voilà, c'est dit ! Ce type pouvait dérailler n'importe quand. Je ne voulais pas te perdre. Et puis… Ce ne fut pas désagréable de le tronçonner. Dit-il en esquissant un sourire.

Il marque une pause dans leur conversation afin de la prendre dans ses bras. Jamais elle ne s'est sentie si heureuse auprès d'un homme.

– Qu'attends-tu de moi au juste ?

– Je ne vais pas réapparaître au cercle, Hugo non plus. Nous serions la proie de ce cinglé. Il faut qu'il parte en tournée, loin si possible, le temps que les choses se tassent. Quant à moi, je dois m'occuper de ce monstre. Il ne dira rien aux autres, ce sera entre lui et moi. Il serait donc bien que je puisse habiter chez toi quelque temps.

Sa réponse nette et rapide, ne laisse place à aucune ambiguïté.

– Va chercher tes affaires et ramène ton beau cul, bébé.

– Bébé ?

– Tu préfères Monsieur Raymond ?

Ils partent tous deux dans un gigantesque éclat de rire et s'enlacent à nouveau. Sur le chemin de son appartement, Louis sait qu'il s'apprête maintenant à partir en mer pour une croisière en solitaire. Peu lui importe que les éléments soient déchaînés ou non, il se prépare à affronter les creux et les vents violents en marin expérimenté. Pas de lutte contre un chronomètre, pas de concurrents à devancer, simplement franchir la ligne d'arrivée en vainqueur. Il possède une longueur d'avance, il doit en tirer avantage. Pensant à Hugo, il se livre à un long monologue intérieur. Ce gosse a bouleversé ma vie en lui donnant un sens. Je n'imagine pas un instant le perdre. C'est impensable. Arrivé rue du Mont Thabor, les napperons amidonnés, les torchons alignés et la fausse plante centrée sur l'antique guéridon, lui semblent insipides. Il décroche l'un de ses téléphones, il se fout de la couleur.

— Bonjour, Monsieur Raymond à l'appareil. Pouvez-vous avoir la gentillesse de me rappeler d'ici deux minutes ? Merci.

Hugo sait que Louis va se livrer à une manipulation sur son appareil afin que leur conversation ne soit pas écoutée. Il attend, puis il le rappelle.

— Bonjour, vous êtes Monsieur Raymond ?

— C'est bon Hugo, nous pouvons parler tranquillement.

— Ah OK ! Comment vas-tu ? Où es-tu ?

— Je suis rentré à la maison pour deux jours. Ensuite je prends quelques affaires et je file.

Contrairement à son habitude, Louis est vif et tranchant dans ses réponses.

— Où vas-tu ? Comment fait-on maintenant ? Tu es avec moi n'est-ce pas ?

— Évidemment que je suis avec toi. Heureusement que tu ne te débrouilles pas trop mal au piano, sinon je te zigouillerais séance tenante. Cela ne ferait ni une ni deux.

— Je t'aime beaucoup Louis tu sais ?

La gorge du vieil homme se noue un instant puis il reprend, méthodique et précis. Même lors de l'élaboration du premier meurtre, Hugo ne l'a jamais vu comme ça.

— C'est gentil. Bon… Tu vas bien écouter ce que je vais te dire, ne me fais pas répéter.

— Attends ! C'est toi Armand ?

— Oui.

— Merci Louis, merci pour tout.

— Hugo s'il te plaît ! Il faut que je me dépêche. Tu vas te débrouiller pour partir très vite en tournée, ce ne sera pas un problème pour toi, tu es sollicité de partout. Mais tu vas surtout partir avec Belmond, c'est urgent et non négociable.

À l'autre bout du fil, Hugo panique. L'imprévu n'est pas dans ses habitudes.

— Mais comment veux-tu que je lui explique ?

— Non Hugo, ça, c'est ton problème, pas le mien. Moi je dois m'occuper de Sizaure.

— Très bien. Et après ?

— Une fois qu'il sera hors-jeu le problème sera réglé. Personne n'aura vent de cette histoire, et tu auras un choix à faire pour le restant de ta vie.

— Oui je comprends… On va se revoir n'est-ce pas ?

Hugo tente d'afficher la même froideur que Louis, mais il flanche.

— Je ne veux surtout pas te perdre Louis.

La voix chevrotante du jeune prodige frappe le vieil homme en plein cœur.

— Mais évidemment que l'on va se revoir gros nigaud ! Tu dois m'enseigner le piano afin que je joue mieux que toi, et nous avons encore tellement à apprendre des Nymphéas. Tiens-moi informé pour ta tournée, sur le numéro de portable qui commence par 06 86.

– Pas de souci. Tu es comme un père Louis, je tiens beaucoup à toi.

La nouvelle révélation du jeune homme est un crochet à l'estomac du vieil homme. Il retient ses larmes.

– Moi aussi figure toi ! Nous fêterons bientôt la fin de nos tracas à l'Ambroisie, mais avec les fruits récoltés sur ta tournée c'est toi qui m'invites. Je ne transigerai pas, j'y tiens !

– Avec grand plaisir, et nous boirons ensemble.

– Doucement, doucement jeune homme.

– Je te rappelle que j'ai dix-huit ans !

– Ah oui c'est vrai. Je te connais depuis longtemps, je te vois toujours comme un adolescent.

En raccrochant, Hugo virevolte. Louis a réussi à lui insuffler le courage dont il a besoin. De son côté, le vieux général s'accordant quelques minutes au fond d'un fauteuil trop propre qu'il n'aime plus, pleure sobrement. Il regarde la bouteille de porto blanc, les livres parfaitement alignés, rien ne le tente plus ici.

Alain fut surpris par la requête du prodige. Partir en tournée ne posait pas de problème, les demandes affluaient. Mais pourquoi si vite ? Il mit cela sur le compte des mois passés entre deux mondes, et de l'envie de dévorer celui dans lequel il revenait chaque jour un peu plus. Quatre producteurs avertis et à l'affût d'un succès assuré, bondirent sur l'occasion.

Après concertation, une tournée dans le nord des États-Unis se dessine. Les complexes sont d'ores et déjà prêts à accueillir Hugo à bras ouverts. Elle débutera donc dans moins de trois semaines. Le Carnegie Hall de New York, le Kennedy Center Opera House de Washington, et le Symphony Hall de Boston, les trois salles prestigieuses qui recevront le virtuose français, sont déclarées sold-out quatre heures après la mise en vente des billets. Le triomphe annoncé outre-Atlantique comme partout ailleurs dans le monde, ne surprend personne. Le plus difficile pour lui, reste maintenant de convaincre Oscar Belmond d'y participer.

Intrigué par les propos énigmatiques d'Hugo, le conservateur le retrouve dans un restaurant discret de Saint Germain des prés.

– Alors Hugo, je t'écoute. J'ai hâte de connaître le motif de cette proposition sur laquelle tu as laissé planer tant de mystère.

Hugo hésite sur le ton qu'il doit employer. Puis pensant à tout ce que Louis met en œuvre pour sauver sa vie au détriment de la sienne, il se lance.

— Je pars trois semaines en tournée aux États-Unis, et ce dans moins de quinze jours.

— Toutes mes félicitations ! Mais pourquoi ne m'en as-tu pas parlé avant ? Est-ce à ce point un secret ? Tout ce qui t'arrive n'est qu'un juste retour des choses Hugo. Tu mérites chaque seconde de cette vie.

— Je voulais également vous parler d'autre chose Oscar.

— Une autre tournée ? Décidément, ce jeune pianiste effronté me bluffe !

— Non, la place que Monet occupe dans le cœur des Américains, et vous savez combien il compte pour moi.

— Oui, mais je ne te suis pas.

Hugo qui a retenu la leçon donnée par Louis lors de leur dernière conversation, se montre particulièrement assuré dans ses propos.

— Justement si Oscar, vous allez me suivre.

— Te suivre ?

— Oui, lors de cette tournée nord-américaine. Venez avec moi.

Oscar, pris de court et tenté à la fois, regarde le jeune homme qui n'en finit pas de l'étonner.

— C'est d'une grande délicatesse de ta part, sache que j'apprécie ta proposition. Mais mes occupations font que ce n'est pas si simple.

— Vos occupations, vos préoccupations, vous les oubliez. J'ai cru comprendre que des gens vous mettent en ce moment une grosse pression, et je sais que cela vous inquiète énormément. Vous m'avez même parlé de menaces.

Oscar, sidéré par l'aplomb du jeune homme, ne le reconnaît pas.

— Tout cela est sans importance, d'ailleurs je n'en reçois plus. Je ne peux pas dire si c'est une accalmie avant la tempête, mais je respire.

— Eh bien voilà justement l'occasion de faire rayonner Giverny et Monet à l'international. Vous n'aurez pas de difficultés à obtenir des rendez-vous auprès des musées et des personnalités les plus influentes. Ces gens seront bien évidemment vos hôtes d'honneur lors de mes représentations, puisque je vous propose d'associer votre institution à cette tournée. Deux artistes français en Amérique. L'un jeune et en pleine ascension, l'autre disparu, une légende mondialement reconnue et adulée. Qu'en pensez-vous ?

Lui qui a l'habitude de prendre des décisions rapides, a la sensation de se retrouver le dos au mur. Malgré cela, la proposition lui semble soudain très difficile à refuser.

— L'idée me paraît effectivement excellente. Je vais y réfléchir.

Mais Hugo enfonce le clou. Ne lui accordant pas le moindre répit, il insiste.

— Non Oscar, je vous le demande comme une faveur, et je devine à l'avance le succès que vous tirerez de ces rencontres. Monet et le piano le méritent !

— Oui il est évident que cela va porter ses fruits, mais laisse-moi deux ou trois jours.

— Giverny se passera de vous pendant trois semaines, et croyez-moi, ceux qui pèsent sur votre vie n'auront plus la moindre raison de le faire après cette tournée.

— Mais tu es devenu un véritable homme d'affaires Hugo ! Louis va être ravi.

— Il l'est déjà mais il ne sera pas des nôtres. Problème familial si je ne m'abuse.

Deux jours plus tard, Oscar rendait sa réponse, et elle était évidemment positive. La force de persuasion du jeune homme et la possibilité de redorer son blason auprès de certaines personnes, eurent raison de ses réticences initiales.

La gardienne de la rue du Mont Thabor rumine. L'absence de Louis, qui selon ses dires durera un bon mois, met le moral dans les larges chaussettes de Madame Gomez. Certes il se déplace souvent, mais cela ne dure en général pas très longtemps. Alors trente longues journées au minimum sans le croiser dans les escaliers... Il y a bien le bellâtre du quatrième étage, qui elle en est certaine lui fait du gringue, mais rien ni personne ne pourra le remplacer, elle ne voit que lui. Malgré Manuel, elle bondit sur l'occasion et décide de passer à l'attaque dès qu'elle l'aperçoit.

– Le temps va sembler bien long sans vous Monsieur Raymond, ce n'est pas gentil de me laisser toute seule ici.

En tant que grand sensible des odeurs, il remarque immédiatement le parfum entêtant dont elle s'est copieusement aspergée.

– Allons, allons Madame Gomez !

– Je plaisante évidemment, mais tout de même.

– Monsieur Manuel ne serait-il pas jaloux d'entendre de tels mots de votre part ?

– Vous me taquinez n'est-ce pas ? Vous aviez compris mes propos.

– Mais oui je vous taquine ! Je serai de retour bientôt, nous aurons alors tout le loisir de reprendre nos conversations entre deux étages.

– Ah mais attendez ! Je ne vous laisse pas partir comme ça. Nous nous connaissons après tout depuis si longtemps. Aimez-vous le porto blanc ?

– J'en raffole.

– Alors passez à la loge ce soir puisque vous partez demain. Je vous ferai goûter le meilleur qui soit. Vous ne pouvez pas dire non à une telle proposition !

– C'est entendu. J'accepte avec plaisir Madame Gomez.

– Susana...

– À ce soir Madame Gomez.

En sortant, Louis se demande s'il n'a pas dit oui un peu rapidement. Mais elle le touche, et après tout il l'aime bien cette brave Susana. Lorsqu'il entre dans la loge, un sublime bouquet de fleurs à la main, elle le trouve plus beau qu'à son habitude. Un air grave s'affiche sur son visage. Un amour longuement réprimé mêlé à une charmante pudeur ? Sans doute… Il lui déclarera sa flamme ce soir, elle le sait. Les yeux de braise chauds comme un soleil d'été, elle lui explique que Manuel ne pourra pas se joindre à eux lors de cet apéritif. Les affaires des taxis traversant une passe difficile, il travaille de nuit cette semaine-là. Le destin peut-être ?

Il lui assène d'emblée quelques compliments qui la plongent dans un état second. Une fois de plus, elle engage la lutte contre ces rougeurs de malheur. C'est toujours le même cirque, se dit-elle. Sitôt en sa présence, il faut que ce feu envahisse ses joues, ainsi que le bas de ses reins d'ailleurs… Quatre ou cinq mierda se succèdent dans sa tête, mais après tout, peut-être trouvera-t-il cela charmant. Les petits verres de porto posés sur la nappe à carreaux rouges et blancs, sont vides en un rien de temps. Madame Gomez, la main leste, règle rapidement le problème. Elle rayonne de bonheur. Son tancarville soigneusement caché dans la salle de bains, les bibelots astiqués, tout brille en son royaume afin de séduire définitivement celui qui impose sa loi en son cœur. Il lui demande de conserver son courrier lors de son absence, inutile de le déposer sous son paillasson. Louis doit également lui expliquer avec beaucoup de diplomatie, que non, il ne lui laissera pas de clé afin qu'elle lui fasse un appartement tout propre en vue de son retour qu'elle souhaite très rapide. Son rouge à lèvres laissant les traces d'une coquetterie bien à elle sur le rebord du verre, l'excite sans doute pense-t-elle. Cette lueur qu'elle devine dans son regard ne la trompe pas. Elle connaît les hommes. Il lui semble évident qu'il arrachera bientôt sa blouse, preuve d'un désir sauvage qu'il ne pourra dans quelques instants plus contenir. Au diable Manuel, elle se sent prête à passer le Douro en héroïne les cheveux au vent, en compagnie de son amant en devenir. Sentant ses yeux qui s'enflamment, le moment paraît opportun à Monsieur Raymond.

– Ma chère Madame Gomez.

– Susana...

Voilà, l'instant tant attendu arrive enfin. Il va lui confesser ses sentiments, tomber en pâmoison. Son Monsieur Raymond va-t-il d'un geste violent arracher la nappe posée sur la table en formica, entraînant dans une chute violente et passionnée les verres au sol comme dans les films américains ? Quelques scènes du facteur sonne toujours deux fois défilent rapidement dans sa tête. Il la prendra peut-être à même le sol ? Elle a passé la serpillière, il y sera sensible. Elle se sent prête. Hors de question de se refuser à lui, elle ne veut pas le faire souffrir.

– Ma chère Susana.

Elle devient un volcan en éruption.

– Il faut que je vous laisse. Merci pour ce délicieux porto. Nous nous reverrons bientôt.

La tête un peu basse, un léger sourire mêlant déception et compréhension, elle accepte. Elle humecte tout de même ses lèvres d'un mouvement désordonné de sa langue, afin de lui faire regretter ses paroles par trop hâtives.

– Je le sais, vous le savez Monsieur Raymond. Nous le savons n'est-ce pas ?

– Suis-je bête, vous avez raison, nous sommes dans le même immeuble.

Tendant sa bouche vers lui, elle se prend les pieds dans le tapis et se rattrape d'extrême justesse au bas de sa cravate, ce qui lui donne la désagréable sensation de croiser le chemin d'un assassin tentant de l'étrangler. Il attrape délicatement sa main et y dépose un baiser. Frôlant la syncope, elle y reconnaît la marque des grands. Sitôt la porte fermée, elle émet une flatulence beaucoup trop sonore pour qu'elle passe inaperçue auprès de Louis qui quitte à peine le hall. Dans la rue, sa valise à la main, il retrouve son air grave. Le plan s'échafaude peu à peu dans son esprit. L'épée de Damoclès dangereusement suspendue au-dessus de la jeune nuque d'Hugo, il va s'en charger. Sa vie tient à sa réussite ou son échec. Malgré une brillante carrière militaire, il s'apprête à livrer sa première guerre.

Les douze jours qui suivirent furent d'une rare intensité pour Sizaure. Malgré l'élimination du maître de cérémonie, le commanditaire lui renouvela toute sa confiance. Rien ne changeait si ce n'est qu'il se chargerait personnellement de Belmond. Aucun des membres en dehors de Monsieur Raymond, le passeur de contrats pour Hugo, et de l'intéressé lui-même si Louis le lui avait déjà dit, ne savaient quoi que ce soit. Envisager l'élimination du jeune pianiste, devenait donc dénué de sens s'il ne voulait s'impliquer lui aussi. Il devait agir vite et proprement afin de ne pas inquiéter le demandeur. Le pianiste appela Louis comme prévu.

— Bonjour Louis.

— Bonjour Hugo, sur le départ ?

Le jeune homme se promène dans les jardins. Les yeux perdus sur les nénuphars, il se demande s'il aura un jour l'occasion de les contempler à nouveau en compagnie de Monsieur Raymond.

— Presque, nous partons après-demain.

— Très bien, faisons vite. Tu m'as laissé la clé comme prévu ?

Le vieux général quant à lui, méthodique et très strict dans sa préparation, se concentre exclusivement sur la tâche à accomplir.

— Oui, troisième arbre à droite après celui d'Armand comme tu me l'as demandé.

— C'est parfait. Tu ne m'appelles pas, c'est moi qui entrerai en contact avec toi d'accord ?

– Oui, oui j'ai compris.

– Enchante-les ! Ils ne pourront plus se passer de toi là-bas.

Hugo avait suivi les ordres de Louis à la lettre. Il ne serait pas en France pour lui prêter main-forte si nécessaire. Malgré le plaisir de partir en tournée, il s'inquiétait pour son mentor. Avant de raccrocher, il lui demanda une dernière faveur.

– Je peux te demander quelque chose ?

– Je t'écoute.

Un bref silence suivi d'un soupir fit comprendre à Louis combien tout ceci pesait sur le cœur du jeune homme, puis il reprit la parole.

– Embrasse-le de ma part.

– Avec ou sans scotch ? Lui rétorque-t-il sur un ton complice.

Pendant que Paola le bichonne, Louis met à exécution le plan idoine afin de sortir Hugo du piège mortel dans lequel on l'a englué. Faillir n'est pas une option. Il le considère comme son fils, il sauvera sa vie quitte à y laisser la sienne. Sizaure ne le sait évidemment pas, mais sur sa route il croisera bientôt le plus déterminé des cynégètes. Louis rédige une fausse interview d'Oscar Belmond qu'il insère dans la gazette cerclée. Ce journal très confidentiel dans lequel sont publiés des évènements culturels et artistiques, n'est en réalité réservé qu'aux membres du cercle, et il sert avant tout à faire passer des messages leur étant destinés. Dans ce numéro, en dehors de trois phrases codées, rien de très intéressant. Mais Sizaure qui comme les autres, le recevra à son domicile, lira l'article. Contrairement à d'habitude, personne ne le consultera puisqu'un seul et unique exemplaire partira, le sien.

Paola redouble d'efforts, Louis est un véritable coq en pâte. Peu à peu, les sentiments se renforcent dans le cœur des deux solitaires. Sissi abandonne à tâtons sa place au profit d'une femme douce et attentionnée.

Lorsque l'Airbus 380 se pose sur l'une des quatre pistes de New-York JFK, l'excitation d'Hugo est à son comble. Très heureux de jouer pour la première fois aux États-Unis, particulièrement au prestigieux Carnegie Hall, il réalise surtout son souhait, découvrir la big apple. Le nez en l'air à s'en décrocher les cervicales, son regard n'atteint que rarement le faîte des géants de verre et d'acier. Le Chrysler et l'Empire State Building, géants légendaires, deviennent enfin réels. Mais le Flat Iron, semblant n'être constitué que d'une façade, un recto sans verso, pile sans face, prêt à s'écrouler au moindre coup de vent, l'émerveille plus que les autres. Lors de ce premier jour chargé de nuages, il observe New York en noir et blanc comme dans un film de Woody Allen. La fumée qui s'échappe de petites grilles rivées au sol, le bruit sourd des klaxons, l'uniforme des policemen, les lumières artificielles de Time Square, tous les ingrédients se trouvent réunis sous ses yeux afin de lui rappeler qu'il ne rêve pas. Les organisateurs ont vu les choses en grand pour le jeune français. Une chambre sublime ainsi que quelques autres, attendent la délégation au Peninsula, tout proche du Carnegie Hall. Bien qu'il soit ravi, il aurait de loin préféré un petit appartement modeste mais typique à Soho ou Greenwich Village afin de marcher dans les traces d'Edward Hopper et d'Andy Warhol. Dans la chambre trône un grand piano blanc. Après une première soirée plutôt calme afin de récupérer au plus vite du décalage horaire, ils regagnent leurs appartements respectifs.

Le lendemain matin, une jeune factrice débutante s'arrête devant une villa cossue de Monfort-l'Amaury. Afin de ne pas commettre d'impair, elle vérifie que le nom mentionné sur la boîte correspond bien à celui qui est indiqué sur le pli. Pas d'erreur possible, Constantin Sizaure. L'exemplaire de la gazette cerclée sera bientôt entre les mains de son destinataire.

New-York, Monfort-l'Amaury, Giverny, trois personnes enchaînées dans un destin unique en trois lieux. Une seule d'entre elles s'en sortira, deux peut-être, aucune ? L'horloge tourne, rien ne pourra dorénavant stopper cette course à la mort, ce combat pour la vie.

Les premiers rayons de soleil s'invitent dans la chambre. Ce matin, Hugo se réveille heureux mais fébrile. Sur le piano trône le somptueux bouquet envoyé la veille par une admiratrice. Ce sont les roses des peintres. Leurs feuilles multiples, leur odorante présence ainsi que leur palette nuancée allant du rose poudré au rose thé, parleront indéniablement à la sensibilité de l'artiste que vous êtes, dit la lettre qui l'accompagne. Délicatement, il en prend une entre ses doigts qu'il porte à son nez. Le regard perdu, il observe les passants. Ses pensées s'envolent de l'autre côté de l'Atlantique. Louis ne le tient au courant de rien et ne répond pas à ses appels. Les angoisses qu'il tente pourtant de chasser sont tenaces, elles l'assombrissent.

Constantin Sizaure a lu hier dans la gazette cerclée que Belmond se cloître volontairement en solitaire dans la demeure de Monet. Il tente de mettre au point une collaboration qui se veut unique entre la France et les États-Unis. Lui, se prépare à venir y mettre un terme avant qu'elle ne débute. Monsieur Raymond qui hier encore se promenait sur le pont japonais, attend. Enfermé à double tour il se prépare. Il regarde par la fenêtre ce jardin dans lequel il aimerait flâner de longues heures. Mais devenu un monde dangereux, seuls ses yeux en contemplent la beauté. Chopin pour seul compagnon, il se prépare à accueillir Sizaure, qui il le sait, n'a pas plus de deux semaines pour agir.

Avant le premier concert de ce soir au Carnegie Hall, Hugo profite du soleil matinal pour monter dans une calèche à Central Park. Le reflet des couleurs sur le Jacqueline Kennedy Onassis Réservoir le touche. Les longues branches souples, telles des bras alanguis, déposent à la surface de l'eau quelques feuilles rouges et jaunes, dont les gracieuses ondulations ne sont pas sans lui rappeler les Nymphéas. Même ici ils manquent à son décor. Il est neuf heures, les oiseaux chantent leur douce complainte. L'air un peu frais l'oblige à remonter son col.

Quinze heures à Giverny. Alors que la calèche continue sa promenade parmi joggeurs et cyclistes, Louis se promène dans l'atelier. D'ici il a une vue sur l'entrée principale, il peut également surveiller les points plus sensibles. Un feu crépitant dans la cheminée, accompagne les notes de Beethoven. Ce ne sera sans doute pas pour aujourd'hui. Hugo doit se préparer songe-t-il, le premier récital aura lieu dans quelques heures. Il aimerait tant y assister confortablement assis dans un fauteuil de la mythique salle new-yorkaise.

Seize heures trente, Constantin Sizaure, frappe violemment de ses poings un sac de sable qui s'agite comme un pendule cherchant désespérément une réponse. Le sous-sol qu'il a aménagé en salle de sport lui permet de garder la forme. C'est d'ici qu'il se prépare pour les missions.

Inlassablement il cogne, imaginant le sang qui bientôt s'écoulera de la bouche d'Oscar Belmond. La sueur inonde son front.

Après un déjeuner chez Raoul's à Soho, Hugo et Oscar

flânent dans les rues de Manhattan. Il ne reste plus que deux heures avant que le jeune prodige ne foule les parquets du Carnegie Hall. N'y tenant plus, une fois dans sa chambre le jeune homme décide d'appeler son ami. Il est une heure du matin en France, tant pis, il essaye à nouveau. Enfin, la voix de Louis lui répond.

– Allo ? Hugo, c'est toi ?

– Oui bonjour Louis, tu m'inquiétais ! Je n'appelle pas trop tard ?

Le jeune homme est un peu troublé. Son vieil ami, tendu et concentré à l'extrême, se montre bref.

– Je suis content de t'entendre mais tu ne devais pas m'appeler. Ne pense qu'à toi et à ton concert qui si je ne m'abuse aura lieu dans quelques heures.

– Ah oui, pardon… J'ai eu envie de t'entendre.

Le bruit du trafic qui sature la cinquième avenue semble faire écho au silence des jardins qu'il devine là-bas. Hugo aimerait discuter des heures avec Monsieur Raymond, il aimerait qu'il lui décrive ce qu'il voit et qui lui manque tant.

– C'est gentil. Allez, file te préparer.

– Oui, je penserai à toi en jouant. Tu me manques.

– Tu es adorable, moi aussi tu me manques, mais je serai bientôt sur toutes tes tournées !

– Et comment !

– Alors, soigne ta répétition avant mon retour.

Hugo sait que le ton enjoué de la fin n'est qu'un leurre destiné à le rassurer. Louis quant à lui, sait que s'il échoue, ce qu'il n'envisage pas un instant, la vie de son protégé ne tiendra plus qu'à un fil.

Derrière le grand rideau rouge, Hugo sent le trac l'envahir. Des deux mille huit cents places pas une n'est libre. Il scrute les cinq niveaux de l'auditorium Isaac Stern. Revêtu de son beau smoking noir, il entre sous des applaudissements dantesques. Puis le calme se fait.

Concentré, il entame les premières notes de la sonate de Mozart. Deux heures quarante-cinq sonnent à Giverny, les yeux de Louis deviennent lourds... Dans son bain, Sizaure, le regard fixe, pense à l'échéance qui se rapproche à pas de géant.

Le lendemain matin, le New York Times affiche en une le visage angélique et enfantin d'Hugo. Dithyrambique, l'article encense le jeune homme. Unanime aussi outre-Atlantique, la critique le dépose sur une stèle, déclarant le jeune prodige français le plus grand génie de ce siècle. Une lithographie des Nymphéas offerte par Oscar, occupe une place de choix sur la cheminée de sa chambre, lui offrant un voyage loin de la ville qui ne dort jamais, dans les salles de l'Orangerie. Telle une icône sacrée, il passe chaque jour un peu de son temps à rêver devant elle.

Ce matin il joue à s'en déchirer le cœur. La poignée de terre et la rose jetées cette nuit dans la fosse contenant le cercueil de Louis, le hantent depuis que ses yeux se sont ouverts. Cauchemar ou pas, cette vision ne quitte pas son esprit. Sombre, il se soigne au piano. Son mentor va livrer un duel à mort afin de sauver un jeune pianiste amoureux de Nymphéas.

Le drame qui se joue loin d'ici, éminemment romanesque, le bouleverse.

Il est seize heures trente en France, Sizaure sue à grosses gouttes en courant sur les sentiers de la forêt de Rambouillet. Tous les jours il s'entraîne. Ayant la maîtrise du temps, il travaille sa condition physique en vue du jour qui approche. Louis reste barricadé. Il a beau se retrouver en l'agréable compagnie de Rachmaninov et consorts, la frustration de ne pouvoir poser un pied dehors commence à jouer sur son moral.

Aujourd'hui Oscar déjeune avec le conservateur du

Guggenheim. Il sait que son confrère est en demande afin d'organiser un jumelage entre les deux institutions. Ils ont longuement échangé le premier soir après le récital. George Richardson souhaite reproduire le jardin d'eau et l'atelier dans le temple artistique de l'Upper East Side. Ils imaginent des Nymphéas et toutes sortes de fleurs courant le long de la longue rampe en spirale. Les rayons du soleil perçant la rosace de verre illumineront la poésie de Monet. Quel idiot il a été, pense-t-il. Ces nuits sans dormir à ressasser les tracas qui l'accablaient alors que l'avenir se dessine radieux. Et ces menaces ? Billevesées et balivernes, qui n'en a pas reçues dans sa vie ? On ne peut pas toujours plaire à tout le monde. Il en est certain, ce midi il balayera tout cela d'un revers de la main et il trinquera de l'autre avec son homologue à l'alliance culturelle qui verra sans doute bientôt le jour. La motivation à son comble, il va proposer à George un vernissage hors du commun. Claude Monet, Frank Lloyd Wright et Solomon R. Guggenheim en seront les maîtres de cérémonie. Puisque aujourd'hui tout est techniquement possible, il voit les choses en grand. Les miracles de la technique actuelle offriront une seconde vie aux trois hommes. Ils inviteront le public à les suivre tout au long de l'exposition, le monde entier s'en fera l'écho. Peut-être sera-ce même l'exposition du siècle ! Quel bonheur que d'avoir rencontré Louis... Sans lui, rien de tout cela n'aurait été possible. Aujourd'hui Oscar ne pense plus aux soucis de Giverny. Aujourd'hui, Oscar veut en découdre.

Paola s'inquiète. Son homme comme elle l'appelle à présent, semble vouloir la protéger en lui taisant certaines choses. Est-elle au courant de tout ? Pourquoi n'irait-elle pas là-bas après tout ? Il lui a sauvé la vie en l'arrachant des mains d'un ogre, elle peut bien à son tour agir pour la sienne ? Monsieur Raymond, ce personnage discret que personne ne remarque, le vieux garçon sentant l'eau de Cologne d'antan dont l'on se moque gentiment, devient soudainement le centre du monde de quelques personnes. Susana Gomez pense également à lui. Dans la loge qui sent le propre, elle vient de se signer, implorant par avance le pardon du bon Dieu. Puis elle s'allonge et ferme les yeux. Sa main usée par les produits d'entretien qui rythment son quotidien, se fait douce au moment de se frayer un chemin en elle. Heureuse, elle s'oublie…

Dans le gotha de la big apple, mais également dans les milieux les plus modestes, on ne parle plus que d'Hugo Bertin. Il a su toucher les âmes, révéler les sensibilités. Il faut pourtant le laisser filer, la capitale américaine et celle du Massachusetts piaffent d'impatience. Le Washington Post s'enflamme, puis à son tour le Boston Globe proclame haut et fort son amour pour le jeune pianiste qui posera bientôt ses valises dans la ville. La cité hôte de la célèbre université d'Harvard, se prépare à vivre l'évènement le plus important de son histoire depuis la Boston Tea Party. Alors que la nuit coiffe de son voile noir le Potomac, Giverny se réveille doucement sous une brume légère. Louis observe les oiseaux qui semblent surpris par cette atmosphère caligineuse à laquelle ils ne s'attendaient pas. Puis, comme par magie, le brouillard se dissipe peu à peu, créant une poétique farandole de fumerolles. Les formes imaginaires semblent s'accorder entre elles, s'écartant afin de laisser la place aux premiers rayons chauds qui portent déjà la responsabilité d'une rosée déclinante. Les branches du saule là-bas, effleurent timidement l'eau, dessinant de petits ronds allant grandissants à la surface de l'étang. Mon dieu que c'est beau pense Louis derrière sa fenêtre, lorsque Debussy allie sa musique aux plus belles visions qu'offre la nature. Les Nymphéas sont là, à quelques pas. Il pourrait s'agenouiller quelques instants auprès d'eux, les toucher. Quelle frustration de les savoir si proches et de s'en priver. Au moins une fois, qui sait, la dernière peut-être ? Il voudrait les revoir. Mais il sait que le jour est proche, dans un instant peut-être. Il ne peut prendre le risque de mettre un pied dehors, sachant que l'ennemi pourrait s'y trouver, attendant la faute. Cependant quelle belle mort ce serait, songe-t-il. Fauché par une balle dont il n'entendrait pas le bruit, sur le pont Japonais, les yeux perdus sur la beauté du monde. Ils se fermeraient à tout jamais, emportant en une ultime vision les couleurs du peintre. Mais non ! ! ! Hugo plus que tout mérite sa patience. Il ne reste plus beaucoup de temps à Sizaure pour agir, et Louis entend bien se saisir de son scalp. Ce sera a priori pour demain. Le glacial assassin s'imprègne une dernière fois des plans de Giverny qu'il a pourtant maintes fois consulté. Belmond, n'est sans doute pas le genre d'homme aguerri aux techniques de défense, et sa tête probablement farcie de travail ne l'y aidera pas. Ce sera facile et rapide. Suite à la disparition du maître de cérémonie, Monsieur Raymond ne doit pas se douter que le contrat tient toujours. Il est sans doute le chien chien de Bertin sur sa tournée. Ils seront surpris à leur retour de retrouver le conservateur raide et froid, étendu au milieu de toutes ces vieilleries inutiles. Mais personne ne pourra plus rien y faire, et ils ne s'amuseront pas à déterrer ensuite la hache de guerre.

Paola est décidée. Peut-être dira-t-il qu'elle n'en fait qu'à sa tête mais elle s'en fout. Elle estime qu'à son tour elle se doit de l'aider. Le taxi la dépose devant la porte du jardin en milieu d'après-midi. Lorsqu'elle sonne, Louis se retrouve immédiatement sur le pied de guerre. Les trois armes à feux ainsi que le yatagan hérité de son père, sont là, à côté de lui.

Par le soupirail, il a une vue parfaite sur la porte d'entrée. Paola... Pourquoi vient-elle jusqu'ici ? Est-ce un piège ? Il ne bouge pas de sa position et place ses mains en porte-voix.

— Que fais-tu ici Paola ?

Elle tourne sa tête en direction de la fenêtre. Un peu déçue qu'il ne se soit pas précipité à sa rencontre, elle attend patiemment devant la grille.

— Mais enfin, où es-tu ? Viens m'ouvrir.

— Qui me dit que tu es seule ?

— Enfin Louis ça suffit ! Tu viens oui ou non ?

Il décide finalement après mûre réflexion de lui accorder sa confiance. Un revolver coincé dans le dos, il se dirige vers elle.

— Mais enfin tu es folle ? Je t'ai clairement expliqué ce qui va se passer ici non ?

Elle le sait, mais ça aussi elle s'en fout.

— Bonjour, moi aussi je suis heureuse de te voir. Et non, tu ne m'as pas tout dit, lui ment-elle.

— Oui pardon, moi aussi. Mais tu imagines s'il se trouvait là ?

Heureuse de retrouver son homme, elle se justifie afin de lui faire oublier qu'elle n'en a fait qu'à sa tête.

— Écoute, tu n'as pas hésité il y a de nombreuses années à passer à l'acte sans m'en parler lorsque tu l'as jugé bon pour moi. Eh bien aujourd'hui c'est à mon tour. Tu m'as dit que vous alliez vous retrouver face à face n'est-ce pas ? Il ne s'attend donc pas à ce qu'il y ait une deuxième personne avec toi ? Je pourrais me cacher dans le jardin, qu'en dis-tu ?

– J'en dis que c'est adorable Paola mais que tu n'as rien à faire ici. C'est entre lui et moi. Je suis en ce lieu afin de sauver Hugo et Belmond, et je ne peux pas échouer.

– Eh bien c'est parfait ! Je vais te seconder, tu n'auras qu'à me dire ce que tu exiges de moi. D'accord ?

Il sent que toute tentative de la convaincre s'avèrera inutile. Résigné, il la fait entrer dans le salon. Enfin pleinement heureux, il la serre contre lui.

– Bon, je te propose de passer la nuit ici, et tu files demain matin à la première heure, ça te va ?

– Non. Mais s'il en est ainsi... Regarde, je t'ai apporté tes mets favoris. Mais aussi un panier de charcuterie, du fromage, et une excellente bouteille de vin ! J'ai même pris ces deux vieilleries au cas où tu en aurais besoin.

Louis, épuisé, profite de la bonté de Paola qui lui fait couler un bain. Mais craignant que son visiteur ne débarque à l'improviste, il décline son offre. Le fumet des ris de veau aux morilles, son péché mignon, vient flatter son odorat. Il s'en délecte. Un château Palmer, une sélection de ses fromages préférés, Paola déborde de gentillesse à son endroit. Louis, ému, lui avoue enfin combien il est heureux de partager ce moment ici en sa compagnie.

Pendant ce temps, Hugo atterri à Logan. Installé dans le quartier de Back Bay à la limite de Beacon Hill, il a la surprise de constater qu'il ne logera pas à l'hôtel, mais dans l'une des magnifiques maisons victoriennes qui confèrent au lieu toutes ses lettres de noblesse. Oscar, resté à New York, le rejoindra un peu plus tard sur la fin de la tournée ou directement à Paris si les discussions se prolongent. Les tractations avec le Guggenheim progressent à grands pas, il se doit de rester sur place afin de décrocher la précieuse signature. Alain propose de se détendre à Quincy Market avant le premier soir au Symphony Hall. Dernière des trois villes, il y donnera deux récitals, puis ce sera le retour vers la France. N'ayant pas reçu de nouvelles de Louis, ce qui pourtant était prévu, il demeure dans l'incertitude du dénouement. Même en cas de succès, ils ne doivent en aucun cas se joindre. Louis a été parfaitement clair. Il reviendra tranquillement vers lui. De son côté, Sizaure sur le pied de guerre, se sent prêt. Il part ce soir, mais il n'entrera dans la maison de Monet que demain matin à la première heure.

Ancien commando, il va passer sa nuit à observer. Armé de ce qui selon lui suffira pour expédier le conservateur de Giverny de vie à trépas, il range méticuleusement ses affaires. Il veut en finir vite. Il l'a d'ailleurs annoncé au commanditaire.

Deux heures du matin, le froid vif le pique. Il est entré. Allongé, il regarde la maison.

Quelques lumières demeurent allumées, il doit travailler une bonne partie de la nuit, voire la totalité. Les cheminées semblent tourner à plein régime, comme l'indiquent les panaches de fumée blanche s'échappant du toit. Le bruit d'un léger surgeon parvient à ses oreilles, Sizaure n'ayant pas l'âme d'un poète n'y prête pas la moindre attention.

Vingt heures à Boston, Hugo apparaît sous la lumière des projecteurs. Debout, les spectateurs aux mains rougies par le plaisir, lui offrent des salves d'applaudissements pour son entrée en scène. Mozart va bientôt enchanter son public. Avant cela, le prodige envoie un baiser. La foule, émue, redouble d'applaudissements. Ce baiser, il l'envoie à Louis, il l'envoie à Sizaure. Il faut qu'il meure. Mais d'ailleurs peut-être n'est-il déjà plus de ce monde ? Qu'en est-il ? Il n'en sait rien. Il veut porter chance à l'un et accompagner l'autre pour son long voyage. Après-demain, il rentrera et il saura. En attendant, il va se donner corps et âme à son art et au public qui n'attend que lui.

Louis ne veut pas monter se coucher malgré les insistantes suppliques de la douce Paola. Ce sera maintenant pour bientôt, alors il se tient prêt. Il guettera toute la nuit s'il le faut, même s'il imagine que Sizaure attendra probablement le début de matinée, quand tout sera calme, lorsque les âmes encore endormies ne seront pas prêtes à subir le fer et le feu. Ses yeux résistent, les muscles de Sizaure se tendent.

Minuit, Boston s'endort dans la lumière blafarde des lampadaires. Hugo a une fois encore triomphé. Les tueurs sont-ils face à face en ce moment ? L'estocade a-t-elle déjà été portée par l'un des deux ? Qui brandit dans ses mains les oreilles du vaincu ? Cette attente le ronge. Sept heures, la nuit et le silence règnent sur Back Bay. Tel un serpent se préparant à fondre sur sa proie, Sizaure rampe sur la pruine des plantes. Il s'apprête à entrer par le côté ouest du jardin que les premières lueurs de l'aube n'atteignent pas encore. Les lumières sont restées allumées toute la nuit dans trois pièces du rez-de-chaussée.

— Coucou mon François-Jo, j'appelle mon taxi, lance Paola du bas de l'escalier.

— Remonte ! ! ! ! ! ! ! ! ! Lui hurle Louis.

— Que se passe-t-il ? Lui répond-elle effrayée par ce ton qu'elle ne connaît pas.

— Ne discute pas, reste enfermée dans ta chambre et ne bouge pas.

Sentant que quelque chose se passe, Paola s'exécute sans discuter. Sizaure approche lentement, il l'a vu. Louis voudrait que cela soit net, rapide. Inimaginable pour lui de transformer un tel lieu en Pandémonium, alors il attend le moment propice pour l'attaque.

L'assaillant imagine Belmond dans une énergie matinale plutôt molle. Il veut le surprendre et en finir. Il est impossible pour Louis de surveiller tous les endroits à la fois, Sizaure a l'embarras du choix afin de s'introduire dans la maison. Mais il pourra en revanche verrouiller toutes les issues à l'aide de la télécommande lorsque son ennemi sera à l'intérieur. Une alarme se déclenchera, il bénéficiera de l'effet de surprise. Sur son lit, Paola transie ne bouge pas. Elle a confiance en son homme. Louis perçoit un bruit en provenance de la billetterie. Sizaure, rusé comme un renard a réussi. C'est par la partie la plus évidente, donc la moins surveillée, qu'il pénètre dans la maison. Monsieur Raymond appuie sur le bouton de la télécommande. Immédiatement, portes et fenêtres se verrouillent, déclenchant l'alarme générale. Le tueur tout d'abord surpris, ne cède pas à la panique. Bien au contraire, il imagine que Belmond va bouger. Le jeu du chat et de la souris maintenant engagé, le plus rapide et le plus malin prendra l'avantage. Le bruit strident vient de cesser, Chopin diffuse ses notes dans l'atelier du peintre. À Boston, Hugo ne dort toujours pas. Sizaure se déplace vers le vestibule, inspectant minutieusement chaque recoin. Louis décide de ne pas bouger pour l'instant. Accroupi derrière une pile de tableaux dans l'atelier, il attend. Afin d'obliger Belmond à se manifester, Sizaure se saisit d'une pince avec laquelle il attrape une bûche remplie de braises dans la cheminée du petit salon. Il la fait rouler au pied du rideau qui pend jusqu'au sol. Des flammèches apparaissent, suivies de près par l'embrasement. Une odeur de brûlé se répand dans la maison. Voyant une fumée noire qui gagne du terrain, Louis comprend le drame qui se joue. Les flammes progressent à une allure vertigineuse jusqu'aux escaliers. Dans la chambre de Paola, l'air devient irrespirable. Toutes les issues sont verrouillées, elle ne peut ni ouvrir sa fenêtre, ni sortir. Les cris étouffés de la belle Sissi surprennent l'assaillant. Belmond a-t-il une femme ? Une fille ? Qui hurle de la sorte, lui qui disait rester seul ? Peu importe, il faut en finir. Louis sort de l'atelier, les deux hommes vont bientôt se retrouver face à face. L'intrus qui avance à découvert en direction de la pièce dans laquelle il entend Chopin, ne voit qu'au dernier moment son ennemi qui rampe dans sa direction. La balle qui pénètre dans sa jambe gauche le renverse. Le feu occupant désormais une partie de la maison, avance maintenant à toute vitesse. Sizaure ne peut se dégager assez vite. L'escalier devenu inaccessible en raison du brasier, empêche Louis de monter. Une douleur foudroyante le paralyse. Le projectile tiré par son ennemi vient de le frapper à la base du dos. Allongés à terre, face à face, les deux hommes ont encore la force de se dévisager. Sizaure, surpris de voir Monsieur Raymond, comprend le piège qui lui a été tendu. Il allonge le bras et lui sourit, s'apprêtant à faire feu. Mais la flamme qui embrase le bas de son pantalon détourne un instant son attention. Il agite sa jambe mais le feu progresse, il hurle de douleur. Il tourne à nouveau la tête vers Louis, cette fois-ci il n'a pas le temps de tendre son bras armé, la balle qui lui emporte le visage le prive de toute faculté.

Les habitants du village ne comprennent pas d'où vient cette fumée qui va en se densifiant. Accourus sur la place principale, ils ne peuvent qu'assister impuissants à l'anéantissement progressif du Havre de paix du peintre. Dans un ultime effort, le survivant qui n'entend plus les cris de Paola, tente en vain de se mouvoir. Allongé, les yeux fixes, la musique de Chopin parvient encore à ses oreilles au milieu de la fournaise et des crépitements. Malgré la douleur dans le bas de son dos, il se sent plutôt bien. Il pense à cette nature, toute proche, au jardin d'eau, aux Nymphéas qu'il ne reverra plus. Son visage s'illumine dans un dernier sourire en pensant à Hugo qui aura la vie sauve. Sa carrière sera longue et belle, que de pays il va enchanter. La douleur s'intensifie, sa vue se brouille. Il emploie les quelques instants qui lui restent à se remémorer l'adolescent assis en tailleur au milieu de la grande salle. Paola, parvenue à sortir de sa chambre par un pan de porte arraché, dévale la portion d'escalier qui ne s'est pas encore affaissée. Elle voit Louis au sol, inconscient. Les vieilleries qu'elle tient dans sa main brûlée pendent tristement. Elle se penche sur lui. Dans un dernier chaos, les poutres s'écroulent un peu partout dans la maison de Claude Monet. Bientôt il ne reste plus rien de la demeure du peintre. Seule la nature, témoin de sa splendeur disparue, demeure intacte.

Le jour se lève sur Boston, le dernier récital a lieu en fin d'après-midi, quelques heures seulement avant le vol de retour pour Paris. Sorti tôt comme à son habitude, Hugo profite en solitaire d'une dernière matinée ensoleillée sur les pelouses grasses du Boston Common, lorsque son téléphone vibre dans sa poche. Enfin Louis ! Pense-t-il.

– Bonjour Hugo.

Son visage se fige. La voix qui lui répond n'est pas celle qu'il espérait.

– Ah bonjour Oscar, toujours à New York ? Et ces négociations elles avancent ? Je suis très heureux pour vous. Je vous avais bien dit que ça marcherait.

Mais la voix qui le coupe, sombre, ressemble à la mort.

– Hugo.

– Oui ? Quelque chose ne va pas ?

– Giverny est…

– Quoi Giverny ? ? ?

– Il y a eu un incendie à Giverny, il ne reste rien de la maison Hugo. Je viens de l'apprendre il y a quelques instants.

Le jeune homme comprend alors que là-bas, tout est terminé. Effondré, il se laisse tomber sur le fauteuil derrière lui.

– Quoi ? ? ? Mais quand ? Que s'est-il passé ?

– Je n'en sais pas plus pour l'instant, je prends l'avion en fin d'après-midi. Je ne pourrai pas te rejoindre, je dois absolument me rendre là-bas en urgence.

– Le mien décolle en fin de soirée.

– Très bien. Dieu merci nous étions ici, il n'y a pas de pertes à déplorer.

– Oui effectivement... Répond le jeune homme.

Pour la première fois de sa courte vie, Hugo totalement anéanti, ne parvient plus à mettre un pied devant l'autre. Il donnera sa dernière représentation en professionnel, puis après, après il ne sait plus.

Au-dessus des nuages, loin du monde d'en bas, tout semble toujours beau. Le hublot de l'avion offre une promesse. Hugo aimerait aller s'asseoir au bout de l'aile et contempler le soleil levant. Il se voit capitaine de navire, seul au monde, observant dans le silence la magie du jour nouveau qui se dresse face à la proue. Puis, suspendu dans le vide, effleurer de sa main la mer de coton. Mais sitôt pourfendue la couverture blanche qui ouatait son âme de poète, le ciel d'azur s'efface, tout s'inverse. L'étendue claire et douce qui semblait flotter il y a encore quelques instants, devient un plafond noir et triste comme un douloureux présage.

Lorsque l'avion se pose sur les pistes de Roissy, il pleut à verse. Il saute dans le premier taxi. Alain s'occupera de l'intendance, il faut rejoindre Oscar qui doit déjà se trouver sur place.

Le paysage qu'il voit à son arrivée, ressemble à un monde de décombres après la guerre. La désolation règne à Giverny. Quelques habitants en larmes, discutent avec Oscar Belmond face aux ruines encore fumantes de ce qu'ils considéraient comme leur demeure à tous. Des cordons de sécurité ont été dressés tout autour de la propriété. Eux seuls peuvent entrer dans le jardin en compagnie des forces de police dépêchées sur place. Hugo, les mains dans les poches, le regard vide, se tient à l'écart et marche parmi les fleurs. Démuni, il se revoit tremblant dans la cour d'école. De ce qu'il retient, les pompiers ont lutté pratiquement deux jours durant contre les flammes.

Du légendaire eden du peintre il ne reste plus rien si ce n'est cette nature colorée, offrant encore un semblant de bonheur, un résidu de vie. Anthousai, Chloris, Hegemone et Physis, semblent s'être donnés le mot afin que la beauté subsiste en ce lieu. Il ne sait rien de la tragédie qui s'est déroulée ici, mais il sent la présence de Louis qui accompagne ses pas. Oscar le rejoint.

– Je sais ce que tu ressens Hugo, c'est un drame pour nous tous, mais dieu merci nous sommes encore là. Je rebâtirai ce lieu et lui redonnerai son âme, je t'en fais le serment. Tu vois, ces gens qui me menaçaient ont eu raison de cette merveille. Leur ombre plane sur cet incendie.

Traînant ses pieds comme un enfant dans les petits cailloux de l'allée, il regarde la poussière qui recouvre ses chaussures.

– Oui, probablement... Que disent les gendarmes ? Ont-ils une idée de ce qui a bien pu se passer malgré vos certitudes ?

– Pour l'instant rien. Une voisine dit avoir remarqué que les pièces étaient allumées, c'est tout. Est-ce un court-circuit ? Aucune idée. Mais espérons que nous aurons des réponses à nos questions. Elle dit également avoir entendu de la musique. Elle n'est plus toute jeune tu sais.

Les yeux d'Hugo se chargent de larmes, sa gorge se noue. Il détourne lentement la tête en direction des ruines dont une fumée tenace s'échappe encore par endroits.

– Chopin ?

– Je n'en sais rien. Pourquoi ? À propos de Chopin, il faut d'ailleurs absolument prévenir Louis. Où est-il ? Il va être dévasté lorsqu'il va apprendre ce qui s'est passé ici.

– Je vais m'en charger répond Hugo dans un murmure.

Mathilde, l'assistante d'Oscar, est là elle aussi. Elle erre sans but parmi les fleurs. Le conservateur la retrouve près d'un massif de dahlias et la prend dans ses bras.

– Qu'allons-nous devenir Monsieur Belmond ?

– Des survivants Mathilde. Des survivants et des bâtisseurs.

Il fallut quatre années de travaux acharnés avant que ne renaisse de ses cendres la demeure de Claude Monet. Plus belle que jamais, elle flamboyait à nouveau tel un Phénix. Hugo, qui avait reversé trente pour cent de ses gains après chaque tournée, devint l'un des principaux artisans de cette résurrection. Personne n'eut jamais plus de nouvelles de Monsieur Raymond. Connu pour son caractère énigmatique avec une forte propension à la solitude, malgré l'incompréhension des débuts, l'inquiétude même, il fallut bien s'y faire. Hugo, désormais âgé de vingt-trois ans brille sur les scènes du monde entier. Alain, en fidèle chef d'orchestre de sa carrière, veille à tout. Fiancé à une violoniste polonaise depuis six mois, le mariage prévu pour l'été prochain aura évidemment lieu dans le tout nouveau domaine de Giverny. Suite à la retentissante exposition au Guggenheim de New York qui s'est déroulée trois ans plus tôt, les deux lieux dorénavant jumelés organisent régulièrement des évènements dont le rayonnement est mondial.

Hugo achève une nouvelle tournée. En Australie cette fois-ci, et évidemment c'est un triomphe. Avant que le feu d'artifice n'éclaire la baie de Sydney, c'est du Royal Opera House qu'il annonce la création de l'académie Louis Raymond. Celle-ci prendra en charge les jeunes prodiges désargentés de par le monde, afin de les aider à tracer une route bien difficile sans l'accès à quelques ressources financières. Une médaille à l'effigie de Louis vient d'être frappée. Seule ombre au tableau, Vincent l'accordeur de piano qu'il aimait tant étant enfant, exerce sur Hugo un chantage depuis quatre ans. Enfin d'accord pour le rencontrer, ce que le pianiste réclame depuis longtemps, il en a profité pour l'inviter sur sa tournée au pays des kangourous. Vexé de ce qu'il avait considéré comme un manque d'égard lors du récital de Jérusalem, il avait quitté son hôtel tôt ce matin-là pour se dégourdir les jambes en solitaire. Accablé par la chaleur, il s'était reposé un peu à l'ombre des arbres dans les jardins du Golgotha. Puis, Vincent avait un jour appelé Hugo comme si de rien n'était, lui avouant qu'il l'avait vu précipiter Tanguy dans le vide. Sa surprise, de taille on s'en doute, fut double. Il se croyait seul, mais surtout Vincent le décevait terriblement. L'argent engloutissait tout. L'accordeur de piano lui avait envoyé une lettre quelques jours après cette confession. Il réclamait un premier versement. Cela durait depuis quatre ans. Maintes fois, le jeune homme avait insisté afin de le rencontrer, mais toujours il s'y refusait. Il accepta enfin suite à l'invitation qu'il reçut pour la tournée australienne, voyant en cela l'occasion d'augmenter ses prétentions. Face à face, ils s'expliquent dans un bar branché des Rocks. Hugo accepte de continuer à payer malgré le dégoût qu'il lui inspire. Vincent, étonné, trouve tout cela plutôt facile et regrette déjà de ne pas avoir demandé plus. Comme quoi on peut être un prodige et mauvais négociateur, pense-t-il. Alors qu'il lui tend la main afin de sceller leur accord, Hugo, à sa grande surprise, l'embrasse sur la joue.

— On se connaît depuis longtemps non ? Je peux bien te faire la bise, bien que tu sois un fieffé coquin !

— Oui je te l'accorde ! Tu as du scotch sur la bouche on dirait.

— Oh oui ce n'est rien, une vieille manie ridicule qui se transforme en superstition avec le temps. Allez viens, buvons un dernier verre au bord de l'eau dans la marina.

— Avec joie, et surtout sans rancune. Je tiens ton secret bien au chaud, lui dit-il sur un ton menaçant.

Vincent qui marche derrière le pianiste ne voit pas le large sourire de contentement que la lune éclaire sur son visage.

— Je n'en doute pas. Crois-moi je ne cesserai pas mes versements, j'ai une excellente mémoire de tes talents de conteur.

— Alors tout ira dans ce cas pour le mieux dans le meilleur des mondes, répond l'accordeur.

Lorsqu'il vit Vincent lentement disparaître dans les eaux fraîches en cette saison, non loin du Sydney Harbour Bridge, il ne ressentit ni joie ni peine. L'idole de son enfance, lui racontant la façon dont il accordait son piano, ne le touchait plus. Le coup de marteau qui fendit son crâne lui offrit certainement une mort rapide, et puis après tout, Hugo n'avait pas souhaité cela. Il le tua sans le moindre état d'âme, tel un contrat émanant d'un téléphone coloré.

Après quelques pas au milieu des bateaux pour se dégourdir les jambes après le bonheur qu'il vient de s'accorder, il décide de rentrer dans l'appartement mis à sa disposition par les organisateurs. La porte à peine ouverte, il entend deux voix.

— Sissiiiiiiiiiiii.

— Mais enfin laissez-moi François-Joseph ! Qu'avez-vous à vouloir m'ôter cette culotte à toute fin ? Vous êtes d'un grivois ! Songez aux affaires de l'empire un peu plus qu'à mes fesses je vous prie ! Quoi que… Songez-y tout de même un peu François-Jo.

— Viens ici ma Sissi, regarde comme il est en forme ton empereur.

La phrase terminée, un objet volant parfaitement identifié comme étant une petite culotte, traverse la pièce.

— Oh oh oh, on se calme ! ! ! C'est moi, je suis de retour.

Deux rires complices résonnent dans la pièce en guise de réponse. Monsieur Raymond, aidé de sa canne qui ne l'empêche pas de boiter, vient à la rencontre de son fils adoptif adoré. Confus mais heureux il le prend dans ses bras.

– Désolé Hugo, nous ne t'avions pas entendu. Viens.

– L'appartement vous plaît ?

– S'il nous plaît ? Mais c'est le paradis ici. Regarde cette vue !

D'un large geste de la main, Louis lui montre la vue sur la baie.

– Pourtant la déco est loin de ressembler à ce que tu aimes en général. Cela me semble bien moderne pour toi, non ? Et tout ce fatras, mais regarde-moi ça !

Monsieur Raymond jette un coup d'œil au sol, et s'amuse du désordre qui y règne.

– Au diable les vieilleries, je m'en fous, si tu savais ! Sissi, je veux dire Paola s'occupe de tout à sa façon et tout cela me convient parfaitement. Tu sais, nous revenons de si loin. Nous avons décidé de vivre nos vieux jours dans la joie !

– Et vous avez bien raison, mais vous me manquez tellement tous les deux.

– On se voit sur presque toutes tes tournées, et tu nous verras plus souvent encore si tu le souhaites. Nous te suivrons toujours partout tu le sais. Il nous faut juste de la discrétion.

Les yeux d'Hugo sont attirés par les deux objets qu'ils ont fixés au mur.

– Je rêve, tu as accroché ces trucs ?

– Ils sont toujours avec moi maintenant. Je n'ai pas hérité grand-chose de mon père, mais ça, c'est vraiment ce que j'ai eu de mieux.

Deux masques à gaz chacun signés d'un cœur, trônent

fièrement sur un mur du salon. Emblèmes de leur vie sauve, ils occupent toujours une place de choix, quel que soit l'endroit où ils se trouvent. Ce jour-là, lorsqu'elle avait débarqué avec ses victuailles, elle les avait aussi emportés. Pourquoi ? Aujourd'hui encore elle ne le savait pas. Les deux vieilleries comme elle les appelait, venant de son père, elle pensait que cela pourrait le rendre heureux.

Et puis il lui avait parlé d'une guerre, alors elle imaginait qu'il en aurait peut-être besoin.

Une prémonition ? Une lubie de déguisement afin de grimper aux rideaux du peintre ?

Toujours est-il qu'ils leur devaient de baiser encore à Schönbrunn.

— Tu sais, si ma Paola n'avait pas eu cette idée de génie, nous ne serions pas là.

— Arrête Louis, s'il te plaît. Je sais tout ça, je ne veux plus y penser. Vous êtes là et bien là, rien n'a plus d'importance à mes yeux.

Face aux lumières des bateaux, les deux amis se donnent une étreinte.

— Je t'adore tu sais Hugo ?

— Moi aussi Louis.

— Et au fait, tu as discuté avec Vincent ?

Le visage d'Hugo s'éclaire soudain d'un sourire que Louis connaît bien.

— Oui, mais lui ne parlera jamais plus.

— Je m'en doutais. Arme blanche ? Demande Louis en se remémorant avec nostalgie ses années passées au cercle.

— Marteau.

— Ah oui quand même !

— C'est radical.

— On ne peut plus radical, répond Louis en pouffant de rire.

Hugo mime devant son vieux compère le geste qui lui a

permis de fendre le crâne du gourmand accordeur.

– Je l'utilise de plus en plus souvent maintenant. J'aime bien le bruit que cela provoque.

– Oui je te comprends. C'est un peu différent, mais lorsque j'ai fracassé la tronche de l'enfoiré à coups de pierre, il faut avouer que le son très particulier m'avait plu.

Paola, qui vient de revêtir une tenue décente pour accueillir Hugo, prend alors la parole.

– Bon, Messieurs, même si je suis maintenant dans vos confidences, si nous pouvions parler d'autre chose ce serait bien.

– Pardon chérie. Puis tout bas, tu as eu raison pour Vincent, il n'y avait pas d'autre solution.

– N'en parlons plus. Il a été l'un des premiers à m'apporter un peu de plaisir.

Alors que Paola se dirige vers la cuisine, Louis approche sa main de l'oreille d'Hugo afin de lui parler tout bas.

– Au fait, tu n'oublies pas ? Chaque début de mois ?

– Non jamais.

– Trinquons !

Alors qu'ils lèvent leurs verres, Hugo remarque une lumière qui clignote sur son téléphone.

Il la montre à Louis.

– Regarde. Vert... Du plaisir, toujours du plaisir !

Aux antipodes de ce quartier festif, une vieille dame un peu voûtée regarde tristement l'escalier en astiquant la poignée de la porte d'entrée. Elle relève toujours la tête pleine d'espoir lorsque quelqu'un entre. Chaque début de mois, elle reçoit une rose. Elle la garde cachée dans sa blouse, contre sa poitrine. Les épines piquent bien un peu la peau au plus proche de son cœur, mais cette douleur, elle la supporte. Il est parti, probablement par crainte de souffrir d'un amour qu'il savait impossible. Cette pensée aide Susana. Mais où qu'il soit, elle reste persuadée que de temps en temps, il ne peut s'empêcher de penser à elle. D'ailleurs cette fleur qu'elle reçoit, chaque début de mois, lui rappelle l'élégance de Monsieur Raymond.

Madre de dios, qué hombre ! Se répète-t-elle souvent tout bas afin que Manuel ne l'entende pas.

FIN

Dépôt légal mars 2024

Librinova

www.librinova.com

Achevé d'imprimer chez SoBook le 03-07-2024
Linselles - France

Nos papiers sont issus de forêts gérées durablement

N° impression : 919 242